さよならのその後に

★　★　★

シャロン・サラ
兒嶋みなこ　訳

ハーレクイン®
MIRA文庫

★ ★ ★

DARK WATER RISING

by Sharon Sala

Published by Harlequin Japan,
a Division of K.K. HarperCollins Japan, 2019

自分が犯したひどい過ちを正せるチャンスなど、めったに訪れるものではない。けれどそんなチャンスが訪れたなら、自分がどれほど恵まれているか、すぐに気づくだろう。

本書のテーマは、二度目のチャンスと、永遠の愛。後者がどんなものか、わたしは知っている。実際に体験した。夫がいなくなって十三年経《た》ったいまでも、夫の愛がつらい日々を支え、悲しい日々には心を満たしてくれる。なぜなら、〝永遠〟に終わりはないから。二度目のチャンスを愛し、もう一度チャレンジする勇気をもつ人々に、本書を捧《ささ》げる。

さよならのその後に

★主要登場人物

ヘイリー・ジョー・クエイド……不動産仲介業者。
ロビー……ヘイリーの息子。
ローダ・ベイツ……ヘイリーの同僚。
サム・クエイド……私立探偵。
ルイーズ・ベル……サムの隣人。
デュード・サントス……強盗犯。
ロイ・ウェイン・ベイカー……強盗犯。
ハーシェル・アーノルド……強盗犯。
メイ・アーノルド……ハーシェルの母親。
ピート・アーノルド……ハーシェルの父親。
マイルス・ラファティ……新聞記者。
レッドベター……殺し屋。
ジャック・ゴードン……ＦＢＩ特別捜査官。
ロイド・タウンゼント……ＦＢＩ特別捜査官。

1

離婚。

その言葉の響きに、ヘイリー・クエイドは震えが止まらなかった。法廷を出ようとするとサムの手が差し伸べられたので、その強さに寄りかかった。先週、自分たちの息子を埋葬したときと同じように。

ロビーは三年以上、白血病と闘って、ついに寛解期に入ったが、残念ながら再発した。最後の頼みの綱だった治療も失敗した。その後どうなるか、当のロビーは理解していて、両親より先に現実を受け入れた。少年は闘うことに疲れていた。もうやめたいと思っていた。だから両親に、家に帰って死にたいとお願いし、二人はその願いを聞き入れた。

それからの三週間、息子が弱っていくにつれて、ヘイリーはより強くなり、より怒りを募らせた。神を憎んだ。自分を憎んだ。そして、サムを見ればロビーの姿を重ねずにはいられなかった。ロビーが生まれたとき、みんな言ったものだ、サム・クエイドは自分のクローンを作ったと。ロビーが成長すればするほど、似ているところはなお顕著になった。

同じ黒髪に青い目。同じとがった顎。食べ物の好き嫌いまで同じ。ロビーがいなくなったいま、それらはヘイリーに平手打ちのような痛みを与えた。夫を見れば息子の影を見てしまうことはわかっていたし、その苦痛は耐えがたく思えた。看病していたあいだや、愛する息子にさよならを告げたときの肉体的な疲労は、怒りの力でどうにかくぐり抜けられたものの、いざあの子がいなくなってしまうと、怒りは絶望的な嘆きに形を変えた。そしてその感情は、サムを見るたびに深まった。

そんな嘆きから逃れたい一心で、ヘイリーは離婚を請求した。崩壊しつつある人生を立てなおすには、そうするしかないと考えたのだ。とても正気とは呼べない方法だったが、すでに正気を失っていたヘイリーには、サムと別れれば喪失の痛みが軽減するとしか思えなかった。

サムはショックを受けた。息子を喪《うしな》ったと思ったら、今度は妻が離婚したいだって? 理解できない。考えなおしてくれと何度も頼んだが、ヘイリーの頭には、なにもかも捨て去りたいという一念しかなかった。

ロビーの死は、一瞬のできごとだった。電話が鳴ってヘイリーが向きを変えた直後、背後でサムが息を呑《の》み、妻の名前を呼んだ。ヘイリーは振り返ったが、遅かった。あのとき、息子を抱いていなかった。触れてさえいなかった。そしてあの子は逝ってしまった。

なぜこんなことが?

十九時間のお産に耐えてこの世に送りだした息子は、母親に見守られることもなく旅立った。生涯続くだろう苦痛を置き土産に。ヘイリーが覚えているのはサムに腕を回されたことだけで、直後にすべては真っ暗になった。

息子を埋葬する手続きで一日一日が過ぎていった。離婚までの段取りを整えるほうが、墓地の花がしおれるより早かった。ロビーは死に、残された結婚生活も一緒に死んだ。

そしていま、それも終わった。

ヘイリーは喉の奥が熱くなるのを感じながら、サムに連れられて法廷を出た。泣きたかったが、涙が出てこなかった。ロビーの棺《ひつぎ》がおろされていくのを見ていたときに、涙は涸《か》れ果てた。


ヘイリーは身も心もぼろぼろだったが、サム・クエイドに奇跡は起こせなかった。息子を喪い、いま、妻も失った。

ダラス郡庁舎から出てきた二人の目には太陽がまぶしく、階段の上で足を止めた。

ヘイリーは深く息を吸いこんで、サムを見た。本当の意味で見つめた。この数週間、していなかったことだ。

サムの目に涙が浮かんでいるのに気づいて、わたしのせいだと思った。するとサムが信じられないと言いたげに首を振り、腕のなかにヘイリーを抱き寄せた。

サムは震えていた。

これもわたしのせいだ。なにか言わなくてはならないけれど、いったいなにが言えるだろう。この人が苦しんでいるのはわたしのせいなのに。

なにも思いつけないままでいると、サムが体を離して、ヘイリーの手に紙片を押しつけた。「どんな理由でもいい、おれのことが必要になったら、この番号に電話をくれ。きみはおれが愛した、たった一人の女性だ。そのハンドバッグに入っている、法律用語だらけの紙切れ一枚なんかではなにも変わらない。おれはいつでもここにいる」

ヘイリーは渡された名刺を手にしたまま、背を向けて去っていくサムを見つめた。彼の歩みは遅かったが、二人の距離が広がっていくにつれて、徐々に速くなっていった。ほどなくサムは角を曲がって消えた。

ヘイリーは手のなかの名刺を見おろした。

サミュエル・クエイド、私立探偵。その下に、電話番号が印刷されている。残された唯一のつながり。

現実がおりてきた。

サムは行ってしまった。

わたしはなにをしてしまったの？

三年後　テキサス州、ヒューストン

ヘイリー・クエイドが出勤の支度をしていたとき、携帯電話が鳴った。目をやると、天気予報アプリの更新通知だったので、眉をひそめた。いい知らせではなかった。熱帯暴風雨〝グラディス〟はいまもヒューストンに向かっており、ヘイリーは気をもんでいた。ここに越してきてから初めてのハリケーンになりそうで、今朝、ローレンス邸の内見さえなければ、出かけてみようとも思わない。だがヘイリーは家を売って生計を立てているし、リチャーズ夫妻が興味を示しているのはヒューストン西部ソーンウッドのエナジー・コリドー地区にある、非常に高価な物件だ。夫妻も嵐のことは知っているが、今日の内見を楽しみにしているし、買い手候補がいるかぎり、ヘイリーは仕事をする。そういうわけで事務所にメールを送り、物件に直行して現地で顧客と落ち合うことを知らせてから、向かう途中でブルーベリーマフィンをいくつか買おうと決めた。キッチンに実際の食べ物があると、物件に居心地のよさが生まれるし、この顧客は逃したくなかった。

暗くなっていく空を見ると胃が縮こまったものの、車には傘とレインコートを積んであるのだからと自分に言い聞かせ、昨夜用意したトートバッグとハンドバッグをつかんで、玄関を出た。

車の流れがゆっくりな日などこの街には存在しないが、ヘイリーのハンドルさばきも慣れたものだ。近所のベーカリーに寄ってブルーベリーマフィンを購入すると、物件の売りを頭のなかで整理しながらヒューストン西部を目指した。

半分ほど来たところで、自動車事故の現場に遭遇した。大きな幹線道路では珍しいことではない。通り過ぎるとき、レスキュー隊員たちが後部座席から少年を引っ張りだすのが見えた。泣いている少年の姿にすぐさまロビーを思い出したヘイリーは、目をそらした。「困っている人全員に、どうか神のご加護を」つぶやいて歯を食いしばった。もう一度傷つけてみろと言わんばかりに。

息子を喪った悲しみを、サムを失うことで悪化させてしまったのは、自分だ。半年間のカウンセリングを経てようやく人間に戻った気がしたが、本当の苦痛に襲われたのはそのあとだった。サムが行ってしまったのは自分のせいだという事実に直面し、どうやってその決断と生きていくか、考えなくてはならなかった。サムに電話をかけて気が変わったと告げるほど、神経は太くなかった。それに、サムのほうが先へ進んで、だれか別の人とつき合いはじめた可能性もあった。だから新しい仕事にひたすら没頭し、有能な不動産業者になった。今日のような日の積み重ねで、会社でもトップ10に入りつづけている。

また空を見あげ、海の上に広がる熱帯暴風雨の雲をにらんだ。大丈夫、内見を終えてからでも家に帰る時間はじゅうぶんにある。

数分後、高速道路をおりてそのまま車を走らせ、物件のあるエリアに着いた。ソーンウッドに来るのは大好きだ。みごとな家々と手入れの行き届いた美しい庭を見れば、ここに住むのは格別裕福な人ばかりだということが、言われなくてもよくわかる。

ようやく物件に到着して私道に車を入れると、思わず笑みが浮かんだ。目をみはるような白い二階建てのこの邸宅は、南北戦争前の建築で、正面を四本の巨大な柱が飾り、縁石から伸びる赤レンガ敷きの小道が、玄関までまっすぐ芝生を横切っている。

家のほうへ向かっていたヘイリーは、ふと、この家の所有者が防災対策をしていないことに気づいた。家の価値を考えると、軽率としか思えない。

ハンドバッグから鍵を取りだし、マフィンの入った箱とトートバッグをつかむと、玄関に向かった。電気、水道、ガスはすべて通じているし、警報装置も使える状態だ。そこで家に入るなり警報装置を解除した。荷物をキッチンに運んで、トートバッグから出した小さなガラス皿にマフィンをきれいに並べ、そばに紙ナプキンを添えた。

前回ここを案内したとき、冷蔵庫にミネラルウォーターのボトルを六本、入れたままにしておいた。いまもそこで冷えているのを六本とも取りだして、ナプキンの横に置いてから、手早く一階のチェックをしつつあちこちの照明をつけていった。

一階が終わると、階段をのぼって二階の照明もつけてまわる。準備万端に整ったので満足して階段をおり、リチャーズ夫妻が来たらわかるように窓辺の椅子に腰かけて、メールのチェックに取りかかった。

二つに返信し、三本電話をかけたあと、地元のニュースのアプリを開いた。最初に読んだのは一面記事で、連邦保安局のバンが昨夜、事故を起こして炎上したそうだ。その後の混乱に乗じて、連邦刑務所へ移送中だった囚人二人が逃走して依然逃亡中、保安官一人が死亡、もう一人が一生治らない傷を負ったという。

「気の毒に」ヘイリーはつぶやき、ざっと記事に目を通してから時間を確認すると、別の記事を読みはじめた。

外では風が強くなってきた。ハリケーンについて無知ではないので、嵐が上陸する前にしばしば大雨が降ることを思い出した。窓に近づいて外を眺め、リチャーズ夫妻の白いレクサスを探して、眉をひそめた。道に迷うはずはない。いまや携帯電話にも車にもGPSがついているのだから、道に迷うなど過去の話になった。電話をかけようかと思ったとき、携帯電話が鳴って、メールの受信を知らせた。

パティ・リチャーズからだ。ヘイリーはメールを開いた。

ごめんなさい。フェニックスにいる家族に緊急事態が起きたの。いま空港で、もうすぐ離陸するわ。戻ったら連絡します。

ヘイリーはため息をついて返信した。

お気になさらず。どうぞ安全な旅を。ご家族が無事でありますように。

送信ボタンを押して立ちあがり、部屋を回って照明を消しはじめた。まあ、これで嵐の前に帰宅できる。マフィンを箱に戻し、ミネラルウォーターのボトルと皿をトートバッグに収め、すべて廊下に運んで階段の下のテーブルに置いてから、急いで二階にあがると、こちらの照明も消していった。

帰りに〈ホールフーズ〉へ寄って食料品を買おうかと思いながら階段をおりはじめたとき、一段目を踏みはずし、二段目で足首をひねった。脚に激痛が走って悲鳴をあげ、ヘイリーは転落した。肩をぶつけ、後頭部への衝撃で首がぐきりと音をたて、真っ逆さまに落ちていく。階段の手すりに顔から突っこんで、すべてが真っ暗になった。

ヒューストンに夜明けが訪れたとき、ロイ・ウェイン・ベイカーとハーシェル・アーノルドはまだ逃走中で、デュード・サントスは苦々しい思いをしていた。

アレハンドロ・サントス、別名デュードは、装甲現金輸送車強盗に関わった三人目の男だ。当初の強盗を終えて全員が逃げおおせたとき、三人はあえてばらばらに散った。あとで落ち合って金を山分けする手はずだった。だがデュードは知らなかった、ハーシェルとロイが裏で手を組み、デュードを仲間外れにしていたことを。裏切った二人は、金だけは安全な場所に隠したものの、二日もしないうちに――しかもデュードと合流する前に――追跡されて逮捕されてしまった。

二人がつかまったことにデュードは腹を立てたが、一緒に金は発見されなかったと知って、捜すのをあきらめる気にはなれなかった。

二人が裁判にかけられるまでに数カ月が過ぎた。ついに判決がくだされてテキサス州ブライアンの連邦刑務所に収監されることが決まると、ヒューストンからブライアンへ移動するあいだは檻《おり》の外だとわかった。そこでデュードはかなりの金と手間を費やし、移動のあいだに逃走が可能になるよう手を打った。

ロイとハーシェルに裏切られたことを知らないデュードは、事故を起こしたバンから二人が逆方向へ逃げたのは、純粋にパニックによるものと考えた。だがそのせいで、指定の場所で二人を拾い、金を山分けするという計画は台無しになった。

いま、デュードはまだ大金を手に入れておらず、ロイとハーシェルは逃走中で、連絡手段はない。

ふたたび自由になったロイとハーシェルは、デュード・サントスのことなど考えもしなかった。だが適当な車を手に入れてこのオレンジ色の囚人服を脱がないかぎり、せっかくの自由も長続きしない。

たいていの店や事務所には早朝になにかしらの荷物が届くことを知っていたので、二人は裏通りにひそみ、盗めそうな配達用のバンを探すことにした。ひどい嵐が近づいているのも知っていたので、上陸する前にヒューストンからおさらばしたかった。

廃ビルで一夜を明かし、夜明け前に動きだした。もう少しで午前七時というとき、アイドリングしている青果トラックを裏通りに見つけた。

ロイは指差した。「おまえはドライバーを襲え。おれはトラックを確保する」

ハーシェルはうなずいて、デリの裏口に駆け寄った。ほどなく裏通りに出てきたドライバーを殴って気絶させ、近くの大型ごみ容器に放り入れた。

運転席に乗りこんだロイは、ハーシェルが助手席に飛び乗るのを待ってから発進させた。裏通りを出て表通りを走り、気を緩めないまま環状線にたどり着くと、絶え間ない車の流れにまぎれこんだ。

ハーシェルは落ちつかず、サイドミラーをちらちら見ては髪をかきあげていた。

ロイは顔をしかめた。「じっとしてろ。集中力が切れるだろ」

ハーシェルはちらりとロイを見てからまたサイドミラーをのぞいた。「おまえにはわからんよ。また檻にぶちこまれるわけにはいかねえんだ。そんなことになるなら死んだほうがましさ。生まれ育ったケンタッキーの山に帰るんだ。新鮮な空気とおひさまの光と……一度迷ったら出てこられないほど深い森のそばに」

ロイは眉をひそめた。「そんなに好きなら、なんでそもそも出てきた？」

「手放してみるまで、よさがわかってなかったからさ」ハーシェルは真顔で言った。

ロイはうなずいた。真理に反論しても意味はない。

ローレンス邸付近では風が強くなってきた。ほどなく雨は土砂降りになり、小川のように窓を伝いはじめた。それを模倣するかのごとく、ヘイリーの髪の生え際からも血が伝っている。

ヘイリーは一度意識を取り戻し、自分が頭より足を高くして階段にうつぶせで倒れていることにうろたえた。

「助けて」つぶやいたが、動こうとすると部屋が旋回しはじめて、また意識を失った。

ママ、水をもらえる？　本を読んでくれない？　ママ、髪が抜けちゃった。ぼく、死ぬの？

ヘイリーはどうにかまぶたを開けたが、なにかがおかしかった。ここはロビーの部屋ではないし、自分は上下逆さまで、あちこち痛む。どうなっているのかと思ったとき、部屋が旋回しはじめて、ヘイリーはまた気を失った。

次に意識を取り戻したときには周囲は暗くなっていて、雨の音が聞こえた。数秒後、自分が頭を下にして階段に倒れていると気づいた。そして思い出した。実現しなかった内見のこと、二階へあがって照明を消したこと。

たいへん。わたしは転んで怪我《けが》をしたんだわ。起きあがらないと。

だがそう思うのと実行するのとでは、まったくの別問題だった。頭をあげようとするだけで吐き気がこみあげる。体を起こそうとするとすべてが旋回しはじめたので、支えを求めて手を伸ばしたとき、後頭部が階段の手すりに当たった。ありがたい気持ちで手すりにつかまると、旋回はゆっくりと止まった。

やっと起きあがったものの、足に体重をかけた瞬間、足首に激痛が走って、転んだ理由を思い出した。ひたいがなにかでべとつく。きっと血だ。なにしろ頭がずきずきするし、視界はぼやけている。

ところが混乱していたヘイリーは、階段をおりるのではなく、のぼってしまった。照明をつけることを思いつかなかったので、暗い廊下をよろめきながら進み、主寝室に入るなり、どさりとベッドに倒れこんだ。危ないところだった。頭が枕に触れるやいなや、また気絶していた。

階下では、転んだときに落とした携帯電話が鳴りはじめたが、その音はヘイリーの耳には届かなかった。携帯電話は鳴りつづけ、やがて留守番電話につながった。

〈トルーマン不動産〉の事務員、ローダ・ベイツはもう何時間もヘイリーからの連絡を待っていた。内見のあとはかならず電話をくれるのに、今回は音沙汰がない。最初はたいして気に留めなかった。迫る嵐を前にしてだれもが間際の準備に追われていたし、ローダも夕食を終えるまで忘れていた。皿を洗っていたときに、結局ヘイリーから連絡がなかったことに気づいて、手を拭いてから電話をかけた。すぐに応じてくれるものと思っていたが、呼び出し音のあと、留守番電話につながったので、伝言を残した。「ヘイリー、わたしよ、ローダ。連絡がないから、心配になってかけてみたの。聞いたら折り返して」

電話を切ると、社長のウィル・トルーマンのことを思いついた。ヘイリーは彼に連絡したかもしれない。気になったので、電話をかけてみた。

「やあ、ローダ。どうした？」ウィルは尋ねた。

「今朝、ヘイリーは内見の予定だったんですが、終わっても連絡がなかったんです。いつもかならず連絡をくれるのに。今日は彼女と話しました？」

ウィルは眉をひそめた。「いや、話していないな。電話はかけてみた？」

「ええ、でも出ないんです。なので留守電にメッセージを残しました」

「彼女らしくないな」ウィルが言う。

「そうなんです。だから、だんだん心配になってきて」

「ぼくもだ」ウィルは言った。「連絡があったらこちらにも知らせてくれ」

「わかりました。じゃあ、嵐にお気をつけて」ローダは言った。

「ありがとう。きみも」ウィルは言い、電話を切った。

ローダは電話を脇に置いて、皿洗いに戻った。強くなってきた風の音にため息をつく。ああ、ハリケーンのシーズンは大嫌い。避難してしまえばよかった。だがいまはハリケーンではなくその前触れの段階だ。逃げる時間はまだある、と頭のどこかで思った。


サム・クエイドは中華のテイクアウトを食べながら、テレビで夕方の天気予報が流れるのを待っていた。ヘイリーと離婚して三年も経《た》つのに、いまも彼女がダラスに戻ってくる夢をしばしば見た。夢のなかでドアを開けると、笑顔のヘイリーが現れ、そして消える。

今回の熱帯暴風雨はまっすぐヒューストンに向かっているので、ヘイリーを案じずにはいられなかった。彼女が住むアパートメントの下層階は浸水するかもしれないが、部屋は無事だろう。住んでいるのは四階だ。

天気予報が始まって、迫る嵐についての警報が伝えられると、胃がよじれた。ヘイリーは無事だと自分に言い聞かせても、食欲は失《う》せてしまった。立ちあがって残りを処分してから、腰かけてメールのチェックを始めた。

ロイとハーシェルの華麗なるヒューストン脱出計画は、始まる前に終わろうとしていた。もうすぐガス欠だ。

「ふざけんなよ」ロイはメーターを見てぼやいた。「いったいどこのドライバーが、ガソリン満タンじゃねえ車で配達に出るんだ」

ハーシェルはそわそわして言った。「環状線では車から出られないぞ。このオレンジ姿で歩きだした瞬間、おしまいだ」

「だな」ロイは同意した。次の出口で環状線をおりると、いまやヒューストン西部に来ていた。暗くなるまで隠れていられそうな場所を探しながら、通りにバンを走らせる。暗くなったら別の車と食料と服を盗んで、先へ進むのだ。

ガソリンはソーンウッドという地域でゼロになった。二人は裏通りにバンを乗り捨て、私有地を仕切る壁から壁へ走りだした。


ママ、ちょっと寒いんだ。緑の恐竜の毛布を持ってきて。六歳のときにクリスマスプレゼントでもらったやつ。

お願い、ママ、今日は病院に行きたくないよ。

ママ、ハチドリの餌箱に餌を入れてくれない？　パティオの椅子に座って鳥を眺めたいんだ。

ヘイリーは目を覚ました。「餌箱に餌を入れなくちゃ」つぶやいたが、片方の肘をついて起きあがると、ベッドがぐるぐる回転しはじめて、息子がまだ生きている夢のなかに引き戻された。

次に気がついたときは朝で、強風が窓に雨をたたきつける音はまるで雹《ひょう》が降っているかのようだった。ここはダラスの家ではない。ロビーのために鳥の餌箱を満たす必要も、もうない。緑の恐竜の毛布は、棺に収めたあの子を覆うのに使った。

息子がいなくなって人生にぽっかりと空いた穴が埋まるときなど来ないだろうし、思い出はいつも胸を痛くする。そのときはたと、自分がこの家に来てほぼ二十四時間が経つことに気づいた。そして陥ってしまった危機にぞっとした。

熱帯暴風雨グラディスは、ハリケーン級の威力ですぐそこまで迫っている。家に帰る機会を逃してしまった。ここに閉じこめられた。

起きあがろうとしたが、痛みで動きが止まった。体のあちこちが痛むので、動くのも怖いほどだ。そのとき、両手と服が血だらけなのに気づいた。「信じられない。飲んで騒いで楽しんでもいないのに、バーで喧嘩《けんか》したみたいに傷だらけ」つぶやいてそっとベッドを出ると、足を引きずりながら隣接するバスルームに入った。

一目鏡をのぞいただけで、首の骨を折らなかったのは幸運だったと悟った。後頭部の傷口は、触れてみたかぎりでは縫ったほうがよさそうだが、いますぐにはかなわないので、ひとまず清潔にするためのものはないかと探しはじめた。この物件は生活環境をよく整えてあるので、ハンドタオルやバスタオルも用意されていた。蛇口をひねって水を出し、温かくなるまで待ってからタオルを浸すと、できるだけ血を拭い取りはじめた。

紺色のパンツは膝のところが破れ、赤と紺色のストライプのブラウスは片腕の下側が裂けて、血が点々とついている。黒髪には乾いた血がこびりつき、左眉の下には紫色のこぶができていた。紫なんて、茶色の目と相性が悪い。

ふだんはだれからもサンドラ・ブロックに似ていると言われる。ただし顔の形が四角ではなくハート形の、と。けれどいまはサンドラに似ていない。もっと言えば、ヘイリーにも見えない。

両手の指の関節はすれて出血し、ひねった足首はふだんの倍にも腫れて、ひどいあざが浮かんでいる。頭の傷口をきれいにして髪から血を拭い取り、乾かした。

寝室に戻って初めて、嵐の音の大きさに驚いた。足を引きずって窓に近寄り、外を見る。横ざまに吹きつける雨はまるで灰色の水の壁で、風は地所を囲む岩に、枝やらなにやらをへばりつかせている。

立っていると震えてきたので、支えを求めて手を伸ばしたが、寝室の壁に触れたとき、振動を感じてぞっとした。震えているのはわたしじゃない。風で家が震えているのだ。

急いで窓から離れて寝室を出ると、靴と携帯電話を捜した。

廊下を半分ほど進んだところで、またすべてが旋回しはじめる。足を止めて腰をかがめ、両手で膝をつかんでめまいが去るのを待ってから、ふたたび階段を目指した。

階段の手すりにつかまって下をのぞくと、乾きつつある血だまりが見つかった。きっとあそこで意識を失って倒れていたのだろう。赤いローファーの片方が上から二段目に、もう片方がなかほどに転がっている。携帯電話は下から二段目に落ちていて、トートバッグとマフィンの入った箱は、階段下のテーブルに置いたままになっていた。

「慌てない」そう自分に言い聞かせてゆっくりと進みながら、靴と携帯を拾っていった。靴を手に、いちばん下の段に腰かける。腫れた足首のせいで少し苦労したものの、どうにか履くのに成功した。携帯電話の充電は残り五十五パーセントで、ヘイリーは天気予報のアプリを開いた。

恐れていたとおり、熱帯暴風雨グラディスはハリケーンに格上げされていた。立ちあがってよろよろと家の正面側の窓に向かい、車を捜したものの、なんと通りは浸水し、車はどこにも見当たらなかった。盗まれたのか強風で飛ばされたのかはわからないが、これもまた、身動きならない状態に陥ったことを示している。

さらなる焦りを感じつつ、壁にもたれてずるずると床に尻をつき、携帯電話を胸に押し当てた。「考えるのよ、ヘイリー、考えるの」深く息を吸いこんで、911にかけた。だが電話は鳴りつづけるだけで、ようやく応じたのも交換手ではなく録音メッセージだった。警察も救急も消防も、嵐のせいで来られない。

留守番電話のメッセージを確認しようとしたが、視界がぼやけて焦点が定まらなかった。横にならなくては。そこで、立ちあがってまた階段に向かった。嵐が過ぎるまで待つほかない。大きなブルーベリーマフィン六つと、ミネラルウォーターのボトル六本と、トートバッグには身の回り品もある。いまはただ、上へ行かなくては。

手すりにつかまっての歩みは遅かった。階段にこびりついた血のそばを通ったときには、ヘイリーのなかの不動産業者が目を覚まし、戻ってきて掃除をすること、と頭のメモに書き留めた。ようやく二階にたどり着いて、寝室に戻った。

椅子の上にすべての荷物を置いてから、トートバッグをあさってウェットティッシュを取りだすと、ふたたびバスルームで血を拭った。

寝室に戻ってきたときには、全身の痛みで考えることもままならなかった。ハンドバッグに痛み止めの小瓶を見つけて二錠呑み、携帯電話を充電器に挿して、横になった。だれかに電話をして助けを求めなくては。そう思いはするものの、痛み止めが効いてくるまでは、考えることも無理そうだった。

そのとき携帯電話が鳴りだした。このつながりを失うまいと、必死の思いで電話をつかんだ。「もしもし？　もしもし！」

「ヘイリー？　ああよかった！　昨日からずっと電話してたのよ。いったいどこにいたの？」

ヘイリーは枕に頭をのせて、ベッドが旋回をやめてくれるよう祈った。「ローダなの？」

「そうよ。大丈夫？　なんだか声が変だけど」

「大丈夫じゃないの。ソーンウッドにあるローレンス邸の階段から落ちてしまって」

「たいへんじゃない！　怪我は？」

「脳震盪《のうしんとう》を起こしたみたい。頭を切って、まだ血が止まらないわ。たぶん縫わなくちゃいけないわね」ヘイリーは言った。

「どうして医者は縫ってくれなかったの？」

「まだ医者に診てもらっていない……というより、まだローレンス邸にいるの。ずっと気を失っていて、いまもときどき意識を失うのよ。車は見当たらないし、レスキューも来てくれないみたい」

ローダは息を呑んだ。「なんてこと！　ヒューストン一帯が浸水してるのよ。そこは二階建てよね。上へ行って、じっとしてなさい」

「もう二階にいるわ。浸水って、ヒューストン全域が？」ヘイリーは尋ねた。

「そうなりそうよ。止める手立てがないの。入り江《バイユー》あたりはもう沈んだし、周辺も浸《つ》かりつつあるわ。わたしは雷雨のなかを避難したんだけど、同じことを考える人は大勢いてね、妹の家まで何時間もかかった」

ヘイリーは天井を見あげた。据えつけの照明器具はシーリングファンのごとく旋回していた。「ああ、だめ。目が回る。もう話せないわ。どうか祈っていて」

ローダは泣きだした。「もちろんよ、必死に祈ってる。レスキューが動きはじめたら、すぐにあなたのことを伝えるから。約束よ」

「住所は？」

「リストにあるからわかるわ。食べ物や水はあるの？」

「少しね。じゃあ、わたし、寝るわ」ヘイリーはぼそぼそと言って電話を切り、横向きになると同時に気絶した。

ローダは慌ててウィル・トルーマンに電話をかけ、ヘイリーの状況を知らせた。それから自分も９１１にかけてみた。ヘイリーの言ったとおり、だれに対しても録音メッセージが同じ情報を伝えていた。

現状、待つ以外にできることはなかった。

2

ヒューストン警察署で電話が鳴ったが、出る者はなかった。そのせいで、メイ・アーノルドの胃はよじれた。息子のハーシェルを移送していたバンが大破し、息子ともう一人の囚人は逃走中だと、連邦保安局からすでに知らされていた。もしハーシェルが帰ってきたら、みずから出頭するのが本人のためだと説得するように、とも言われた。

知らせてくれたことへの礼以外、メイは口にしなかった。だがいまでは怯《おび》えていた。ハーシェルが電話をよこしたことはないが、逃走中ならよこすに違いない。息子がここへ帰ってくるのを、メイはもう何カ月も待っていた。送ってきた箱を取りに来るのを。息子はすぐに現れるだろうと思って、メイと夫は届いた箱を古い燻製《くんせい》小屋に押しこんだのだが、その後ハーシェルがまた逮捕されたと知って、じきに箱のことは忘れてしまった。

いま、ヒューストンから届くニュースはハリケーンに関するものばかりで、メイはそれが怖かった。ハーシェルはたった一人の我が子だ。裁くことなどできない。どうか死んでいませんように、テキサス州のどこかで溺れていませんようにと、それればかり願っていた。

ヘイリーは一日の大半を眠って過ごした。また夢のなかで、ロビーの最後の日々を見ていた。

ママ、明日はぼくの誕生日だね。
ママ、足をさすってくれる？　冷たいんだ。
ママ、ぼくもう病気に飽きちゃった。ぼく、よくならないんでしょう？

目覚めたヘイリーの頬には涙が伝い、胃の腑《ふ》には痛みがあった。起きあがってバスルームで用を足し、マフィンを少し食べてミネラルウォーターを飲んだ。脱水症状にならないよう、飲むたびに水道水を足してボトルを満たした。六本では長続きしないだろうから、飲用できる水が確保できるうちは、ボトルを空にしないほうがいい。
天気予報のアプリを確認すると、本格的に怖くなった。数年前のハリケーン・カトリーナが頭に浮かび、屋根裏まで浸水した家々の屋根から救助される人々を思い出した。だがこの家は二階建てだし、通常は浸水しない地域にある。安全なはずだ。だが考えれば考えるほど不安になってきた。せめて一度、屋根裏へ行って、そこから屋根へ出られるかを確認したほうがよさそうだ。どんな選択肢があるかを知っておけば多少は気が楽だし、それならいまのあるうちにやっておきたい。

　主寝室を出ると、腫れた足首でゆっくりと廊下の端のドアに向かった。内見のときに一度、屋根裏にあがったことがあるので、残念だがさらに階段をのぼらなくてはならないのを知っていた。入り口まで来て照明のスイッチを入れ、階段の手すりにつかまってのぼりはじめた。

　屋根裏はじゅうぶんに広く、二つの屋根窓が家の裏手を見おろしていた。雨風のせいでたいして見えないが、必要に迫られればそこから出られることはわかった。ありがたいことに屋根裏もほかの部屋と同じように設備が整っており、トイレと洗面台までついていた。脱出口があることに安堵《あんど》したヘイリーは、両方の窓の鍵を開けてから、二階へ戻った。

　翌朝には、ほぼふだんどおりに落ちついた。足首はまだ痛むが、腫れは引きはじめた。あいにく顔と体のあざはまだ濃い紫色で、薄くなるには時間がかかるだろう。

　この二日間、寝室の窓と上階からしかハリケーンを見ていない。もう一度、家の正面側を見てみたい。どんな被害がもたらされているにせよ、嵐の威力を推し量るいい判断材料になるだろう。

　停電したときのためにモバイルバッテリーはとっておいて、携帯電話を充電器に挿してから、廊下に出た。携帯電話会社によれば、嵐のあいだに通話できなくなる心配はない。それが社の売りで、ハリケーン・カトリーナがニューオーリンズを襲ったあとに加わったものだ。たとえときどき電波が弱まることがあるとしても、スタッフがついていて、回線を途絶えさせることはないと言われていた。

階段に近づいていくと、頭上で木が裂けるような音が聞こえた。風が屋根板を引き剥がしているのだろうが、屋根そのものがもちこたえてくれるなら、それでよかった。

そのとき水の跳ねる大きな音がして、そっと角から階下を見おろした。恐ろしいことに一階全体が浸水しており、水位は階段の下から二段めまで覆うほど上昇していた。

「そんな、そんな」ヘイリーは言い、よろよろと寝室に戻った。眠っているうちに窓が割れて、一晩中、水が入ってきていたのだろう。

寝室にたどり着くやいなや、携帯電話をつかんでもう一度911にかけたが、同じ録音メッセージが応じただけだった。だれかに現状を知らせたくて、ベッドの中央に這《は》いのぼると、連絡先一覧をスクロールしはじめた。半分ほど進んで、気づいた。911が助けに来られないのなら、ほかに来られる人などいない。

深く息を吸いこんで動きを止め、自分に語りかけた。状況を変えられないなら、心境を変えよう。いま、わたしは安全だ。水が二階まで来るとは思えないが、水位が上昇すれば危険が訪れるかもしれない。たとえば、嵐のせいでバイユーからヘビやワニがさまよいだしてくるかも。わたしにできるのは、ドアを閉じておくことだけだ。

トートバッグに手を伸ばし、ベッドの上で所持品を確認しようと、逆さまにした。最初に出てきたのはピストルだ。六連発のグロック43に、9ミリ弾の挿弾子《クリップ》。手に入れて三年になるが、まだ使ったことはない。ウィル・トルーマンは従業員全員に、銃の携帯許可証を取得して、内見の際は銃を所持するよう奨励している。いまの時代、空き家に他人と入ることは危険を伴う行動だが、こういった状況は想定外だ。とはいえ、もしなにかが水から這いだして階段をのぼってきたら、喜んで戦う。銃に挿弾子を挿しこんでナイトテーブルに置き、残りの荷物をチェックしはじめた。

チョコバーと栄養補助食品、処方箋なしで買える痛み止めの小瓶、税金のために保管しているレシートの山、もらった名刺を入れておくための名刺入れ。名刺入れを開いて、いちばん上の一枚を目にしたとき、心臓が飛びだすかと思った。

サム！

どうしよう。

許されるだろうか。来てくれるだろうか。

けれどだれかが助けに来てくれるとしたら、サム・クエイドをおいてほかにない。震える指で番号を押し、我知らず息を止めて待った。

「もしもし」

「サム、わたし、ヘイリーよ」

ダラス中心部の事務所にいたサムは、ヘイリーの声を聞いた瞬間、立ちあがって雨に濡《ぬ》れた窓に歩み寄った。そうすれば彼女に近づけるかのように。「電話をありがとう。大丈夫か？　ずっと心配していたんだ」

そのとき、電話の向こうでヘイリーの息遣いが変化し、声に震えが混じった。

「じつは大丈夫じゃないの。お客さんに案内するはずだった家の階段から落ちて。起きあがれるようになったときにはハリケーンが上陸していたの。外には出られないし、家の一階はどんどん水に浸《つ》かっているわ」

サムは深刻な口調になって言った。「怪我《けが》は？」

ヘイリーは必死に涙をこらえた。「脳震盪《のうしんとう》を起こしたみたい。足首をひどく捻挫して、後頭部の傷は縫わなくちゃいけないと思う。あとは、全身切り傷とあざだらけよ」

ヘイリーがそんな状態で一人で苦しんでいるかと思うと、サムの胸はよじれた。「いつからそこにいる？」

「携帯の日付によれば、今日で三日目よ。食べるものは少しあるわ。電気はまだ通じているけど、いつまでもつか。救助はあてにできないみたい」ヘイリーの息はつかえた。「怖い。溺れ死にたくない」

「きみは溺れ死んだりしないさ。おれがさせない」サムは言った。「よく聞け。ハリケーンの目に入ると嵐がいったん凪《なぎ》になる。そうなったら、屋根に出られるか?」

「ええ。もう確認したわ」ヘイリーは言った。

「さすがだ。じゃあこうしよう。おれが助けに行く。いますぐヒューストンのできるだけ近くまで行く方法を見つける。そのあたりに私有空港を持っている知り合いがいるんだ。そいつはヘリも持っているから、凪のあいだにきみのところまで運んでもらう。そうしたら、屋根からきみを救出できる」

「そんな……あなたが危ないわ」ヘイリーは言った。

「それはいま関係ない。住所を教えてくれ。GPSに登録する」

ヘイリーは住所を伝えた。

「よし」サムはきっぱりと言った。「怖がらなくていい。おれを信じろ」

よくよく聞き慣れた声の深い響きに、わずかに残っていたヘイリーの自制心は崩れた。

「ごめんなさい。本当にごめんなさい、サム」

予期せぬ言葉に、サムは腹を殴られた気がした。「泣くな、ヘイリー。一つずつ対処していこう。いま大事なのはきみを救助することだ」

ヘイリーは涙を拭った。「携帯電話会社はこういう緊急事態にも対応できるはずだけど、それを試すのは今回が初めてで。もしこれが最後の通話になったら、どうすればいいの?」

「たとえそうなっても、おれがかならず助けに行く」

「ありがとう、サム。屋根裏で待ってるわ。そしてヘリが見えたら、窓から屋根に出る」

「大丈夫だ、自分を信じろ、ヘイリー・ジョー。生きていろよ——なにしろおれが迎えに行くんだからな」

通話が終了したあとも、ヘイリーは電話を置けなかった。こうしてふたたび声を聞くまで、どれほどサムを恋しく思っていたか、自分でもわかっていなかった。この悪夢が始まってから初めて、希望が芽生えた。


ロイとハーシェルは困った事態に陥っていた。避難した物置小屋がどっぷり水に浸かったうえに、水位はまだ上昇しているのだ。

「おれたち、ここで死ぬんだな」ハーシェルはつぶやいた。

「死んでたまるか！　ただ庭を突っ切って、あのでかい家に入ればいいだけだろ」ロイは言った。

ハーシェルは苛立《いらだ》って、ロイの後頭部をはたいた。「そこの窓から外を見てみろ。どうやったらこの大水を渡れる？　しかも強風のなかを」

ロイは振り返り、ハーシェルの肩をパンチした。「二度と殴るな。そんなに言うなら、てめえはここで溺れ死ね。おれはこの金槌《かなづち》で家の窓を割って、なかに入って、安全な二階へ行く。どうとでも好きにすりゃいいが、なにもしなけりゃ、どのみちここで溺死する。おれは助かる可能性に賭けるぜ」そしてハーシェルを押しのけると、ドアノブに手をかけた。

「おい、待ってくれよ」ハーシェルは言った。「二人で支え合ってりゃ、うまくいくかもしれないぞ」

小屋のなかはすでに腰の高さまで水が来ていたので、ドアを引き開けるのは一苦労だったが、ひとたび掛けがねが外れてしまうと、強風がドアを内側に押し開けてくれた。とはいえその勢いで生じた波で、二人はずぶ濡れになった。

ロイはハーシェルにぶつかり、ハーシェルは壁にぶつかり、吹きすさぶ風のなかで二人は声のかぎりにわめいたり罵ったりした。

「もうだめだ」ハーシェルは、ロイを助け起こしながら言った。

「くそっ」ロイは吐き捨てるように言った。「金槌がどこかに行った」

「あそこに手斧《ておの》がある」ハーシェルは大声で言い、道具かけにかかっている、短い柄つきの刃物を指差した。

それをロイがつかむと、二人はがっしりと腕を組んだ。「行けるか？」

「行こう」ハーシェルは言うなり頭をさげ、ロイを引きずるようにして敷居をまたいだ。

「おい――」ロイは叫んだが、風がその声と息を奪ったばかりか二人とものの足をすくい、黒く濁った水のなかに倒した。

水位は腰までとはいえ、必死にこらえなければ水の上に頭を出していられなかった。よろけては倒れ、よろけては倒れながらも、起きあがるたびに少しずつ家に近づいていき、ついには裏の壁にたどり着いた。

ロイはやっとの思いで腕をあげ、手斧を振るった。手斧がガラスにヒビを入れると、あとは風がやってくれた。強風に押されてガラスは内側に割れ落ちていく。残りの破片を手斧で砕いていたら、ハーシェルになかへ押しこまれた。

頭から水に突っこんだロイは、両腕を突っ張って体を支え、むせながら水面に顔を出した。振り返るとハーシェルが割れた窓から入ってこようとしていたので、手を貸そうと引っ張ってやった。

割れた窓からは風と雨とハリケーンのうなりが入ってくるが、それでも屋根の下にいられることには大いにほっとさせられた。

「やったぞ！　ちくしょう、やったぜ！」ロイは叫び、笑いだした。「てめえのおふくろにいい土産話ができたな」

だがハーシェルは笑っていなかった。「マジかよ。空き家に入っちまった」

「どういう意味だ?」ロイは尋ねた。「住人は避難したんだろ」

「いや、キッチンを見てみろよ。調味料入れもトースターもコーヒーメーカーもない。つまり食い物もないってことだ。腹が減って死にそうなのに」

戸棚を開けても空っぽなのを見て、二人は自分たちの状況を悟った。ほっとしたのもつかの間だった。

「おれはあきらめねえぞ」ロイは言った。「来い、部屋を全部点検するんだ。なにかあるかもしれねえ。てめえは戸棚の残りを見ろ。おれは食料品部屋と、この廊下の部屋を見る」

ハーシェルは戸棚を次々に開けはじめた。苛立ちが募るにつれて、扉を開けては閉める音はますますやかましくなっていった。

二階にいたヘイリーは、ガラスが割れる音を聞いた気がしたものの、ハリケーンのせいだろうと考えた。そこへバタンバタンが始まった。ベッドから滑りおりて静かに階段の踊り場へ歩きだしたとき、男性の声が聞こえた。突然、ヘビやワニなどたいした脅威に思えなくなった。この空き家に赤の他人と閉じこめられることに比べれば、ずっとまし。

じわじわと廊下を進んで角からのぞくと、オレンジ色のつなぎ姿の男が階下の玄関ホールを横切った。

あれは囚人服！

そっと隠れてできるだけ早く寝室に戻り、鍵をかけた。心臓が早鐘を打っている。オレンジ色のつなぎということは、逃げた囚人たちに違いない。浸水しつつある家に、その男たちと閉じこめられたのだ。

こんな運命に見舞われる確率はいかほどだろう。

動揺しながらも、どうすべきか考えていたとき、トートバッグの上に転がっている黒の油性ペンが目に飛びこんできた。必死さから、苦しまぎれの手段を思いついた。うまくいくかわからないが、やってみなくては。

キャップを外し、音をたてないようドアの鍵を開けた。男たちはまだ下にいるらしいので、寝室のドアをさっと内側に引き開け、廊下に面している側に黒い太字で書いた。

危険——入室禁止

修理中

そっとドアを閉じてまた鍵をかけ、携帯電話と銃以外のすべてをトートバッグに収めてから、ベッドの端に腰かけて、もう一度サムに電話をかけた。

困ったことに、留守番電話につながった。ひそひそ声の短いメッセージを残して電話を切り、設定画面を開くと、通知をすべてミュートにしていった。

その作業を終えたとき、つけっぱなしにしていたバスルームの明かりが消えた。ついに停電したのだ。

　鼻の付け根を押さえて泣くまいとした。こうなるのはわかっていたこと。ここまでもってくれて運がよかったのだ。いまはただ息をひそめ、二人組がこの寝室を飛ばして廊下の先の部屋へ向かってくれるよう祈るだけ。

　話し声が聞こえ、徐々に大きくなってきたので、男たちが二階に来たのがわかった。銃を手にして安全装置を外し、耳を澄まして待った。声がドアの前まで来た。


「こいつはなんだ？」ロイは言い、ドアに書かれた警告を示した。

　ハーシェルは肩をすくめた。「訊《き》くまでもないだろ」

「なかはどうなってんだ？」ロイはそう言ってドアノブを回そうとしたが、鍵がかかっていた。「開かねえぞ！　蹴破るか」

　ハーシェルは仲間の腕をつかんだ。「おいおい。ただの好奇心からドアを蹴破って、足首を痛めたいなら好きにすりゃいい。だがそうなったとしても、おまえを担いでいく気はねえぞ。嵐が過ぎたら置いていくからな」

「そうかよ」ロイはつぶやくように言い、仲間を押しのけて廊下を進むと、次の部屋のドアを開けた。「こっちにはベッドが一つあるぞ」

「おまえと一緒に寝るなんて冗談じゃない」ハーシェルはぼやいた。「ベッドが二つある部屋を見つけるか、おまえ一人でそこで寝るかだ」

「へいへい」ロイは受け流し、また言い合いながらさらに次の部屋へ向かった。

二人の声が遠ざかっていくと、ヘイリーは静かに安堵の息をついた。携帯電話を手にして天気予報のアプリを確認する。ハリケーンの目はまだ海上だが、いまのうちに屋根裏へ行って身をひそめ、サムの救助を逃さないようにしなくてはならない。暗くなったら移動を試みよう。マフィンを一つとミネラルウォーターを一本出して、残りの食べ物はトートバッグに収めた。

携帯電話は尻ポケットの片方に、モバイルバッテリーはもう片方に入れて、マフィンを手に取った。怖くて空腹を感じなかったが、しばらくなにも食べていないし、体力を失ってはならない。そこでペーパーカップを剥《む》き、一口かじった。それが果たすべき仕事であるかのごとく、咀嚼《そしゃく》して呑《の》みこんだ。

ほどなく、また二人の声が聞こえてきた。廊下をこちらへ戻ってくる。ヘイリーは凍りつき、呼吸さえ止めた。二人はなにやら言い争っているようだ……金を隠すことについて、自分たちのアパートメントについて、デュード・サントスという人物を裏切ったことが本人にばれたら殺されることについて。

メキシコ湾上のハリケーンはダラスの天候にも影響を及ぼした。サムは事務所から自宅まで、雨のなか車を走らせた。ヘイリーの声が聞けた衝撃から覚めやらないうちに、家に着いた。

玄関を抜けて仕事部屋へ向かい、すぐさまリー・トルソンに電話をかけた。ヒューストン郊外に私有空港を所有している人物だ。リーはヘリコプターも所有しており、サムが用件を伝えると、即座に頼みを聞き入れてくれた。とはいえ、サムが空港までたどり着けるかという点については半信半疑だった。

「この嵐だからな、かなり危険だぞ」リーは言った。「空港にたどり着けたとしても、開いている格納庫のどれかに避難しなくちゃならない。それも、格納庫がまだ立っていてくれたらの話だ」

「やってみせるさ」サムは言った。「やらなくちゃならないんだ」

「別れた女房のためにそこまでやる男なんて、そうそういない」リーは言った。

サムの顎の筋肉は引きつった。ヘイリーと交わした約束をかならず守るという決意の表れだ。「この離婚には情状酌量の余地があった、とだけ言っておこう。それより、何時間以内に空港へ行けばいい？　ハリケーンの目はいつごろ上陸する？」

「二十四時間以内だな」リーは言った。

サムは時計を見やった。午前十時。晴天時に交通量の多い道をヒューストンまで行くには、通常五時間ほどかかる。今日はどれくらいかかるかわからないが、日没までにはたどり着けるだろう。

「それまでには到着してみせる。きみは空港に来て、おれの行くべき場所へ連れていってくれればいい」サムは言った。

「具体的な場所はわかってるのか?」リーは尋ねた。

サムは住所を伝えた。

「了解」リーは言った。「事故るなよ。もし緊急事態でも起きて間に合わなくなったら、すぐに知らせろ」

「ああ。だがそうはならないさ」サムは言った。「じゃあ、あとで」

電話を切って廊下を急ぎ、キャンプのときに使うバックパックを取りだした。すでに軍の戦闘糧食《レーション》が入っているし、寝袋と救急セットも収められている。ハリケーンの目に入っているあいだにヒューストンを脱出できなかった場合に備えて、着替えも詰めることにした。ジーンズ、下着、清潔なシャツ二枚で足りるだろうと考えたとき、ヘイリーにはすぐにでも着替えが必要だと気づいた。クローゼットに戻り、ジョギング用のショートパンツとスウェットパンツ、Tシャツ二枚を取りだして詰める。バックパックの空きには緊急用の食料と医療用品を入れて、腕に雨具をかけると、バックパックをリビングルームに運んだ。

携帯電話に手を伸ばしたとき、ヘイリーからの電話を取りそこねたのに気づいた。眉をひそめて留守電メッセージを聞いた。

　サム！　二人組の男が一階にいるの。きっとすぐに二階へ来るわ。たぶん彼ら、わたしが倒れた日にニュースで報じられていた、逃げた囚人よ。どうにか隠れてみる。わたしは銃を持っているし。着信音を聞かれたくないから携帯の通知音はミュートにしたけど、メールはちゃんと受信できるから。充電が切れるまでときどき確認するわ。幸運を祈っていて。いまのわたしにはありったけの幸運が必要なの。

「なんてことだ！」サムはポケットに携帯電話を滑りこませ、寝室に駆け戻って銃と挿弾子をつかんだ。それから金庫を開けて、衛星電話とモバイルバッテリーを取りだす。それらすべてをバックパックに入れてから、駆け足で玄関に向かった。

　仕事の行き帰りに乗るジープのとなりには、それより大きなシルバーのハマーが停《と》まっている。そのハマーの後部座席に荷物を放りこみ、車庫をあとにした。この大きさと重さがありがたい。ヒューストンにたどり着けるか、路上で風になぎ倒されるか、運命の分かれ道を決めるのはこいつだ。

　ヘイリーのために祈りつつ、ハイウェイ75を目指した。その先は州間高速道路45だ。ガソリンはほぼ満タンで、路上の雨は猛スピードで排水溝に流れこんでいる。これほど遠くでも、ハリケーン・グラディスは厄介を巻き起こしているわけだ。

ハイウェイ75に乗ると可能なかぎりスピードをあげて、州間高速道路45に着いたあとはさらに加速させた。稼げるうちに時間を稼がなくてはならなかった。ハリケーン級の風の範囲に入ってしまったら、いったいなにに遭遇するか、どれだけ進みを遅くさせられるか、わかったものではない。なんとしてもたどり着かねば。ヘイリーまで埋葬するなど、考えるのもお断りだ。


二時間車を走らせて、給油のために停車した。ここまで来ると風はさらに強く、給油のために立っているのも容易ではなかったが、期待どおり、ハマーの大きさと重さは路上で欠かせない役割を果たしてくれていた。

州間高速道路に戻ってみると、南へ向かう車はゼロに等しかった。一台の車も見かけないいまま十数キロが過ぎ、ようやく見つけたと思ったら重たい荷をのせたセミトレーラーで、だから吹き飛ばされずにすんでいるのだった。

ヘイリーが陥っている状況は考えまいとしたが、銃を持っていると知って希望が芽生えてもいた。射撃練習場ではいつも好成績を収めていたし、身を守るためなら躊躇《ちゅうちょ》せず引き金を引いてくれるはずだ。夢のなかで、ヘイリーはかならずサムのもとに帰ってきた。再会がこんな風になるとは思いもしなかったが、生きてさえいてくれればいい。

ただヘイリーの声を聞くだけのために、最後の留守電メッセージを何度も再生した。そこから一つわかったのは、どれほどヘイリーが変わったかだった。声には恐怖がにじんでいるものの、決意とかすかな怒りも聞き取れる。

ロビーを死なせないために、ヘイリーは懸命に闘った。ヘイリーのなかでは、彼女は"息子を救えなかった母親"なのだろう。自分の失敗と思いこんだもののせいで彼女が打ちのめされていたことを、サムは数カ月かかってようやく理解した。夫の愛では癒せないほどに、打ちのめされていたことを。

だが留守電メッセージの声にそんな響きはない。この三年間で、ヘイリーのなかでなにかが変わったのだ。それがなににせよ、いいことには違いない。ヘイリーは銃を持っているし、その腕前はたしかだ。もう一度、再生ボタンを押して、愛《いと》しい人の声に聞き入った。

「がんばれよ、ベイビー。どうか無事に生きていてくれ」

3

陽光が小鳥の水浴び場《バードバス》の水を照らすさまが、メイ・アーノルドの台所の窓からよく見えた。すぐそばに餌箱を置いているので、台所仕事をしながらでも野鳥を眺めることができる。だが今日は、鳥の姿にも心は癒されなかった。

ＣＮＮテレビでは、ハリケーン・グラディスによるヒューストンへの影響が伝えられており、浸水した地域や嵐の被害の映像にはぞっとさせられた。いまだけは、息子は死ぬまで刑務所で過ごすと思っていたかった。この嵐の被害者になるところは想像したくなかった。

穏やかな少年だった息子は、成長するにつれて、母親のメイさえ知らない冷たい男になってしまった。だからハーシェルのことを思うときは、昔のあの子を思うことにしていた。

また罪を重ねて、保安官を一人殺害し、もう一人に車椅子生活を強いた男ではなく。

裁判を追うのは耐えられなかったので、判決は間接的に知った。アーノルドの姓が犯罪行為に関連づけられるのは聞きたくなかったし、息子がこんなことになってしまったのは恥ずかしかった。

ヘイリーは腫れた足首を抱えてベッドにじっと座ったまま、囚人たちの喧嘩《けんか》に耳を澄ましていた。二人はもうずいぶん長いあいだ口論をしていて、家のなかに食料がないことを大声で罵り、廊下を行ったり来たりしては、水面が階段のどこまで上昇したかを確認していた。嵐が凪《なぎ》に入ったらすぐにこの家を出て、どこか食料がある場所へ行こうと話しているのも聞こえた。二人がいる場所から数メートル先のドアの向こうに、食料と水を持った女性がいると知られたら、ヘイリーは命がけで戦うことになるだろう。

また声が遠のいたので、ベッドからおりて窓に近づいた。家を囲む水に驚くほどたくさんの瓦礫《がれき》が浮かんでいるのを見て、ヒューストン全体が風で吹き飛ばされつつあるのではと思ってしまった。

サムのことを考えた。車でヒューストンを目指し、ハリケーンの外縁を突き進んでいる様子を想像した。助けは間に合うだろうか。ヘイリーの命は危機にさらされており、ささいなことで誤った方向に傾きかねない。

サム、どうか無事でいて。どうか助けに来て。死にたくないの。

動揺するまいと、ベッドの中央に這《は》い戻り、ポケットから携帯電話を出して、サムからのメールを確認した。なにも届いていなかったが、トラブルがあったわけではないと自分に言い聞かせた。もしだれかがここにたどり着けるとしたら、サム以外にいないのだから。
携帯電話のバッテリー残量は五十パーセントほどで、いまも圏外にはなっていなかったので、モバイルバッテリーに接続した。携帯電話の時計によれば、まだ午後六時過ぎだというのに、大雨のせいで空は暗く、もっと遅い時間に思えた。ヘイリーはうなだれた。全身の筋肉が痛み、ひどく疲れていた。もしもこれが悪夢なら、抜けだして目を覚ます方法がわからない。そして救出のためのタイムリミットは迫っている。この部屋を出て、今夜のうちに屋根裏へ行かなくては、囚人たちに見つからずに屋根の上へは出られない。

目的地にたどり着くまで、最速で二時間以内というところだろう。ハンドルを強く握りしめているせいで、サムの指は引きつってきたものの、痛いのは心臓のほうだった。ヘイリーのもとへ向かおうと必死になるあまり、息子を喪《うしな》ったときに感じた絶望が蘇《よみがえ》っていた。

男は愛する者を守るべきだし、サムもそうするべく努力した。ああ、どれほど努力したことか。それでも、二人とも失った。そしていま、ハリケーンのただなかに突っこんでいくというこの無謀な行為こそ、なにかを正すための最後のチャンスに思えた。

いまもヘイリーを愛していた。きっとこれからも愛しつづけるだろう。三年かかってようやく連絡が来たのだから、この約束だけは守りたかった。車体に強風が吹きつけるものの、ハマーの重量のおかげでひっくり返されずにすんでいる。フロントガラスのワイパーはほとんど役に立たない。前方は灰色の幕に閉ざされ、視界が利くのは一メートル先までだ。そのとき突然、目の前にセミトレーラーの後部が現れた。トレーラーは連結部でくの字に折れ曲がり、サムが走っている南行きの道路を部分的にふさいでいた。

まっすぐ突っこんでしまう前にブレーキを踏みこむと、ハンドルが効かなくなった。ハマーは傾いたトレーラーのぎりぎり手前を横滑りし、運転台の真横で止まった。

サムは震えていた。心臓は早鐘を打ち、嵐の音までかき消しそうだ。深く息を吸いこんでギアをパーキングに入れ、周囲の状況を確認した。

セミトレーラーの運転席側のドアはなくなっており、巨大なトレーラーの一部は強風で引きちぎられ、空っぽの内部をあらわにしていた。

重さが足りなかったのだ。

運転していた人物はとっくに救助されたのだろう、どこにも見当たらなかった。サムは自分が無事だったことに感謝しながら、ふたたびギアを入れてUターンし、慎重に運転台の周囲を回った。向こう側にさらなる障害物がないことを祈りつつ。

少なくとも見える範囲内に障害物はなかったので、速度をあげながらカーナビをちらりと見た。あと一時間ほどで空港だが、ペースを落とさなくてはならないので焦りが募った。

空港に着いたはいいが、なにもかもめちゃくちゃになっていたら？　ヘリが故障して飛ばなかったら？　恐怖を静めるため、もう一度ヘイリーの留守電を再生した。彼女はサムが失敗すると思っていないのだから、自分も成功を信じよう。

南へひた走り、嵐のなかへまっすぐ突っこんでいくと、やがてカーナビが州間高速道路をおりて支線に入るよう指示した。次に右折するよう指示されたときには、空港まで五百メートル以内だと告げられた。間違った目的地に誘導されていないことを信じるしかなかった。なにしろサムの視界はゼロだ。さらにもう一度、今度は左折するよう指示されたときには、そこに道があることを信じて従うしかなかった。ほどなく、たたきつける雨のなかに山のごとくそびえる格納庫が現れた。

目的地に着いたのだと安堵《あんど》した瞬間、新たな問題が生じた。まだ立っている格納庫に一時避難しなくては。携帯電話をつかんで、無事到着したとリーにメールを送ってから、ヘイリーにもメールした。

ヒューストンの格納庫に着いた。

ある格納庫はぺしゃんこにつぶれ、なかに収められていた軽量の小型飛行機のいくつかはばらばらに散っていた。どれもひっくり返り、一機などは屋根に押しつぶされている。サムは胃がよじれるのを感じながら、雨のなかハマーをゆっくり進め、ついに無傷の大型格納庫を見つけた。ぽっかりと開いている暗がりがわかったので、天の助けとばかりになかへ乗り入れた。

土砂降りの雨から逃れられて、ほっとする。ヘッドライトの光が照らす内部に目を向けると、飛行機が並ぶ格納庫のなかにちょうどハマーを収められるだけの空間が見つかった。

「ありがたい」サムはつぶやき、エンジンを切った。

まだハマーのなかにいて、窓も閉じたままだというのに、格納庫内の風雨の音は耳をつんざくほどだった。


暗くなって数時間、ヘイリーは行動を起こすことにした。屋根裏へあがってしまえば、サムが助けに来たときに、いるべき場所にいられる。メールはしばらくチェックしていなかったので、携帯電話の電源を切る前にもう一度だけ確認することにした。

画面の時計は真夜中過ぎを示しており、少なくともこの二時間は男たちの声を聞いていない。サムからの新しいメールに気づいたときは、危うく叫びそうになった。文面に目を走らせる。すごい！　どうにかしてたどり着いてくれたのだ。

わたしのサム。いつだって約束を守ってくれる……わたしにそんな価値はないのに。

胃がよじれるのを感じながら靴を脱ぎ、ほかのものと一緒にトートバッグに入れた。ピストルの挿弾子《クリップ》をもう一度チェックしてから、安全装置が外れていることを確認し、手のひらに隠してドアに歩み寄った。カチリという音はごく小さかったが、それでもヘイリーは身をすくめた。わずかにドアを開け、動きを止めて耳を澄ました。

なにも聞こえない。

不安に襲われつつも、比較的安全だった隠れ場所から廊下に出た。そっとドアを閉じて屋根裏のほうへ向かう。痛めた足首で可能なかぎり速く移動し、目標まであと一・五メートルというとき、背後でドアが開いた。暗くても、体の輪郭が見えるだろうことはわかっていた。動揺してバッグを取り落とし、銃を構えて振り返った。

家のなかに自分たち以外のだれかがいるのを見て、ハーシェルは最初、度肝を抜かれたが、すぐさま叫んだ。「ロイ！　ロイ！　だれかが家のなかにいる！」

男がこちらに向かってきたとき、ヘイリーは迷わず引き金を引いた。ほぼ同時に男が勢いよく横を向いたので、肩に命中したのがわかった。

名前を呼ばれて部屋から飛びだしたロイは、ハーシェルが撃たれるのを見た。「なにしやがる！」ロイはわめき、女をとらえようと駆けだした。

ヘイリーはもう一度、引き金を引いた。

ロイは激痛に悲鳴をあげたがそれでも走りつづけ、また銃弾が放たれる前に女に飛びかかると、こぶしを振りおろして気絶させた。

　意識を取り戻したヘイリーは、窓にかかっていたカーテンを裂いて作ったらしい紐《ひも》で、両手をベッドのヘッドボードに縛りつけられ、両足は足首のところで束ねられていた。殴られた顎が痛み、腫れた足首はきつく締めつけられている。だがどれだけ体が痛かろうと、屋根裏へ行けそうにないという事実の痛みに比べれば、なんでもなかった。

　突然、顔を照らされた。恐怖のあまり、息ができない。

「ようやくお目覚めかよ！　ずっと隠れていやがったとはな」ロイは言い、手にしていたマフィンにかぶりつくと、ヘイリーが持っていたミネラルウォーターで流しこんだ。

　ヘイリーは体勢を変えて、痛む足首を締めつける力をごまかそうとした。そのとき、携帯電話がまだお尻のポケットに入っていることに気づいた。現状、それでなにができると いうわけでもないが、それでも二人組の手には渡っていない。

「おまえ、名前は？　いや待て。そうだ、もうバッグの中身をあさらせてもらったんだった。ヘイリー・クエイド、そうだろ？　それで、ヘイリー、携帯はどこにある？」

「階段で転んだときに落としたの。いまごろ水の底よ」

　ロイは眉をひそめたが、その言葉を信じた。女の顔を見れば、転んだというのが事実なのは明らかだった。「ハーシェルを撃ちやがって」ロイは言い、ズボンの尻ポケットから銃を抜くなり、ヘッドボードに向けて発砲した。

　頭から数センチと離れていない箇所に銃弾がめりこみ、ヘイリーは悲鳴をあげた。

ロイは笑ったが、すぐに顔をしかめた。撃たれたときに銃弾が脇腹をかすめたのだ。深く息を吸うとひどく痛むところから察するに、肋骨《ろっこつ》が折れたのは間違いない。もう一度、女に向けて銃を振りながら言った。「ハーシェルは重傷だ。出血が止まらねえ。あいつが死んだらおまえにも死んでもらうが、まだ先だ。しばらく暇つぶしの道具になってもらうぞ。肋骨を折られたから犯すことはできねえが、別の楽しみ方をさせてもらう」

「撃ちそこなって、残念だわ」ヘイリーは言った。

ロイは銃を掲げて引き金を引き、ベッドの上の壁を撃った。だが今回、ヘイリーは身をすくめなかった。冷静に銃弾を数えていた。グロックは六発式だ。ヘイリーが二発撃ち、この男も二発撃った。残るは二発。

だが銃声でハーシェルが目を覚まし、そのうめき声でロイは意識をそちらに移した。

「ロイ、ロイ、助けてくれよ」

ロイは銃を脇に置いて懐中電灯をつかみ、もう一台のベッドを照らした。ハーシェルは血まみれで、ロイはどうがんばっても出血を止められずにいた。

「痛えよ、ロイ。めちゃくちゃ痛え。おふくろに電話しねえと」

ロイはハーシェルの肩をつかんだ。「てめえのおふくろを心配するのは、ここを脱出してからだ。しっかりしろ。痛み止めを手に入れた。呑《の》みこめるか?」

ハーシェルは痛みの波に身を震わせ、一つうなずいた。

ロイは床にぶちまけたヘイリーのトートバッグの中身を懐中電灯で照らし、錠剤の入った小瓶を手にした。手のひらに四錠出して、ハーシェルの頭を持ちあげる。「口を開けろ」そう言って錠剤を仲間の口に転がりこませてから、ミネラルウォーターを飲ませた。ハーシェルは飲みこもうとして、むせた。

ロイは仲間の頭をもう少し持ちあげて、また水を飲ませた。今回は、錠剤も水も喉をおりていった。「よし。じきに効いてくるだろう。少し休め」

ハーシェルは自分の肩に触れ、その手が鮮血に染まったのを見て顔をしかめた。「おれは死ぬんだな。おふくろにごめんと伝えてくれ。あの箱をなくすなと」

「電話が見つかったら連絡してやる」ロイは言った。「いいから目を閉じて、薬が効くのを待て」

ヘイリーはまぶたを狭めた。どうやら二人組の名前はハーシェルとロイらしい。二人とも殺せなかったのが残念だ。結果、泥沼にはまってしまった。そのフレーズが浮かんだ瞬間、思い出した。これはサムの口癖だ。

サム。

実際に撃たれたような痛みが全身に広がった。もう二度とあの人に会えないのだ。そう思うと同時にこみあげてきた涙をロイに見られないよう、目を閉じた。

「おい、寝かせてたまるかよ」ロイが言い、手の甲でヘイリーの頬を打った。

突然の痛みに驚いてヘイリーは悲鳴をあげ、次いでうめいた。

ロイは笑い、ヘイリーの髪をわしづかみにして乱暴に引っ張ると、自分のほうを向かせた。「おれの顔が見えるか？」

ヘイリーはうなずいた。

「返事が聞こえねえな」ロイはこぶしを握ると、今度は腹を殴った。息ができなくなるほど強く。「おれの顔が見えるかと言ったんだ」

ヘイリーはまだあえぎながらも、どうにかうなずいた。

そんな彼女の顔の前でロイが銃を振った。「またおれを怒らせてみろ、その場で撃ち殺すからな。わかったか？」

ヘイリーは咳《せ》きこんだが、ようやく酸素が肺に届いたので、かすれた声で答えた。「わかったわ」

ハーシェルがまたうめいた。

振り返ったロイは、ハーシェルの口の端から血が流れているのを見て悪態をついた。銃弾は肩に当たっただけではなかったのだ。弾の出口を確認しようなど、思いつきもしなかった。まさか、まだ体のなかにあるのか？

ロイはヘイリーに向きなおって言った。「おい、よく目を開けて、自分のしでかしたことを見てみろ。見えてんのか？」

「見えてるわ」ヘイリーは言った。

「じゃあ言ってみろ、おれはおまえをどうするべきだと思う?」ロイが尋ねた。

だがヘイリーが答えを思いつく前に、なにかが激しく家の側面に衝突した。まるで爆弾が破裂したような音だった。

「なにごとだ」ロイは言い、銃と懐中電灯を手に部屋を駆けだした。数分後、なにが起きたのかがわかった。玄関広間の窓の一つが割れて、激流のような雨とうなる風が、いまや家の正面と裏の両方からなだれこんでいるのだ。

「くそったれ!」階段がどこまで水没したかを見て、ロイはつぶやいた。どう楽観的に見積もっても、水深は二メートル近くある。凪のあいだにこの家を出るとしても、ボートに乗るか、泳ぐかしかない。予想していた脱出劇とは違う。

もどかしくなって部屋に戻り、さっと懐中電灯を女に向けた。女は目を見開いて、ロイの一挙手一投足を見ていた。ようやくこちらに注目させることができたらしい。

ハーシェルは意識もうろうとしているのだろう、わけのわからないことをしゃべり、熱に浮かされて震えている。残念だが、まあ、これなら置いていっても罪悪感を覚えずにすむというものだ。食べかけのマフィンをつかんで二口で食べ終え、また水を飲んだ。

疲れていて、眠りたかったが、あちらのベッドはハーシェルが血だらけにしてしまったし、こちらのベッドには女を縛りつけてある。ほかの部屋をのぞきに行くしかなさそうだ。

そういうわけで、別の部屋からシーツと枕を見つけて戻ってくると、ドアのそばに寝床をこしらえてから、呼びかけた。「おい、女。片目を開けて眠るからな。逃げようなんて思うなよ」

「聞こえたわ」ヘイリーは言った。

ロイは最後にもう一度、懐中電灯で女の顔を照らした。「頬の切り傷をどうにかしたほうがいいぞ。かわいそうなくらい血だらけだ」そう言って笑った。

「そうね」ヘイリーは言い、ロイが視界の外に消えるまで待ってから、目を閉じた。

ハリケーン・グラディスは、うなる低音と細い高音を織り交ぜた嵐の歌を歌っていた。

サムは不安だった。ヘイリーから連絡がない。最後にこちらから送ったメールにも返信がない。携帯電話の充電が切れたのか、困った事態に陥ったのか。とはいえリーからも返信はない。あるいはこの一帯の基地局がすべてやられてしまったのか。

サムが車で乗り入れた格納庫の扉は、風と雨のほうを向いていないものの、内部の音はすさまじかった。運転席の背もたれを倒して体を楽に伸ばし、目を閉じた。少し目を休めようとしただけだったが、眠りに落ちて、夢を見はじめた。

裸のヘイリーを組み敷いて、腰にからみつくしなやかな脚の感触を味わいながら、一緒にリズムを刻んでいた。ヘイリーの目は閉じて、唇はわずかに開いている。その唇が官能的にうめいて、ささやいた。「愛して、サミー。やめないで。もっとして」

サムは角度をつけてさらに奥までうずめ、さらに激しく突いた。いつものようにヘイリーの声が途切れるまで。彼女の合図を知っている。彼女に必要なものも、どんな風にされるのが好きなのかも知っている。

「一緒に行こう、ベイビー」サムは言った。

ヘイリーがまたうめいたと思うや、脚のあいだの熱が高まって締めつけがきつくなった。呼吸が浅くなり、ヘイリーは全身を燃えあがらせて欲望の渦に呑まれていった。サムもそれ以上もちこたえられず、自制心を解き放った。追いかけるように絶頂に達し、子宮のなかに精を注ぎこんだ。

ヘイリーは両腕をサムの首に巻きつけて、やさしく抱いた。「愛してるわ」ささやくように言った。「心の底から」

「おれも愛してる」サムはつぶやきながら目を覚ました。はっと起きあがって時計を見ると、二時間も眠っていたらしい。

ヘイリーはまだ無事だろうか。うまく隠れているだろうか、それとも、悪党どもに見つかってしまった？　まるで悪夢だ。夜明けが待ち遠しいし、ハリケーンには静まってほしい。ヘイリーの顔を見たい。あの華奢《きやしや》な体に腕を回して、いまも呼吸をしていることを確認したい。

ヘイリーは、近づいてくる足音にぎょっとした。心臓が早鐘を打ちはじめ、すばやく目を開ける。途端になにが起きたかを思い出した。自分がどこにいるのかを目の当たりにして、叫びたくなった。

ロイが足元に立って、懐中電灯の光でまたこちらの顔を照らした。と思うや、その懐中電灯をヘイリーの足首に振りおろした。

激痛にヘイリーはすすり泣きをこらえ、唇を引き結んだままうめいた。

ロイが枕元に来て、懐中電灯で乱暴にヘイリーのひたいをたたきながら言った。「ハーシェルが死にかけてる。あいつをそんな目に追いやったのはおまえなんだから、息を引き取るところまで、ちゃんと起きて見てやがれ」

ヘイリーがなにも言わずにいると、ロイはかっとなった。また懐中電灯で足首を殴り、今回は彼女がすすり泣きはじめたので、満足したように笑った。「ようやくこっちを向いたか。で、なにか言うことは？」

ヘイリーは泣きやむことができなかったが、それでも怒りをあらわにした。「もし暗いなかでも的を外さなければ、彼はいまごろ苦しんでいなかったでしょうし、あなたは彼のとなりに横たわっていたでしょうね。わたしの言うことはそれだけよ」

ロイは悪態をついてさっと向きを変えたが、胸郭に激痛が走ったので、脇腹を押さえた。まったく、折れた肋骨のせいで地獄の苦しみだ。時間が経《た》てば経つほど、痛みも増してきた。これほど苦痛に悩まされていなければ、すぐにでも女にまたがって、本当の痛みとはどんなものかを知らしめてやるのに。

またハーシェルがうめいた。

ロイはため息をついた。「くそっ、ハーシェル。逝っちまえよ。そうしたらもう苦しまなくてすむ」

ヘイリーは、その苦しみの全責任が自分にあるとは思いたくなかった。だがもし銃を持っていなかったら、この二人組の慈悲にすがることになっていたわけだし、見たところ、二人に慈悲はない。

こうしている最中もサムは天候の変化を待っているのだと思うと、胸が痛んだ。屋根にヘイリーの姿がないうえ電話にも応じないとなったら、彼はどう思うだろう。

突然、ロイがヘイリーの頭の下から枕を引き抜いた。

ああ、どうしよう。枕で窒息死させられる！

だがそうではなかった。ロイは枕をヘイリーではなくハーシェルの顔に押し当てて、室内が静かになるまでそうしていた。それから床に枕を放り、懐中電灯でハーシェルの顔を照らした。「どういたしまして」そう言うと、寝室から出ていった。

ヘイリーは衝撃を受けていた。これほど無慈悲な行動は見たことがなかった。おかげで本格的に怖くなってきた。あれほど冷酷に友だちを殺せるなら、見ず知らずの女性である自分がなにをされるかは予測がつかない。わかるのは、おそらくこの家のなかで死ぬのだろうということだけ。涙がこみあげてきたが、すばやくまばたきをしてこらえ、縛られた手首を動かしはじめた。この悪夢を生きて脱出したいなら、いましめを解くしかない。

うつらうつらしていたサムは、ヘイリーに呼ばれる夢を見た。だがその声は途切れがちで、なにが起きているのかもわからなかった。不安のあまり目が覚めて、自分がどこにいるかを悟り、うめき声を漏らした。

コンソールをあさると、しまっておいた栄養補助食品とミネラルウォーターのボトルが見つかった。一口かじった瞬間、ヘイリーにはまだ食料と水があるだろうかと思った。彼女が食べられないときに自分は食べていると思うと手をおろしたくなったものの、どうにか食べ終えた。救出に向かえば、とことん体力が必要になる。

財布に手を伸ばし、何年も持ち歩いている写真を取りだした。メリーゴーランドに乗ったヘイリーとロビーが、カメラを構えたサムの前を通り過ぎたときに、笑いながら手を振った瞬間を収めた写真だ。これが撮られたとき、ロビーは五歳で、ヘイリーはまだ美しく幸せな女性だった。その後、一家の世界の底が抜けてしまうとは思いもしなかった。

「ベイビー、待ってろよ」サムはそっと語りかけた。「ロビーはもうきみを必要としていないかもしれないが、おれにはまだまだ必要なんだ。どうか無事でいてくれ。一緒に年をとるチャンスをもう一度与えてくれ」

じっと見つめていると涙で視界が曇ってきたので、写真を財布に戻し、ヘッドレストに頭をのせて、目を閉じた。

4

ヘイリーが手首のいましめを解こうとしはじめてから、何時間も経《た》った気がした。ふと横を見ると、もう一つのベッドにいる死んだ男が目に入った。ヘイリーの知るかぎり、ロイは仲間を殺して以来、戻ってきていない。

また強風でなにかが家にたたきつけられた。その音にぎょっとして、反射的に上を見た。屋根が吹き飛ばされていくさまを目にするのではと思ったが、屋根はもちこたえているし、壁も立ったままだ。外が明るくなるにつれて、ますます恐怖が募った。なんという無力感。くじいた足首はひどく腫れ、縛られた両足はしびれて感覚がない。

怖かった。グロックにはまだ弾が二発残っているし、ロイは仲間を素手で殺した。廊下を歩いてくる足音が聞こえたので、必死に手首のいましめに抗《あらが》った。残っている力のすべてをその作業に注ぎこむ。引っ張って、よじって、そうしているうちに、とうとう紐《ひも》が緩みはじめた。小さな成功にすぎないが、勢いづくにはじゅうぶんだった。

眠れないロイは、ハーシェルの死体がある部屋を避けていた。自分は必要なことをしたのだ。というより、ハーシェルが死ぬまではそう思っていた。だがいまでは妙に落ちつかず、もしあの部屋に戻ったら、ハーシェルが目を開けて人殺しだと叫ぶのではないかという気がしていた。そんなことは起き得ないと頭ではわかっているし、仲間を苦痛から救ってやったのだと思っていたが、もはや〝いいこと〟をした気がしなかった。

くそっ、なにもかも予想外だ。それもこれも、サントスを裏切ったばかりに。

まず、食料が必要きわまりないときに、よりによって空き家に入ってしまった。そこへあの女だ！　ずっと隠れていたとは。しかも銃を持って！　いったいだれがそんな展開を予想する？　すべては偶然だと思いたかったが、心のどこかでは、まんまと逃げおおせたと思っていた正義に追いつかれたのだと感じていて、それが気に入らなかった。今後どんな展開になろうとも、あの女の人生もハーシェル同様、ここで終わらせる決意だった。

そこで廊下の壁に背中をあずけて座り、顎を膝にのせて、日の出を待った。ヘイリー・クエイドになにをするにせよ、あの女に悲鳴をあげさせるだけでなく、その場面をハーシェルに見せてやらなくては。死んでいても、ハーシェルの目の前でやる必要がある。

また立ちあがり、だれもいない寝室に入って窓の外を見た。じきに嵐は凪《なぎ》に入るだろう。そうなったら脱出だ。オレンジ色の囚人服は置いていく。たとえそれが、アンダーシャツとボクサーショーツだけの姿を意味するとしても。法を逃れるにはそうするしかない。

嵐はいまもそこにあるものすべてを襲っていたが、窓から眺めていればいるほど、前より激しくはないと思えてきた。ついにハリケーンの目が近づいてきたのだ。

風が弱まってくるや、サムは格納庫の入り口に歩み寄り、携帯電話の電波が入るかどうか確認した。ありがたいことに、リーからメールが届いていた。

メールを読んだ。台風の目は明日の正午ごろに上陸予定。車を出せるようになったらすぐに空港へ向かう。ヘリの準備にはそうかからない。そっちに被害は？

文面を読んで安堵《あんど》した。サムはその場にたたずみ、ネットのニュースで嵐の状況をチェックした。陸軍工兵司令部が二つのダムの水をバッファローバイユーに流したらしい。どちらか一つでも決壊すれば、ヒューストン西部に何千という遺体が浮かぶことになるからだ。最悪なのは、ヘイリーが閉ざされている家はエナジー・コリドーにあって、そこは急速に危険地帯になりつつあることだった。そのとき、携帯電話が鳴った。

どうかヘイリーからであってくれ。だが画面を見ると、発信者はリーだった。

「よう、サム、無事か？」

「ああ。連絡をありがとう」サムは言った。「逃げた囚人のことを知らせてきて以来、へイリーからは連絡がない。なにが起きていて、なにが起きていないか、なるべく考えないようにしている。いまはただ、彼女の顔が見たい」

「わかるよ」リーは言った。「そっちに着いたら飛行前のチェックをしなくちゃならん。それからヘリの燃料を満タンにする」

「手伝えることがあるなら、なんでもやる。それで一秒でも早く飛び立てるなら」

「心の準備だけしてろ」リーが言う。「台風の目は不安定だからな、チャンスは長くない」

「準備ならとっくにできているさ。じゃあ、あとで」サムは言い、電話を切った。


あまりにも長いあいだ、手首のいましめを引っ張ったりねじったりしていたので、ついに一箇所がほどけたときには、ヘイリーは驚いてしまった。すべてほどこうと、両脚をベッドの脇に垂らして上体を起こし、必死に引っ張っていると、不意に自由になった。開いたままの戸口を見て、耳を澄ましたが、なにも聞こえない。

いまなら行ける？

噴出するアドレナリンのせいで震えながら、かがみこんで足首のいましめもほどいたが、立とうとするとふらついた。両足とも、麻痺《まひ》していた。

しばしその場にたたずんで、どうやって身を守ろうかと考えていたとき、まずやるべきは、あのドアを閉じて鍵をかけることだと思いついた。それであの男を完全に阻むことはできなくても、時間稼ぎにはなるし、運がよければ鍵を壊すためにもう一発、銃弾を使わせることができるかもしれない。よろよろと戸口に近づいて静かにドアを閉じ、鍵をかけると、武器として使えそうなものを探しはじめた。

ドアを閉じてしまうと室内が暗くなったので、カーテンを開けた。最初に目に入ったのは、床にぶちまけられたトートバッグの中身だった。床に膝をついて、痛みに顔をしかめながら、そこにあるものをチェックしはじめた。

前の晩に少しずつ飲んでいたミネラルウォーターのボトルがあったので、残りを飲み干した。多少なりともほっとして周囲を見回すと、トートバッグに入れておいたねじ回しが小さなテーブルの下に転がっていた。武器として使えるものはほかに見つかりそうにない。そこでねじ回しをつかみ、パンツのウエスト部分に滑りこませた。

立ちあがるときには心臓が激しく脈打っていて、その鼓動の音は風のうなりもかき消さんばかりだった。ドアをふさげるような家具はないかと室内を見回したが、あの男を食い止められるほど大きなものはない。たとえベッドで押さえたとしても、これくらいの重さでは押し返されてしまうだろう。

隣接するバスルームに移動して、武器になりそうなものを探した。だがそこにあるのは内見用の、軽量で持ち運びに便利なものばかりだった。そこでヘイリーはねじ回しを手に忍ばせて寝室に戻り、うずくまって、待った。

ロイは最後のブルーベリーマフィンをむさぼり食っていた。風の勢いは弱まったし、雨もよくある土砂降りていどになってきた。つまり無駄にしている時間はないということ。こんな状況に陥らせてくれたことへのささやかな報復として、あの忌ま忌ましい女の命を終わらせ、玄関近くの割れた窓から大水のなかに飛びこむ。なにかしら浮かんでいるものを見つけるのはそう難しくないだろうから、それにつかまってこの悪夢から脱出するのだ。

激痛で気を失いそうになりながら立ちあがろうとしたとき、階下でまたガラスが割れる音がした。階段のてっぺんに駆け寄って見おろしたが、音の明らかな原因は見当たらなかった。どうせまた風かなにかのせいだろうと切り捨てて廊下を戻り、使った寝床のそばを通って、転がっていた空のペットボトルを蹴った。廊下の端まで来てようやく行き過ぎたことに気づいて振り返ったが、目印の開いた戸口はなく、どのドアも閉じていた。

眉をひそめて来た道を戻った。出るときにドアを閉じた記憶はないのだが。目指す寝室の前に来てドアノブをつかんだものの、回らないのでまた眉をひそめた。「どうなってる?」つぶやくように言い、今度はドアに体重をかけて押そうとした。

わけがわからなかった。無意識のうちにドアを閉じて、そのとき自然に鍵がかかったということか? よもやヘイリー・クエイドがいましめをほどいたとは思いもしなかった。

脇腹がひどく痛み、このまま女を放置してハーシェルと同じ部屋のなかで朽ち果てさせたいと強く思ったが、出ていく前に女の命を終わらせると約束してしまった。ハーシェルのためにそうしなくてはならないし、仲間をがっかりさせたくない。

そのとき銃の存在を思い出した。そうだ、鍵を撃って壊せばいい。ポケットから銃を取りだすと、ドアノブに銃口を向けて、引き金を引いた。木っ端が散って、ドアが開いた。

「それでいいんだよ」ロイは言い、満面の笑みを浮かべて部屋に入っていった。

突然、女が現れて飛びかかってきたと思うや、腕を、次いで首を刺された。血が噴出する。凶器を持っているほうの腕をつかまえようとしたが、女はすぐに離れた。腕を深く刺されたときに銃を手放してしまったロイは、痛みと怒りに咆哮《ほうこう》をあげながら、目をつぶされる前にねじ回しを奪い取ろうとした。


ヘリに燃料を注ぐための給油機がうまく作動しないのを見て、サムは愕然《がくぜん》とした。燃料を補給しなくてはどこへも行けない。リーが一時間近くかけて修理して、ようやく機械は直ったが、今度は給油が終わるまで待たなくてはならなかった。そのあいだ、サムはゆっくりと理性を失っていった。

ようやく飛び立ったときには、サムの胃には消えない痛みが宿っていた。まだやまない小雨のなかを超高速で移動していると、眼下の景色はぼやけて見えた。思うのはヘイリーのことばかりだった。いまなにが起きているのか、到着したときになにを目にするのか、さまざまな筋書きで頭はいっぱいだった。

さらに雨が弱まると、自分たちが飛んでいる下に広がる光景に、サムは度肝を抜かれた。すべてが水の下で、その水はホットチョコレートのようにどろりとしている。幾多の破片や残骸が流れに乗って漂い、あるいは水面下のなにかに引っかかって堆積していた。

一階建ての家々は、もはや屋根がのぞいているだけだ。ところどころに見える信号機は水面からほんの三十センチしか出ておらず、水が橋の上を流れている箇所もあった。

サムは衝撃を受けた。被害は想像をはるかに上回っており、ヘイリーがこのさなかにいると思うと、ぞっとした。

不意にヘッドホンからリーの声が聞こえた。「もうすぐだ」そう言って指差す。

見おろすと、そこは高級住宅地のようだった。家々は大きく、敷地は門つきだ。一階建ての家はほぼ見当たらず、二階建てや三階建ての家々が、沼地のヒキガエルのごとく黒い水から顔を出していた。

「彼女が案内するはずだった家は大きな二階建てで、屋根窓があると言っていた。すべて順調なら、こちらを見ているはずだ。ヘリが来たら屋根に出てくることになっている」

「もし出てこなかったら？」リーが言った。

「おれを屋根におろしてくれ。もしもすぐに戻ってこなかったら、また雨風が強くなる前に、さっさと逃げてくれていい。それで、嵐が過ぎたら迎えに来てくれ」

リーは眉をひそめた。「安全に飛行できるほど天候がよくなるのは、いつになるかわからんぞ。ハリケーンのあとに竜巻や激しい雷雨が続くこともあるからな。おまえはとんでもない状況に足を踏み入れようとしてるんじゃないか」

「というより、いままさにヘイリーがとんでもない状況に陥っているんだ。さしずめおれは、姫を助けるナイトだな」サムは言った。

数分後、ヘリはそれと思《おぼ》しき家の上空に来た。リーは何度か旋回し、ヘリの音を聞きつけた彼女が窓のどれかから出てくるための時間を与えた。

ところがヘイリーは現れず、サムはうめきたくなった。いい兆候ではないし、これ以上は待てない。サムは決心して言った。「行ってくる」

リーが後方を指差した。「じゃあ、教えたとおりにハーネスをつけろ。窓に近いあたりの屋根におろしてやる。無事になかへ入れたら、ハーネスは外して窓から放りだせ。いったんこっちに引きあげて、状況が許すかぎり上空を旋回しながら待っていてやろう。ああ、それから屋根板は雨で滑りやすくなってるだろうから、油断するなよ」

「わかった」サムはヘッドホンを外し、教わったとおりにハーネスを装着して荷物をつかむと、リーに親指を立ててみせた。ほどなく、ヘリを出て下降しはじめた。少しずつ屋根窓が近くなる。足が屋根板に触れたので屋根窓につかまり、ゆっくりとガラス側に向かった。鍵がかかっていなかったことに、心のなかで喝采をあげた。ヘイリーが救助に備えて開けておいたのだろう。つまり、屋根に出てくることを阻むなにかが起きたのだ。

どうにか窓を開けて、バックパックと荷物を放りこむと、自分もあとに続いた。ハーネスを外して窓の外に出してから、バックパックに入れておいた銃を取りだした。挿弾子《クリップ》を装填したとき、ヘリが離れていく音が聞こえた。

屋根裏は蒸し暑かった。予備の挿弾子はポケットに入れて、ドアに向かう。階段をおりてドアノブに手をかけたとき、銃声が聞こえた。直後に悲鳴。

たたきつけるようにドアを開けて階段の吹き抜けから飛びだし、もみ合うような物音が聞こえるほうへ廊下を走りだした。ものが壊れる音。ヘイリーの悲鳴。男の悪態と怒声。

もっと速く走れ、おれの脚。


ロイに髪をわしづかみにされて、ヘイリーは悲鳴をあげた。それでも脇腹に肘鉄を食らわせると、ロイは痛みにうなり声をあげて手を離したので、すかさず彼が手放した銃に駆け寄ろうとした。ところが足首をつかまれて床に引き倒され、その拍子にランプが倒れて、壁際の書き物机の椅子が横倒しになった。

「くそ女が！　殺してやる」ロイがわめいて銃に手を伸ばした。

腹ばいになっていたヘイリーが起きあがろうとしたとき、銃声が響いた。

数秒後、まだ生きていることに衝撃を受けつつ身を翻すと、ロイの体を越えてサムが現れ、ヘイリーを腕のなかに包んだ。

信じられなかった。ヘイリーはたくましい首に両腕でしがみつき、泣きだした。「本当に来てくれたのね！　間に合わないかと思った！」床の上のロイに視線を落とし、その頭の周囲に広がっていく血だまりを見る。「どうかあの男は死んでいると言って」

「死んでいるはずだ。頭を撃ったからな。向こうの男は、なにがあった？」サムが尋ね、ベッドに横たわっている死体を指差した。

「わたしが撃ったの。二人とも、撃ったの――」ヘイリーは言い、直後に気を失った。

サムはヘイリーを抱いたまま、寝室を出て屋根裏に戻った。急いだものの、風と雨がふたたび激しくなったのが音でわかった。屋根窓まで戻ったときには雨が吹きこんでおり、リーを乗せたヘリは去っていた。

窓から離れ、床にヘイリーを寝かせた。リーは戻ってくるし、ヘイリーは生きている。それ以上は求めない。ヘイリーのそばに膝をついて、怪我《けが》をチェックしはじめたが、数が多すぎるうえにさまざまな色のあざがあるので、触れるのもためらうほどだった。

バックパックを手元に引き寄せて、ミネラルウォーターの入ったボトルを取りだすと、ヘイリーの唇に少しずつ垂らした。

「ベイビー、起きろ。聞こえるか。おれだ、目を開けてくれ」

サムの声を耳にしたヘイリーは、また夢を見ているのだと思った。そのとき唇に液体を感じて、なんだろうとまぶたを薄く開けると、目の前にサムがいた。「夢じゃなかったのね」そう言うと、また泣きだした。

　サムは床に腰をおろし、ヘイリーを膝の上に抱き寄せた。「ああ、夢じゃないとも。生きるためにきみがどれだけ闘ったかを思うと、誇らしい気持ちでいっぱいだ。連中には、いつ見つかった？」

「時間の感覚を失ってしまったから、はっきりとはわからないけど、たぶん昨日よ。一日は隠れていられたの。屋根裏へ行こうとして、初めてこちらの存在に気づかれたの。ハーシェルという男の肩を撃って、ロイという男のほうも撃ったんだけど、そっちは命中しなくて、肋骨《ろっこつ》が折れただけだった。それで、ロイに殴られて気を失って、目が覚めたらベッドに縛りつけられていたわ」ヘイリーは言い、顔を覆って無言になった。

　サムは心のなかでうめき声を漏らした。そのあとなにが起きたかを尋ねるのが怖くて、ミネラルウォーターのボトルをつかんだ。「飲んだほうがいい。食べ物を持ってきたが、腹は減っていないか？　顔を怪我して、かわいそうに。痛くて食べられないか？」

　ヘイリーは顔から両手を離して水のボトルを受け取り、渇いた喉でごくごく飲んでから、サムの背後のドアを指差した。「向こうに洗面所があるの。もしまだ水が使えるなら、顔と手を洗いたい。しみついた汚れが一生とれないような気分よ」

　サムが膝からヘイリーをおろし、立ちあがって洗面所に入っていった。トイレが流れる音に続いて、水の音が聞こえる。ほどなくサムは戻ってきた。

「トイレは使えるし、水も問題なさそうだ。舐《な》めて確認した。バックパックにいろいろ詰めてきたから、ちょっと待っていろ」サムはそう言うと、持ってきたものをすべて取りだした。立ちあがるヘイリーに手を貸してから、トイレットペーパーと石鹸《せっけん》を手渡す。

ヘイリーはそれを受け取ったが、その場に立ったまま、じっとサムを見つめていた。

「どうした?」サムは尋ねた。

「あなたが本当にここにいると信じたくて」ヘイリーはそっと言い、向きを変えて洗面所に歩いていった。

その動きを観察したサムは、彼女が口にしなかったいくつもの怪我と、足を引きずっていることに気づかざるを得なかった。引き剥がすように視線をそらし、ウェットティッシュの大型容器と救急セット、ヘイリー用の着替えを取りだした。彼女が靴を履いていなかったのを思い出し、あとで先ほどの部屋に戻って探してみることにした。

ヘイリーはトイレットペーパーをホルダーに収めてから、洗面台に向かって石鹸を泡だてはじめた。両手の汚れが洗い流されて排水溝に消えていくさまを見ていると、ほっとした。足を引きずりながら洗面所を出たときには、サムが寝袋を広げてくれていた。その上に座っていたサムが、自分のとなりをぽんぽんとたたいた。

ヘイリーは小さくうめきながら腰をおろした。サムが手を伸ばし、ヘイリーの後頭部をやさしく撫《な》でた。「こんな目に遭って、かわいそうに」

ヘイリーは声を震わせた。「だけどあなたが助けてくれたわ。どうもありがとう、サム。来てくれて本当にありがとう」

言い終わらないうちにヘイリーは目を見開き、すぐに視線をそらした。おそらくショック状態にあり、くり返し涙がこみあげるのもその兆候のせいなのだろう。

「おれに電話をかけようと思ってくれて、ありがとう」サムが言うと、ヘイリーの顔から表情が消えた。

「ああ、サム。あなたのことは毎日思っていたわ。難しいのは、実際に電話をかけることだった。過去にあんなことをしておいて、これほど切羽詰まっていなかったら、きっと勇気が出なかったと思う」

それを聞いて、今度はサムのほうが喉にこみあげるものを感じた。いますぐ話題を変えないと、言うべきではないことまで言ってしまう。「それでも感謝している。ところで、足を引きずってるな。痛むのはどこだ？」

「足首よ……そもそも、ここをひねったせいで階段から落ちたの」

「なるほど」サムは言い、ヘイリーの脚をやさしくたたいた。「見てみてもいいか？　それから傷口を消毒して、薬をつけよう」

「なにもかも、ありがとう」

サムは腫れた足首をチェックし、ヘイリーのパンツの裾を膝までたくしあげて、見た目だけではわからない傷を確認した。いたるところにあざがあるものの、階段から落ちただけでは、ここまでのことにはならない。つまり殴られたのだ。そう思うと吐き気がした。最悪なのは右の足首のようで、足全体が黒ずんでいた。頬の裂傷はまだ出血している。

「ああ、ヘイリー。これはそうとう痛むだろう」

「頭ほどじゃないわ」ヘイリーは言い、髪の毛にこびりついた血に触れて、傷口を探ろうとした。「自分でできるかぎり、きれいにしたんだけど」

サムは立ちあがってヘイリーの背後に回り、傷口を見つけて消毒に取りかかった。「痛かったら言ってくれ」そして救急セットのなかから、傷口を閉じるのに適した形状の絆創《ばんそう》膏《こう》を見つけた。ヘイリーはじっと座ったまま、サムの処置に身を委ねていたが、やがて髪の生え際から汗が流れてうなじを伝いはじめた。

屋根裏は息苦しいほど暑いものの、ハリケーンのさなかで窓を開けるなど自殺行為だ。そもそも嵐が上陸する前に窓に板を打ちつけておくべきだったのに、この家の持ち主はいったいなにを考えていたのだろうとサムは思った。これほど優美な建築物を、なんの策もとらないまま、ハリケーンにさらすとは。

絆創膏で可能なかぎり、傷口を閉じようとしたものの、この傷ができたのは階段から落ちた日で、その後の日々ではないのだろう。傷跡が残りそうだ。

処置が終わると正面側に戻り、顔の手当てを始めた。頬の裂傷をきれいにして、こちらも絆創膏で留める。それも終わると、破れて血だらけになったヘイリーの服を見おろし、かかとに体重をあずけて言った。「その……以前はおれたち、ほとんど同じスポーツウェアを着ていただろう？　きみはかなり長時間、同じ服で過ごしてきただろうと思って、おれのショートパンツとTシャツを持ってきた。もし着替えたかったら――」

ヘイリーの目に涙が浮かんだ。「ぜひ着替えたいわ」

サムは着替えを取りだして、ヘイリーを助け起こした。「下着の替えがなくてすまないが、これで少しは気分がよくなるはずだ」

ヘイリーは、もらったのがバラの花束であるかのごとく、服を胸に押し当てた。

「着替えを手伝おうか？」サムは尋ねた。

ヘイリーは首を振り、着替えを寝袋の上に置くと、シャツのボタンを外しはじめた。シャツに隠れていたお腹のあざが目に入った瞬間、サムは自分が腹を殴られたかのようになった。「その腹のあざは、階段から落ちたときにできたんじゃないよな」

「ええ」

サムは怒りをこらえた。怒ってもなにも解決しない。だから話題を変えた。「ひどい目に遭ったあとに、またずいぶんひどい提案をすると思われるだろうが、この家は〝犯行現場〟になってしまった。それなら、きみの体の傷が癒える前に写真を撮って、生き延びるためにどれだけ闘ったかを、当局に示せるようにしたほうがいいと思うんだ。寝室に死体が二つあることを考えると、重要だと思う」

ヘイリーは深く息を吸いこんで、まっすぐサムの目を見た。「あなたがそう思うなら、写真を撮って。礼儀を気にする段階はとうに通り越しているから、気恥ずかしさも感じないわ。どこに立てばいい？」

「ここは暗いから、なるべく窓のそばに」

ヘイリーはうなずいて残りの服を取り去り、下着だけになると、パンツの尻ポケットから携帯電話を取りだした。「よければわたしの携帯を使って」

サムは携帯電話を受け取った。「わかった」

ヘイリーの傷の数は恐ろしいほどで、こんなことをさせるのは、暴力をくり返しているような気にさせられた。どうしようもなく声が震えた。「ああ、ヘイリー」

ヘイリーは首を振った。「わたしのために泣かないで、サム。わたしは生きているわ」

サムは咳払《せきばら》いをした。「そうだな。手早く終わらせるよ。正面から二枚、背中側から二枚、それから顔と腹のアップと、縛られていた手首と足首の擦り傷を何枚か撮ろう」

ヘイリーは顎をあげて、サムの背後のどこか一点を見つめ、両腕を広げて肩の高さに掲げた。まるで、これから十字架に釘《くぎ》づけにされようとしているかに見えた。

まず正面から、続いて手首と足首のアップ、さらに顔と腹のアップを撮って、最後に背面から二枚撮影した。

「終わったよ」サムは言った。「おれのアドレス宛てにメールしておこう。そうすればこの携帯にもしものことがあっても証拠が残る」

「もう服を着ていい？」

「ちょっと待て」サムは言い、ウェットティッシュを数枚つかむと、背中全体をごくやさしく拭っていった。

その思いやりに心を打たれるあまり、ヘイリーはなにも言えなかった。しばらくして向きを変えた。

「正面は自分でできるか？　おれがやろうか？」サムが尋ねた。

「自分でできるわ」

サムはうなずいてウェットティッシュを差しだしながら、またしても思った。これほど強い人はほかに知らないと。

5

ヘイリーが体の正面にこびりついた血を拭いはじめると、サムはすぐに背を向けた。せめてそれくらいのプライバシーは与えたかった。

ヘイリーはため息をついた。清潔にするという、ただそれだけの行為が贈り物のように思えるとは、想像もしなかった。

拭い終えると、サムにもらった服を着た。Tシャツはサムのお気に入りだったアフターシェーブローションの香りがして、頭からかぶると、まるで彼の腕に抱かれているような気がした。ショートパンツは腰回りとウエストがやや大きいものの、ずり落ちはしない。脱いだパンツのポケットから充電ケーブルを取りだして、汚れた服は隅に重ねた。

サムは広げた寝袋の上に座っていた。「栄養補助食品がある。きみの大好きなティーボーンステーキじゃないが、味は悪くないぞ」

「わたし、荷物を取ってこないと」ヘイリーは言った。

サムは眉をひそめた。「荷物って？　どこにある？」

「トートバッグに入っているもの全部よ。ハンドバッグもね。名前を知られていたから、財布はなかをあさられたと思うの。中身はロイが床にぶちまけたわ。銃と、靴も取り返したい。バッグにはモバイルバッテリーも入っているの。電話が通じるかわからないけど、通じるなら、知り合いに無事を知らせたい。それから警察に、逃げた囚人のことを知らせなくちゃ」

「おれが荷物を取りに行って、警察に通報しよう」サムは言った。「きみは座って食べているといい。すぐに戻る」

「本当に？　ありがとう、代わりに行ってもらえるとすごく助かるわ。白状すると、またあの部屋に入るのは気が進まなくて」

「当然さ」サムは言い、階段をおりて廊下に出た。ドアは開けたままにしておいた。

二つの死体がある部屋に入るというのは、なかなか非現実的な体験だった。だが自分が撃ち殺した男について、罪悪感は覚えなかった。ヘイリーのこととなれば、選択肢は一つだ。いつだってヘイリーの安全を選ぶ。

ベッドに横たわっている男を見つめた。明るい赤毛に、茶色がかった頬髭《ほおひげ》。捜していたトートバッグはすぐに見つかり、靴もそのそばに落ちていたので、バッグに入れた。ハンドバッグと財布も見つけると、身分証明書やクレジットカードは残っているか、念のためになかを確認した。すべて消えていた。

立ちあがって振り返り、自分が撃ち殺した男を見おろした。仰向《あおむ》けにさせて、茶色がかった灰色の頬髭と、右眉の傷跡を眺める。カード類があるとすれば、可能性は一つしかない。ロイ・ベイカーが着ているオレンジ色の囚人服のポケットを探ると、案の定、すべてそこにあった。ヘイリーの空の財布にそれらを戻してから、格闘のあいだに散らかったものを拾いはじめた。床の上に落ちているのはヘイリーのものと考えて間違いないだろう。嵐の前、ここは空き家だったのだし、男たちは囚人服一つで逃走したのだから。

モバイルバッテリーはなかなか見つからなかったが、ドアに近い部屋の隅に転がっているのをようやく見つけ、これもトートバッグに入れた。足を止めて、空のベッドを見た。ヘイリーを縛っていた布の切れ端が、いまもヘッドボードに絡まっていた。あそこに横たわっていたのなら、首を左に向ければいやでも死んだ男が目に入ったということになる。

そのとき、ヘッドボードとその上の壁に銃弾の跡があるのに気づいて、ヘイリーが脅しと暇つぶしのために銃口を向けられたのだと悟った。どれほど恐ろしかったかを思うだけで吐き気がした。向きを変えて部屋を出ると、しっかりドアを閉じた。

廊下で足を止めて荷物をおろし、生えてきた無精髭を掻《か》きながら、ヘイリーの携帯電話が使えるかどうか、もう一度試すことにした。連邦保安局が動いているなら、つながるはずだ。番号をグーグル検索して、発信した。ありがたいことに、つながった。

「連邦保安局です。どちらにおつなぎしましょうか？」

「逃げた囚人の件で知らせたいことがあるんだが」サムは言った。

「お待ちください」

ヘイリーに声が聞こえないよう、サムは下へ向かう階段のほうへ歩いた。

「ランドリー保安官だ」

「どうも、ランドリー保安官。サム・クエイドといいます。ダラスで私立探偵をしています」そして話しはじめた。ロイ・ベイカーの後頭部に銃弾を撃ちこんだ瞬間まで、一部始終を。

「彼女にとっては悪夢だったな。ミズ・クエイドは入院する必要があるだろうか」ランドリーは尋ねた。

「致命傷は負っていませんが、内部損傷についてはなんとも言えません。男たちにつかまって縛られたあと、ひどく殴られたので」サムは言った。「さっき写真を撮ってから、血を拭って着替えをさせました。彼女が着ていた服も屋根裏にあります。死体は二階の寝室です。ハリケーンが通過したら、ヘリがここへ戻ってきて、屋根から救出してくれることになっています。彼女の供述が必要なら連絡先を伝えますが、このあとはダラスのおれの家に連れていくつもりです。メールアドレスを教えてもらえれば、さっき撮った写真を送りますよ」

「あれこれ手が入る前に、死体がある部屋の写真も撮っておいてくれると大いに助かるんだが。ただし、なにも動かさないように」

「わかりました。ただ、その部屋には二度入っています。最初は彼女を連れだしたとき、二度目は彼女のトートバッグとこまごましたものを取りに行ったとき。持ちだしたものを確認する必要があるなら、彼女の服と一緒に屋根裏に置いていきますが」

「いや、それは必要ない。銃は？」ランドリーは尋ねた。

「本人は持っていくと言ってますが、なにかしらの検証が必要なら提出します」

「いまのところは以上だな」保安官は言った。「通報に感謝する。メールアドレスを知らせるので、写真を送ってくれ。ミズ・クエイドによろしく。早く傷が癒えるよう祈っていると伝えてほしい」

「ありがとう」サムは言って電話を切った。寝室に戻って何枚か写真を撮り、届いたメールアドレス宛てに、ヘイリーの写真とあわせて送信する。そして急いで屋根裏に戻った。

ヘイリーは寝袋の上で丸くなっていた。サムはトートバッグを脇に置き、靴とシャツを脱いで、ヘイリーのとなりに寝そべった。

ヘイリーが身じろぎした。

「おれだ、ベイビー。怖くない」

「怖く……ない」ヘイリーは寝言のようにつぶやいて、目を閉じた。

　メイ・アーノルドが昼食後の皿洗いをしていると、背後のカーテンがそよ風に揺れた。手を止めて振り返り、閉じた窓を見て眉をひそめた。そのときまた感じた。今度は先ほどより弱いが、顔のそばに、風を。突然、メイは床に膝をついてむせび泣きはじめた。

　夫のピートが駆けてきた。妻が床にうずくまっているのを見て、転んだのだと思い、かたわらにしゃがんだ。「メイ！　どうした？　転んだのか？　どこが痛い？」

「いいえ、転んでないわ。ハーシェルが死んだのよ。あの子の魂をこの部屋に感じたの！ああ、ピート。わたしたちの息子が逝ってしまった！」

　ピートは反論しなかったが、魂の来訪などというものが実際にあるとは思っていなかった。「メイ、まあ落ちつけ。ハリケーン・グラディスのせいであいつの行方をずっと心配していたから、神経が昂《たか》ぶって――」

「やめて、ピート。信じてくれとは言ってないわ。転んだのかと訊《き》かれたから、わかってることを話しただけ」

　ピートは立ちあがり、メイに手を貸して立たせた。「悪かったよ、シュガー。おれがどういう男か知ってるだろう。おまえが信じていることを疑ったりしちゃいない。おれはただ、一度もそういうものを見たことがないと言いたかっただけさ」

　メイはうなずき、サイドボードに歩み寄ってティッシュを取ると、目を拭った。「皿洗いの続きはあとにするわ。ちょっと外に座って、これを受け止めたいの。あの子がどこにいるのか、ずっと答えを知りたいと祈ってきて、いま、答えを知ったのよ」

「皿洗いはおれがやっておくよ。わかってほしいんだが、おれだっておまえと同じくらい傷ついてる。だがあいつの人生がどんな風に終わるか、とうの昔にわかっていたんだ。さあ、外でゆっくりしてこい」

「ありがとう」メイは言い、もう一枚ティッシュを取って、家の前のポーチに出ていった。古い木の揺り椅子を日陰に移動させて腰かけ、またこみあげてきた涙をこらえながら、庭を眺めた。すらりとした紫色のアイリスが、白い木の柵に映えていた。

ピートの言うとおり。二人とも、ハーシェルの生き方は命取りだとわかっていた。ただ、まさか自然災害で命を落とすとは考えもしなかったのだ。

連邦保安局に電話をかけようかと思ったが、思いなおした。あの人たちが重要視するのは証拠で、母親の直感ではない。どのみち、じきに知るだろう。

デュード・サントスはハリケーンの前にヒューストンを脱出し、故郷のメキシコに戻った。カリブ海に浮かぶ島、コスメルで昔馴染《なじ》みとランチをとりながら、生まれ育った小さな家からの眺めを楽しんでいた。会話は笑いと冗談にあふれ、エビのセビーチェと手作りのトルティーヤは極上で、マルガリータの入ったピッチャーは空になることを知らないかのようだ。

集まったなかに、マリグレイスという美しい女がいた。マリグレイスはふと、デュードが虚空を見ていることに気づいた。なにを考えているんだろう。あたしのことを考えていればいいのに。

デュードはそれほど長身ではないけれど、マリグレイスも同様だ。だがデュードはうぬぼれが強く、だからこそ仲間に気取り屋《デュード》と呼ばれている。本名はアレハンドロだ。前に一度、ハリウッド俳優のマリオ・ロペスに似ているとだれかに言われたせいで、裕福な大物になりたいという欲求が強くなったようだが、マリグレイスは似ているとは思わない。彼が法の外側を歩いていることは知っているものの、知り合いはたいていそうだ。

故郷にはめったに帰ってこないし、帰ってくるときは、おそらく身を隠すためか、なんにせよ自分のしたことが落ちつくまでアメリカの法執行機関から逃れるためだ。それでも常に金を持っていて、マリグレイスのために使ってくれるし、開くパーティは盛大だ。

まだどこか遠くを見ている彼の関心を引きたくて、マリグレイスは料理の並んだテーブルを離れると、がっしりしたウエストに抱きつき、人差し指で頬を撫《な》でおろした。「どうしたの、あたしのハンサムさん。なんでそんなしかめっ面をしてるの？」

デュードはパーティ用の顔を取り戻し、笑ってマリグレイスを引き寄せた。「決まってるだろ、おまえにずっと無視されてたからさ」

マリグレイスはくすくすと笑った。デュードは彼女の形のいい尻をぽんとたたいて、誘われるままに料理の並んだテーブルへ向かい、皿に取り分けさせた。料理も飲み物もマリグレイスに選ばせて、パティオへ出ましょうという誘いにも乗った。外では、招いたゲストたちがそれぞれに腰かけて食事を楽しんでいた。

「なんていい眺め！」マリグレイスが言った。「コスメルはほんとにすばらしい《ムィマグニフィコ》わ、そう思わない？」

「ああ《シ》、そう《シ》だな、マリグレイス。だがおまえほどじゃない」

マリグレイスはにっこりして、エビのセビーチェをフォークですくった。「どうぞ、あたしのハンサムさん」

デュードはおとなしく口を開け、咀嚼《そしゃく》しながらマリグレイスにウインクをした。そうしながらも頭では、いったいハーシェルとロイはなにをしているのかと考えていた。なぜ連絡をよこさないのかと。あれだけの大金が洪水で失われたかもしれないと思うと、欲深い心が苛《さいな》まれた。あれがなくなったのなら、ハーシェルとロイは死んでいるほうが自分たちのためだ。そうでなければ、この手で殺してやる。


ママ、疲れたよ。

パパが泣いてる。大丈夫だよって言ってあげて。

ヘイリーは目を覚ました。頭がずきずきして、腹は痛む。ウエストに腕の重みを感じたとき、思い出した。

サムが助けてくれたのだ。

だが暑かった。とても暑い。そして頭を動かすと、部屋が旋回しはじめた。

うめき声を漏らしたとき、サムが目を覚まして起きあがった。

「どうした、ハニー？」

「体中が痛いの……それに、すごく暑くて、息苦しい」

サムは手を伸ばしてヘイリーのひたいに触れ、眉をひそめた。火照っているが、汗はほとんどかいていない。これには不安にさせられた。「水を飲んだほうがいい」そう言って立ちあがり、バックパックを寝袋のそばに持ってきた。

ヘイリーは上体を起こし、サムを見つめた。「ロビーの夢を見たわ」

サムは動きを止めた。「おれもあの子の夢を見るよ。きみの夢も」

ヘイリーは背中を丸めた。「ヒューストンに越してから、半年間セラピーを受けたの。そのころのことは断片的にしか覚えていないわ。完全にダメになっていて。長いあいだ、あの子を喪《うしな》ったのは自分のせいだと思ってた。わたしは本当にどん底にいたの」言葉を止めて、サムの表情を読み取ろうとしてから、肩をすくめて先を続けた。「セラピストの女性はすごく優秀だったわ。わたしが泣いたり叫んだりしても、そのままにさせてくれて。

神さまに対して怒る声にも耳を傾けてくれた。そしてついに前へ進めた日には、手を握ってくれた。お腹のなかのものをすべて吐いてしまったときは、頭を抱いていてくれた。そしてわたしが闘うのをやめて、とうとう一つの事実を認めたときには……彼女にだけでなく、自分にも認めたときには、黙って見ていてくれた。わたしが殺したのは息子じゃなく、わたしたち夫婦だという事実を」

その言葉に、サムは腹を殴られたような気がした。立ちあがり、二人のあいだに少し距離を置く。そうでもしないと、ヘイリーを抱きしめてしまいそうだった。窓に歩み寄って足を止め、振り返ってヘイリーを見た。彼の服を着ている姿には、以前を思い出させられた。「おれたちはロビーを喪っただけじゃなく、お互いを失った。あのころのおれは、どう手を差し伸べたらいいのかわからなかった。きみがあまりにも打ちひしがれていたから」

「そうね」

サムはヘイリーの顔を見つめ、次の言葉に彼女はどう反応するだろうかと迷いつつ、それでも口にした。「ロビーは〝おれたちが喪ったもの〟じゃない。〝授かった宝物〟だ」

ヘイリーは眉をひそめた。「あなたはいつも明るい面を見ていたわね」

「きみはいつも暗い面を見ていた」サムは返した。「だがロビーがきみを必要としていたあいだずっと、きみを支えつづけたのは、きみの強さだった。その強さが、今度のことも生きてくぐり抜けさせた。ヘイリー、きみは戦士だよ。おれを信じて電話をかけてくれて、本当にありがとう」

ヘイリーは手を差し伸べた。サムが戻ってきてその手をつかんだので、ぎゅっと握ってとなりに引き寄せた。「わたしを許してくれる？」

「許さなくちゃいけないことなんか一つもない」サムは言った。「過去は過去、いまはいまだ。おれたちは今度のことを乗り越えた。ただし今回は、一緒に。わかるか？　きみは自分の人生におれを呼び戻したんだ。そう簡単に、またきみのそばを離れてたまるか」ミネラルウォーターのボトルをつかんで栓を開け、ヘイリーに差しだした。「飲んだほうがいい。熱があるのに、あまり汗をかいていないだろう。水分が必要だ」

ヘイリーがボトルを受け取ってごくごくと飲みはじめたので、サムは荷物をあさって塩のタブレットを探した。二錠をヘイリーの手のひらにのせて、摂取するよう言った。

その後もヘイリーはボトルを手元に置いて、思い出しては水を飲んだ。しばらくして尋ねた。「風が落ちついたらヘリは戻ってくるかしら」

「考えるべきは風のことだけじゃない。まだ雨が強すぎるから、リーは足止めを食っているだろう。いつになったら安全かは彼が判断することだ」

「リーというのがパイロット？」ヘイリーは尋ねた。

サムはうなずいた。「友だちでもある。あいつなら、おれたちをがっかりさせないよ」

ヘイリーは、小さな階段吹き抜けと、その先のドアに視線を移した。

サムは彼女の顔に恐怖心を見た。「二人は死んだ。そうだろう？」

ヘイリーはうなずいて顔を背けた。

「ベッドの上の壁に銃弾の跡があるのを見たよ」サムは言った。

虚空を見つめたまま、ヘイリーは言った。「最初にわたしが二発撃ったの。あの男は壁に二発、そのあとわたしが自由になってドアに鍵をかけると、壊すためにもう一発撃ったわ。弾はあと一発残っていて、銃の奪い合いにわたしが負けたとき、あなたが現れたの」

サムは眉をひそめた。ヘイリーの口調はじつに淡々としている。経験したことの衝撃がいまごろになって強烈に襲ってきているのだろう。

ヘイリーはボトルに栓をして脇に置き、立ちあがった。洗面所に行きかけたところで、また部屋が旋回しはじめた。サムのほうを振り返ったが、そこにはサムが二人いた。「サム、気分が……悪い」

ヘイリーの顔から血の気が引くのを見ると同時に駆けだしたサムは、彼女が床に倒れる寸前に抱きとめた。寝袋の上へ連れ戻し、脈や熱をチェックする。脈は駆けているし、ひたいは熱いが汗はかいていない。どこか怪我《けが》をしているのだろうか。すでにわかっている箇所以外の、見えないどこかに。あるいは、洪水のせいでここへ運ばれてきた感染症に冒された？　恐れていた最悪の筋書きだが、どうあがいてもすぐに助けは来ない。「神さま、どうか彼女を死なせないでくれ」つぶやいてウェットティッシュをつかむと、ヘイリーの顔を拭って冷やそうとした。それから、うなじにもあてがった。

ヘイリーがうめいた。

「ヘイリー？　聞こえるか？」

「撃ったのに……つかまえられて……逃げられない……ヘリは行ってしまった……」

「違う。おれがちゃんとここに来た。二人で一緒に脱出するんだ」

ヘイリーはため息をついて、またうわ言をつぶやいた。サムはボトルの栓を開けて彼女の頭を掲げた。「口を開けろ、ヘイリー。水だ。水を飲め」

ヘイリーは弱々しくうめいた。「水……黒い水が……このままじゃ……溺れる……」

サムは歯を食いしばり、ヘイリーの唇にほんの少し水を垂らした。すると舌がのぞいて舐《な》めたので、もう少し垂らした。「口を開けろ、ヘイリー。水を飲むんだ」

唇はわずかに開いたが、むせてしまうのではとサムは案じた。そこで完全に上体を起こさせてから、口のなかに注いだ。「飲みこめ、ヘイリー！　水だ！」

水は一筋顎を伝ったものの、喉が動いたのがわかった。いくらかは飲みこんだのだ。その後も少しずつ口のなかに注ぎつづけ、ボトルの中身の大半を飲ませることに成功したので、残りは脇に置き、また横にならせた。

サムが心配している怪我は二つあった。頭の怪我と、腹の大きなあざだ。リーに連絡しようとヘイリーの携帯電話をつかんだサムは、いまも電波が入るのを見てほっとした。

最初の呼び出し音でリーは出た。「もしもし?」

「サムだ。あまり長くは話せない。ヘイリーが意識を失った。脱水症状だと思う。汗をかかないし、屋根裏はサウナ並みの暑さなんだ。脱出するときは担架が必要だろうから、プロに協力を求めたい。頼めるか?」

「ああ。細かいことは、天候がよくなったら知らせる」リーは請け合った。

電波が入らなくなったので、サムは電話を置き、ヘイリーの看病に戻った。

リーガン・ランドリー連邦保安官はたったいま、逃走した囚人二人の行方について、ボブ・リッチモンド副局長への報告を終えた。逃走中の行動についても報告すると、副局長はあまり愉快そうではなかった。

「とらえられていた女性の写真はあるんだな?」副局長は言った。

「はい。元夫から電話があって、その際にメールで送られてきました」

「電話をかけてきた? ヒューストンから? 通信は機能していないと思っていたが」

ランドリーは肩をすくめた。「どうやったのかはわかりませんが、元夫のことは調査させました。ダラス郊外の敏腕私立探偵ですね。彼が実際そのタイミングで到着していなければ、ヘイリー・クエイドは死んでいたでしょう」言葉を切って携帯電話の画像を開き、上司に差しだした。「時間が経《た》ったあざは、彼女が階段から落ちたときのものですが、ほとんどはロイ・ベイカーに殴られたことによるものです。こちらの画像は、わたしの依頼でサム・クエイドが撮影した、彼女がとらえられていた部屋の様子です。彼女が縛りつけられていたベッドの上の壁に銃弾の跡があるのがわかりますか？　ベイカーは、彼女を的にして射撃の練習をしたんです」

副局長は目をすがめて画像をにらんだ。「彼女はつかまる前にベイカーとアーノルドを撃った、と言ったな？」

「はい」ランドリーは、ベッドの上の人物を指差した。「これがアーノルドです。襲いかかってきたときに肩を撃って、すぐさまベイカーに向けても発砲しましたが、そちらは脇腹をかすめただけだったそうです」

「つまりアーノルドは撃たれた傷が原因で死んだのか？」リッチモンド副局長は尋ねた。

ランドリーは首を振った。「いいえ。ヘイリー・クエイドの話では、出血を止められなかったベイカーが、アーノルドの顔に枕を押し当てて窒息死させたそうです」

リッチモンドは顔をしかめた。「冷酷だな」

「ベイカーは悪党でした」

「それで、この家がどこにあるかはわかっているんだろうな」リッチモンドは言った。

ランドリーはうなずいた。「はい。安全が確認されしだい、ボートで遺体を回収し、現場検証にかかります。まあ、難しい事件になりそうですが。停電したので家のなかは蒸し風呂でしょうし、そうなったら遺体の状態は悪化します」

「彼女たちはいまどこにいる？」

「屋根裏に避難しています。嵐が通過したら、ヘリが救助に向かうそうです。彼女のことは、病院で診察を受けさせてからダラスへ連れていくとサム・クエイドは言っていました。しばらくのあいだ、そこにいることになるでしょう。連絡先は控えてあります。彼女の供述は、少し落ちついてから聞くことにします」

リッチモンドはうなずいた。「嵐のあいだにずいぶん働いたようだな。ご苦労だった」

ランドリーは肩をすくめた。「実際は、サム・クエイドからの電話がなければ、逃げた囚人がどこにいるのか、いまもわかっていませんでしたよ」

リッチモンドは携帯電話を手にして、もう一度ヘイリー・クエイドの画像を見た。「腹にこれだけのあざができるには、どれほど強く殴られなくちゃならないか知っているか？」

ランドリーは首を振った。「いいえ。ですがミズ・クエイドの話によると、殴られたときはベッドに縛りつけられていたそうです」

「ロイ・ベイカーを住まわせておくために、これ以上、税金を使わなくてすむということか」リッチモンドはつぶやいた。

ランドリーは自分の携帯電話をつかんでポケットに滑りこませた。「わたしの見解では、ベイカーは初めて人を殺した十七のときから死刑囚でしたよ。これだけの年月がかかってようやくだれかがやつを止めることに成功したんです」

「身元について疑いはないが、ベイカーとアーノルドの家族にはまだ知らせるな。遺体の回収と正式な身元の特定が先だ」リッチモンドは釘《くぎ》を刺した。

「了解です。ほかには？」

「以上だ。報告、ご苦労」リッチモンドは言った。


夜になっても、リーから連絡はなかった。

だが数時間前に、寝室の一つからフルサイズのマットレスを屋根裏に運んできたので、もうヘイリーを床に広げた寝袋の上に寝かせる必要はなかった。いまサムは懐中電灯を消して、彼女の様子を見守っていた。

ヘイリーはまだうわ言をつぶやいているが、意味を成さないことばかりなので、サムはいまもその唇に少しずつ水を流しこんでいた。トートバッグのなかにあったヘアバンドで長い黒髪を一つに結わえ、首の肌を空気にさらしたが、もっと冷やす必要があった。

熱をさげなくてはならないのに、蛇口からはぬるい水しか出てこない。これではバスルームの浴槽に水を張って浸《つ》からせたとしても、熱はさげられないだろう。ただ風呂に入れることになるだけだし、いまの体力では論外だ。却下。ぬるい水はいらない。ほしいのは冷水だ。床の上を行ったり来たりして、聞いたことのある生存法を片っ端から思い出していったが、どう考えても必要なのは水だった。そのとき強風で雨が窓にたたきつけられ、ぎょっとした。と同時に思いついた。雨は水で、まっすぐ海からやってくるのだから、家のなかにあるどんな水より冷たいはずだ。そして眼下の泥水に触れていないのだから、汚染されている心配もない!

振り返ってヘイリーを見つめ、また窓を見た。

「ぐずぐずしていたら彼女を喪うかもしれない」独り言をつぶやいた。「くそっ、このまじっとしていられるか」

限界まで窓を押しあげると、途端に強風が襲ってきた。ヘイリーを抱きあげて、窓のそばに運ぶ。入ってくる雨は激しく、肌を刺すほどだ。サムでさえそう感じるのだから、あざだらけのヘイリーにはどれほど痛いことか。それでも熱をさげなくてはならなかった。

激しい雨粒でヘイリーが眼球を傷つけないよう、胸のほうに顔を向けさせると、全身ずぶ濡《ぬ》れになるまで二人で雨を浴びつづけた。

6

ヘイリーは悪夢のループにはまっていた。

ロイ・ベイカーがこちらに銃口を向けている。彼が引き金を引くたびに、銃弾は頭に近づいてくる。

「やめて！　やめて！」ヘイリーは叫んだ。「弾切れよ。もう撃たないで！」

ロイは笑った。「おれが撃ちたくなくなったらな」そしてベッドの足元に向かうと、銃口をまっすぐヘイリーの頭に向けて、引き金を引いた。

頭に激痛が走ったが、まだ生きていた。ロイはどこ？　引き金を引くと同時に消えてしまった。

ベッドに縛りつけられたまま、水がひたひたと迫るのを感じる。洪水！　わたしは溺死するのだ！

だれかが助けに来る。サム。サムだ。お願い、サム、早く来て。水が、水が――

はっと目を覚ましたヘイリーは、自分がサムに抱かれていて、開いた窓から雨が吹きこんでいることに気づいた。うめき声を漏らし、両手で顔を覆った。

サムは、かなり長いあいだヘイリーを抱いていたせいで腕の筋肉が引きつるのを感じたが、彼女が目を覚ましてくれたのだから、それもどうでもよかった。「ごめんな。よくがんばった」

マットレスに運んでおろしてから、駆け戻って窓を閉じた。そうとうな雨が降りこんだものの、すべて屋根裏の床を流れて段をくだり、ドアの下の隙間から出ていった。

「なにごと？」ヘイリーが尋ねた。

サムはそばに膝をつき、ヘイリーの肌に触れた。それから新しいミネラルウォーターのボトルを開けて、ヘイリーを起きあがらせた。「飲めるだけ飲め」そう言うと、ヘイリーは震える指でボトルをつかみ、言われたとおりにした。

屋根裏の薄明かりがヘイリーの顔に落ちくぼんだような影を落とし、あざと傷ばかりを強調するので、その下にいる女性がわかりにくくなっている。だが目は以前のままだ。大きくて茶色で、ハート形の顔に完璧に収まっている。

「どうしてわたしはこんなにびしょ濡《ぬ》れなの？」ヘイリーが尋ねた。

「きみは熱がある……あったんだ。脱水症状も起こしていたが、水を飲めるほど起きていられなかったから、荒療治を施した」ヘイリーのひたいに触れると、もう熱くない。「うん、よさそうだ。だがぶり返すかもしれない。いちばん痛むのはどこだ？」

「頭とお腹よ」

サムは冷静にうなずいたものの、内心、ひどく心配していた。「立てるか？」

「どうかしら。まだめまいがするの」

「じゃあ立とうとしないほうがいい」サムは言い、つけ足した。「それより、うちに連れて帰るからな」

ヘイリーは抵抗しなかった。「わかったわ」

サムはたたみかけた。「それでいいんだな？」

「ええ。あなたのほうこそ、予定外のゲストがいてもいいの？　つまり……あなたとだれかの関係を邪魔することにならない？」

サムは薬を救急セットのなかに放りこみ、荒っぽく蓋を閉めた。それから閉じそうなほどまぶたを狭めて、静かな怒りをたたえた声で言った。「〝だれか〟なんていない。だが、しばらくのあいだおれの人生から消えていた女性ならいる。その女性を取り戻したい」そして身を乗りだすと、ひたいとひたいを合わせた。「もしいまきみが〝歩く災難〟の標本でなければ、気絶するほどキスしてる」

ヘイリーが息を呑《の》む音が聞こえたので、サムは体重をかかとにあずけて話題を変えた。

彼女に拒絶されないうちに。「明かりを消す前に洗面所へ行っておくか？」

ヘイリーはうなずいた。

サムは彼女を助け起こして懐中電灯を持たせると、体をしっかり支えたまま、硬材の床の上を進んだ。「ここで待ってる」

「ありがとう」ヘイリーは言い、懐中電灯を手に入っていった。

彼女の背後でドアが閉じると、屋根裏は急にまた静かな闇に包まれた。これまでのサムの人生のように。だがいまは、いつも感じる孤独はどこにもなかった。

ヘイリーを連れて帰るのだ。


夜明けの直後にサムが目覚めると、ヘイリーはまだ眠っていた。肌はまた熱を帯び、やはりほとんど汗をかいていない。熱がぶり返したのだ。サムは立ちあがって洗面所に向かい、洗面台の鏡の前で足を止めた。

髪と同じくらい黒い顎髭《あごひげ》が、ずいぶん生えてきた。前にも生やしたことはあるが、あれは潜入捜査のためで、生やしたときの見てくれが自分では好きになれない。

危険な男に見えるのだ。悪党に。

サムは悪党ではないし、危険な男になるのはその必要に迫られたときだけだ。用を足して手を洗ってから窓辺に向かい、天気予報アプリをチェックした。屋根窓から外が見えたので、ほっとする。風の音は以前ほど強くないようだし、雨も前ほど激しくない。天気予報の更新情報には励まされた。ハリケーン・グラディスは内陸へ移動し、嵐に格下げされていた。これならヒューストン上空も正午には晴れてくるのではないだろうか。肩越しにヘイリーを振り返って、眉をひそめた。まるで目に見えない存在になろうとでもいうように、ぎゅっと丸くなっている。彼女があんな眠り方をしたことはない。向きなおって壁に背中をあずけ、心ゆくまで見つめた。以前は毎朝、ヘイリーの頭を肩に、ほっそりした腕を胸にのせて、目覚めたものだ。いま、幸せになる二度目のチャンスが訪れたと思うと、自然と笑みが浮かんだ。

リーにメールを送った。

天気が回復しそうだ。到着予定時刻と、救助のプロの手配はどうなったか、知らせてくれるか？　ヘイリーは熱が出て、自分では立てないほど弱ってる。

送信ボタンを押してから、慎重に窓を半分ほど開けて、雨をあまり降りこませずに新鮮な空気だけを入れようとした。流れこんできた空気はすがすがしく、一緒に入ってきたわずかな雨は腕の汗を冷ましてくれた。

マットレスに戻って腰かけ、残りの食料を確認した。栄養補助食品が何本かと、数日分のレーションがある。この悪夢が終わりに近づいてくれて、よかった。まだバックパックをあさっていたとき、携帯電話がメールの着信を知らせた。リーからだ。

雨と風がこのまま収まれば、正午過ぎに出発する。救助のプロには依頼済み、位置も伝えた。同時に向かう段取りになってる。まず担架と救助スタッフをおろして、彼女を救出する。あとはプロに任せよう。向こうのヘリが出発したら、おれがハーネスをおろすから、装着して屋根に出てこい。

計画が順調に進んでいると知って安堵《あんど》したサムは、了解、と返信した。

そのときヘイリーが身じろぎしたので、そっと手を握った。「おはよう、ハニー。いい知らせを聞きたいか？」

「ええ」

「ハリケーンのカテゴリーが格下げされて、雨も風も落ちついてきた。このまま天候が回復すれば、正午ごろにはリーが来る」

ヘイリーの目に涙が浮かんだ。

「泣くな」サムは言った。

ヘイリーは彼の腕をつかみ、シャツの袖で涙を拭った。「ああ、サム、あなたにはわかいわ。縛られているあいだずっと、わたしは間違いなくこの家で死ぬんだと思っていたの。二度とあなたに会えないんだと。それが今日、あなたと一緒に生きてこの家を出られるのよ。奇跡にほかならないわ」

彼女がどれほどの目に遭ったかを思うと、サムは深い悲しみを覚えた。「本当に胸が痛むよ、ヘイリー。だが、生きるためにきみがどれだけ闘ったかを思うと、誇らしさでいっぱいにもなる。ここから先は、その傷を治すだけだ」

ヘイリーはうなずいたが、サムの腕を離せなかった。そのときふと、自分が新鮮な空気を吸っていて、部屋のなかが涼しくなっていることに気づいた。見れば、窓が少し開いている。「新鮮な空気を当たり前のものだなんて、二度と思ったりしないわ。立たせてくれる?」

サムは眉をひそめた。「めまいは?」

「どうかしら。立てばわかると思うわ」

そこでサムはヘイリーを助け起こし、窓まで一緒に歩いていくと、窓を全開にした。

ヘイリーは大きく両腕を広げて、雨に身を乗りだした。

サムがその様子を注意深く見ていると、やがてヘイリーが一歩さがった。「洗礼を受けた気分よ。この悪夢と、暑さと、痛みと、肌が記憶しているあの男の手の感触が、すべて清められた気がする。ありがとう、また横になるわ」

ランドリー保安官は電話をかけて、連邦保安局所属の大型ボート三隻の到着を手配していた。遺体二つを回収して、犯罪現場を検証するためのチームも用意する。回収作業に立ち会うため、ランドリーも現場に向かうことになっていた。すべてが予定どおりに進めば、そのころにはヘイリーとサムも救出されているだろう。二人のために、そうであってほしい。

天候は順調に回復していった。リーが空港に着いたときにはまだ霧雨が降っていたが、風速は毎秒五メートルで、つまり心配する必要はなかった。

飛行前の点検を終えて、救助のプロと計画の最終確認をしたリーは、正午過ぎにヒューストンへ向けて飛び立った。

ひとたび天候が落ちつくと、ゴムボートも釣り船も大型ボートも、浮かぶものはすべて泥水のなかへ漕《こ》ぎだし、助けを求めている人や動物を探しはじめた。

報道陣は全米から駆けつけてそれぞれに船を出し、救助が行われている現場に漕ぎつけては、あとでつなぎ合わせられる撮影素材を集めていった。

キー局はどこも現地入りし、生中継ができる体制を整えた。現地入りしたレポーターは船に乗りこんで、伝えるべきニュースを探した。

ヒューストンのエナジー・コリドー地区はソーンウッドにあり、すでに論争の種になっていた。陸軍工兵司令部が事前の通達なしにダムの放水をおこなったことがわかって、その一帯から避難した人々が激怒したのだ。いくら放水の必要があったとしても、浸水しないとされているエリアの、貨幣価値にして何百万ドルという家々が水浸しになった事実は変わらなかった。金がものを言う場所で、世界中の金を集めても、手にしていると思っていた安全は買えなかったということだ。

報道陣のなかには、被害の深刻さをじかに知ろうとして、ヒューストンのそのあたりに直行した者もいた。そしてすでに撮影を始めていたとき、うち一人が飛んでくる二機のヘリコプターに気づいた。一機は救助専門のヘリだが、もう一機は違う。救助ヘリが南北戦争前に建てられた家の上空を旋回しはじめたので、レポーターたちは指差して叫びだした。「おい、カメラ、あれを撮れ」家の裏手に担架がおりていくのを見て、まさに救助を目撃しようとしているのだと悟った面々は、すぐさま生中継の準備に取りかかった。

ヘリコプターが近づいてくる音に気づいて、サムは窓を全開にした。担架が特大でないかぎり、この窓を通せるはずだ。

ヘイリーは負傷したほうの足にまだ靴を履けなかったので、ローファーは左右とも、ほかのものと一緒にトートバッグに収めた。もうボトルに水を汲《く》みつづけなくてよいのだからと、空のボトルは置いていくことにした。古い寝袋も置いていくことにしたので、帰りは荷物が軽い。

「来たのかしら」ヘイリーが言った。

「ああ。まず救助ヘリがきみを連れだす。そのあとリーがおれを拾って、きみが搬送された先へ連れていってくれる」

「道路が浸水していて、車で来られない場所だったら?」

「きみの行き先はこのあたりの病院じゃなく、どこか別の場所だろう」窓の外に目をやり、身を乗りだして大きく手を振っていると、担架がおりてきた。すぐ後ろから補助のスタッフが続く。「さあ行くぞ、ハニー。しっかりな」

救助の専門家であるダニーの仕事は、作業がスムーズに進むよう、被災者を安心させることだ。そういうわけで、担架を窓のなかに押しこんでから自分もあとに続き、横たわっている女性のもとにまっすぐ向かうと、まずは自己紹介をして簡単なチェックを始めた。怪我《けが》とあざは訊《き》くまでもないが、腹を見た途端、眉をひそめた。

サムはそれに気づいて言った。「腹と頭がとても痛いと、ずっと言っているんだ」

「わかりました」ダニーは言った。「ではミズ・ヘイリー、体を起こしてこの担架に移しますよ。それから安全のためにストラップで固定します」

ヘイリーの視線がすぐさまサムをとらえた。

「大丈夫か?」サムは尋ねた。

「怖いけど、ここから出たい気持ちのほうが強いから、がんばるわ」

「愛してるよ、ヘイリー。きみならできる」サムはそう言ってひたいにキスをすると、ヘイリーが返事をするより早く、ダニーと二人で担架に乗せた。それから一歩さがって、ダニーがストラップで固定していく様子を見守った。

「よし。行きましょう」ダニーが言い、サムのほうを見た。「ぼくはこちらを持つので、そちらをお願いします。まっすぐ持ちあげて、頭側から窓の外に出します」

サムが言われたとおりにすると、ほどなく担架は窓枠にのる格好になった。

「ゆっくりで」ダニーの指示どおり、ゆっくりと担架を押しだした。ぎりぎりだったが、どうにか通過した。

ヘリのほうへのぼっていく担架を見ていたサムは、心から安堵した。

「あとは任せてください」ダニーは言い、サムと固い握手を交わして、ふたたび窓から出ていった。

ダニーが無事ヘリに戻るのを見届けてから、サムはリーを捜しはじめた。救助ヘリがその場から離れると、リーの機体が上空に来た。

サムが窓から身を乗りだして大きく手を振り、準備はできていることをリーに知らせると、ケーブルの先に取りつけられたハーネスがおりてきた。無人のハーネスは回転翼の風を受けて弧を描き、時計の振り子のように揺れた。

サムができるかぎり身を乗りだしていると、ついにハーネスが窓の高さまでおりてきたので、揺れ動く振り子をどうにかつかまえようとした。何度か挑戦してやっと成功し、と同時にリーが機体をさげてケーブルをたるませてくれたので、屋根裏に引っ張りこんだ。

手早く装着して固定し、バックパックをつかむ。開いた窓に背を向けて立ち、後ろ向きで頭から外に出た。

バックパックも引きずりだすと、あとは蹴って自分を押しだし、空中に浮かんだ。サムが完全に脱出したのを確認したリーは、ケーブルを巻きあげはじめた。

サムは空中遊泳を楽しんでいるだけでよかった。下を向くと、どこまでも続くかに思える水とその被害が目に映る。ふと、遠くに数人が乗ったボートが浮かんでいることに気づいた。大きなカメラをこちらに向けているらしいので、きっと報道関係者だろう。

サムは親指を立ててみせた。数分後、ヘリに到達した。バックパックを座席の後ろに放り、ハーネスを外して副操縦士の席に着く。シートベルトを締めると、リーがヘッドホンを指差して、会話ができるように装着してくれと示した。

「彼女の搬送先は?」サムは最初に尋ねた。

「〈ナコドーチス医療センター〉だ。そこにおまえをおろしたら、おれは格納庫に戻る。

息子のブレットがおまえのハマーを医療センターに回すから、おれが別の車で連れ帰ることになってるよ」

サムはうなずいた。「いろいろありがとう。大きな借りができたな。まずはヘリの料金を——」

「そのことは忘れてくれ。友だちの大事な人を救って儲《もう》ける気はないよ」リーは言い、ヘリの向きを変えて北を目指した。


報道陣はみな、救助ヘリがホバリングを始めるさまを撮影していた。担架がおろされ、ロイヤルブルーのつなぎを着た男性が続く。引きあげられる担架にだれが乗せられているのか、どんな状態なのかはわからない。すぐに青いつなぎの男性が続き、無事ヘリに乗りこむと、機体は旋回して北へ向かった。

二機目のヘリが家の上空でホバリングし、ハーネスをおろしはじめると、報道陣はこれも撮影しつづけた。ほどなくハーネスを装着した男性が屋根に出てきて、こちらもヘリに引きあげられていく。

「だれか、顔をアップで撮れ！」報道陣の一人が叫んだ。

その場にいた全員が生中継をしており、いまや国の半分がこの救助シーンを目撃していた。カメラがズームインし、ハーネスをつけた大柄で黒髪の男性をはっきりととらえた。

顎髭をたくわえたその男性が親指を立ててみせたので、報道陣は喝采をあげた。ヘリは男性を引きあげると、旋回してやはり北へ向かった。

救出劇が終わったので、次の素材を探そうと報道陣が動きはじめたとき、連邦保安局の大型ボート三隻がすごい速さで過ぎていき、救出劇が起きたあたりへ向かっていった。報道陣は猟犬の嗅覚でニュースを嗅ぎつけ、あとを追った。

救助ヘリのなかはやかましかったが、治療班のおかげでヘイリーの気はまぎれた。いくつもの質問に答えながら、点滴を打たれ、血圧を測られ、どの怪我がどうしてできたのかという説明に追われた。

なにもかも、現実とは思えなかった。死ぬ寸前まで行ったのに、こうして生きている。すべて終わったような気がするが、そうではない。これから回復しなくては。

あの家を生きて出られたと思うと、さまざまな感情がこみあげてきて、また涙があふれた。

看護師がそっとひたいを撫《な》でて、手を握ってくれた。「もう大丈夫。好きなだけ泣きなさい」

リーのヘリが〈ナコドーチス医療センター〉に到着したのは、救助ヘリから遅れることほんの数分だった。着陸態勢に入ると、救助ヘリはすでに離陸しようとしていた。無事に着陸するやいなや、サムはバックパックから車のキーを取りだしてリーに渡し、救急室の入り口に向かって駆けだした。

受付デスクの前で急停止すると、係員が顔をあげた。「ご用は？」

「ヘイリー・クエイドは⁉　救助ヘリがヒューストンから運んできた女性は、どこにいる？」

「ご家族ですか？」係が尋ねた。

「ああ。サム・クエイドだ」

「第三診察室です。あのドアからお入りください」そう言って、右手のドアを指差した。

「ありがとう」サムは肩にバックパックを担ぎ、ヘリポートから走ってきたときの猛ダッシュを早足ていどに落として、ドアに向かった。

診察室に入ってバックパックを壁際におろし、ベッドの足元に近づいた。サムを見て、ヘイリーの不安は消えた。「来てくれたのね！」

「もちろんさ。すぐに追いかけると言っただろう」ベッドの反対側にいる医師と看護師に目を向けた。「サム・クエイドです。どんな容態ですか、先生」

ドクター・トレントンはサムに短くほほえんだ。「まずはいくつか検査をします。ＣＴスキャンとＭＲＩ検査ですね。レントゲンの準備はもうできています。詳しいことは結果を見てからにしましょう。採血は終わりました。いまは熱の原因を考えているところです」

「なにが起きたか、本人から聞きましたか？」サムは尋ねた。

「彼女は不動産業者で、案内するはずだった物件で転んで怪我をし、意識を取り戻したときにはハリケーンのせいで身動きならなくなっていた、と」

サムは怖い顔でヘイリーを見た。「本気か？」

ヘイリーは肩をすくめた。

医師は驚きの表情でヘイリーを見た。「まだ聞いていないことがあるんですか？」

ヘイリーの目に涙が浮かんだ。「サム、わたしからはとても……」

サムはヘイリーの脚に手をのせた。「おれが説明する。もう泣くな」短く息を吸いこんで、まずは手首の擦り傷を指差し、それからシーツをめくって脚をあらわにすると、足首に残る同様の傷を示した。「ハリケーンで浸水した家の二階に、逃げた囚人二人と閉じこめられたんです。二人は彼女を縛って、射撃の的代わりにしたり、殴ったりしました。頬の切り傷と、腹にあるバスケットボール大のあざは、転んだときにできたんじゃない。転んだのは足首をひねったせいだが、その足首も殴られている。二日前の話だ。とにかく、熱の原因がなんにせよ、それはかなり前から始まっていたんです」

ドクター・トレントンはしばし言葉を失ったが、すぐに看護師のほうを向いた。「トルーディ、検査室に急ぐよう言ってくれ。なるべく早くCTを撮りたい」

「わかりました」トルーディは言い、急いで部屋を出ていった。

「その囚人たちがどうなったか、訊いてもいいですか？」医師は尋ねた。

「二人に見つかったとき、彼女が両方を撃ちました。一人はそれで起きあがれなくなり、もう一人は怪我をしました。いまはどちらも死んでいます」

ドクター・トレントンは初めて出会った人を見るような目でヘイリーを見つめ、それから新たな敬意とともにサムを見た。「あなたはどうやって彼女のもとへ……？　その、ハリケーンのさなかに……洪水は？」

これにはヘイリーが答えた。「ヘリで来てくれたんです。ヒューストンがハリケーンの目に入るときを狙って。屋根におりてきて、屋根窓から入ったんです。彼の到着があと十秒遅かったら、わたしは死んでいました」

「なんてことだ」トレントンは言った。「お二人はラストネームが同じですね。もしかして――」

「彼は元夫です」ヘイリーは言った。

「それは法の上でだけだ。おれの心のなかから、きみが消えたことは一秒もない」サムは言った。

「そのようですね。さあ、ここからは医師のわたしに任せてください。検査の結果が出たか見てきます。すぐに戻りますよ」トレントンはそう言って部屋を出ていった。

サムはベッドのそばにスツールを運んで、腰かけた。

ヘイリーは手を伸ばし、サムの手を握った。

「きみにキスしたくてたまらないよ、ヘイリー・ジョー。だがきみは大怪我をしていて、それどころじゃないものな。まあ、ようやく来るべき場所に来られたんだから、贅沢《ぜいたく》は言わないことにする」

さまざまな感情がこみあげて、ヘイリーはうなずくことしかできなかった。ただありったけの力を振り絞って、サムの手を握っていた。

五分と経《た》たないうちに病院のスタッフが入ってきた。サムを見て、ヘイリーの手首に巻かれた本人確認用のリストバンドをチェックし、名前を尋ねた。

「ヘイリー・クエイドです」ヘイリーは答えた。

「けっこうです。では、CTスキャンを撮る部屋へ行きましょう。すみませんが、付き添いの方はここでお待ちください。終わりしだい、連れて戻ります」

ヘイリーの姿が見えなくなるのは気が進まなかったが、反論はしなかった。「ここで待ってるからな」

「ええ、待っていて」ヘイリーは言い、スタッフに連れられて出ていった。

携帯電話をチェックすると、リーからメールが届いていた。息子のブレットと車でこちらに向かっているという。

ランドリー保安官からも、ヘイリーの様子を問うメールが届いていた。サムは返信し、いまあれこれ検査を受けていると伝えた。

秘書からは新しい仕事の依頼について、三件のメールが届いていたが、すべて断るようにと返した。さらに、こちらから知らせるまでは新しい仕事は受けないようにと。

未読のメールがなくなって、返信すべきものに返信し終えると、心配が頭をもたげてきた。そこへ病院のスタッフがヘイリーを連れて戻ってきた。続いて医師も現れ、まっすぐヘイリーの枕元に向かった。「頭が痛いのは脳震盪《のうしんとう》のせいですね。ですが徐々に痛みは消えるでしょう。腹部の痛みは肋骨《ろっこつ》の打撲が原因で、内臓に損傷はなさそうです。開いた傷口から入ったとみられる黴菌《ばいきん》のせいで、感染症を起こしていますね。水にはじかに触れましたか？」

「いいえ。でもわたしをつかまえた囚人たちは触れています。下の階は浸水していて、その水のなかを歩いて階段まで来たので」

「治療はどういったものに？」サムは尋ねた。

「抗生物質を処方するので、一日二日、様子を見ましょう。熱がさがったらもう一度検査をして、完全に治ったとわかれば退院できますよ。係の者が来るので、指示に従って病室に移動してください」

「ありがとう、ドクター・トレントン」ヘイリーは言った。

「どういたしまして。わたしがこの救急室で働きはじめて五年になりますが、あなたほど見あげた患者は初めてですよ」そしてサムの背中をたたいた。「あなたもすばらしい。まさにこういう人物を英雄と呼ぶんでしょうね。ついでに言うと、すでに全国規模のニュースになっていますよ。ついさっき、ハリケーン・グラディスの被害状況を伝えるニュースを見たんですが、あなたたちとしか思えない人物の救出劇について、大きく取りあげられていました。心の準備をしたほうがいいですよ。顔がばっちり映っていましたから」

「最高の無料広告だ」サムは言った。

7

救急の診察室で、ヘイリーは眠りに落ちた。サムはそのひたいにまた手を当てて、眉をひそめた。早く薬を投与してもらえるとありがたいのだが。

約三十分後、病院のスタッフが現れてサムに自己紹介し、目覚めたヘイリーに挨拶をしてから、移動のための準備を始めた。血圧計を外し、点滴の袋をフックからベッドフレームの小さなポールに移した。

「一緒に行ってもいいかな」サムは尋ねた。

「もちろんです」スタッフは言った。「看護師が患者さんの体勢を整えるまで病室の外で待つよう言われるかもしれませんが、すぐに終わりますよ。どうぞ、荷物を持って」

サムは荷物をつかみ、ヘイリーから見えるようにベッドのそばを歩きだした。廊下を進んで、エレベーターにたどり着く。三階へ来てみると、スタッフの予想どおりだった。外で待つよう言われ、待合スペースを教えられた。疲労のせいで足取りは遅かったが、ここまで来られたことに安堵《あんど》していた。

待合スペースにはだれもいなかったので、バックパックを壁際に置き、中央に立ち尽くした。次にどうしたらいいのかわからなかった。最後に病院に来たのはロビーが死んだ夜で、こんな状況下でふたたび病院に来ることになるとは、神経がすり減る思いだった。ふと漂ってきた淹《い》れたてのコーヒーの香りで、近くのテーブルにコーヒーメーカーがあるのに気づいた。カップに注ぎ、砂糖を加えてかき混ぜてから、腰かけた。一口目は熱すぎたので、しばし脇に置いて冷ましていると、携帯電話がメールの着信を知らせた。

リーからで、ヘイリーの様子を尋ねる内容だった。

サムは返信した。

　やはり感染症を起こしていた。それで熱が出たらしい。

すぐにリーから返信があった。

　彼女はサバイバーだ。きっと大丈夫。

サムの胃の痛みはほんの少しやわらいだ。リーの言うとおりだ。

ゆったりと座ってコーヒーを飲みながら、自動販売機にある食べ物を眺めたものの、結局はバックパックのレーションを選んだ。

ランドリー保安官と彼のチームにとっては幸いなことに、ヒューストン・ザ・ウッドランズ・シュガーランド大都市圏のオフィスは浸水を免れた。囚人二人の遺体が回収されて検死に回されると、ランドリーは本部に戻った。

ソーンウッドの屋敷から遺体袋が運びだされる様子と、その家の屋根から二人が救出される様子をマスコミ数社が撮影したせいで、オフィスにはすでに報道陣が集まっており、なんらかの説明や発表を待っていた。

駐車場に車を入れたランドリーはそれに気づき、裏口から建物に入ってまっすぐ自分のオフィスに向かった。報告書を書きはじめたとき、ドアをノックする音がして、事務員が顔をのぞかせた。

「お邪魔してすみませんが、外に報道陣がいて、今日、ソーンウッドでなにをしていたのか知りたがってます。逃げた囚人に関係あるのかどうか」

「ありがとう、ケリー」

事務員はうなずいて去っていった。

報道陣の要求に驚きはしないが、遺族にもまだ知らせていないのだから、発表を期待するなど気が早すぎる。ランドリーはデスクを離れて自分のオフィスをあとにすると、建物のなかを大股で歩いて正面から出た。

その姿を目にするやいなや、報道陣は大声で質問を浴びせはじめた。

ランドリーはただ首を振り、静かにと片手をあげた。「関係者への報告が終わるまではなにも発表しない。公式発表をおこなうときは事前に通告するので、いまは帰ってくれ」

「保安官、せめてヘリで救出されたのがだれなのかだけでも教えてもらえませんか」

ランドリーは建物のなかへ戻り、しっかりドアを閉じると、フロントデスクの前で足を止めた。「ケリー、報道関係者からの電話はいっさいつながないでくれ」

「わかりました」

「ありがとう」ランドリーは言い、自分のオフィスに戻った。どちらの遺体もほぼ損傷がなかったので、身元については検死報告を待つまでもなかったし、どちらもオレンジ色の囚人服を着ていた。遺族がメディアを通じて憶測を耳にする前に、知らせたほうがいいだろう。

近親者の連絡先が記されたファイルを開くと、立ちあがってコーヒーを注いだ。遺族に知らせるのはこれが初めてではないが、何度やっても、いやなものだ。

ロイ・ベイカーの連絡先は妹で、グローリー・ブキャナンという名だった。電話番号を押し、ゆっくりと息を吸いこんで心を落ちつかせた。

四度目の呼び出し音で女性が出た。「もしもし」

「連邦保安局のランドリーといいます。グローリー・ブキャナンさんはいらっしゃいますか」

「わたしです。ロイのことね。死んだんですか？」

「ええ。残念ですが亡くなりました。検死が終わったら検死医から連絡があるでしょう。ご遺族にお悔やみを申しあげます」

「驚きはしないわ。いつかこういう電話が来ると、もう何年も前から思ってたもの。それより、死んだのはハリケーンのせい？」

「いいえ。詳しい状況をお話しします。いずれ全国的なニュースになるでしょうから。彼の家族として、あなたには最初にすべてを知る権利がある。お兄さんと、一緒に逃走した囚人のハーシェル・アーノルドは、大きな空き家に避難しましたが、そこにはある女性もハリケーンのせいで閉じこめられていました。二人はその女性を襲い、女性は二人を撃ちましたが、傷を負わせただけでした。二人は女性をつかまえて縛りあげ、あちこちを殴りましたが、最終的に女性は救出されました」

　電話の向こうでグローリーが息を呑《の》む音が聞こえた。

「なんてこと。その女性は気の毒に。大丈夫なんですか？」

「現時点では、病院に搬送されたということしかわかりません」

「兄と一緒にいた男……ハーシェル・アーノルドは？　撃たれたけど怪我《けが》をしただけなん

でしょう？ それから……兄の最期は？」

「報告によると、ハーシェルの怪我のほうが深刻で、お兄さんは一緒に逃走を続けるのではなく、枕で窒息死させるほうを選んだそうです。その後、女性を殺害しようとしていたところを、救助に駆けつけた男性に射殺されました」

グローリーは泣きだした。「兄のしたことを両親に知らせなくちゃ。どんな風に死んだかも。どうしてただ溺れ死んでくれなかったのかしら。そのほうがみんなのためだったのに。恥ずかしい話、兄は十代のころから一家の面汚しだったんです。電話をありがとう。いま、両親の家にいるので、すぐに知らせないと」

電話はぷつりと切れた。こんなことを両親に知らせなくてはならないとは、じつに気の毒だった。

続いてハーシェル・アーノルドの近親者を調べ、コーヒーを一口飲んでから電話をかけた。たった二度の呼び出し音で、女性が出た。「メイ・アーノルドです」

「ミセス・アーノルド、連邦保安局のランドリーといいます」

「電話を待ってました」メイは言った。「あの子が死んだのはもう知ってます。昨日、あの子の魂が訪れて知らせてくれたんです。じゃあ、遺体が見つかったのね。溺死なの？」

ランドリーは、電話の向こうの女性が息子の魂の来訪を信じているという事実を受け止めようと苦心したが、ふと、彼女が返事を待っていることに気づいた。「いいえ、溺死ではありません」

女性が息を呑み、訊《き》くのが怖いかのようにややためらってから尋ねた。「じゃあ、どうして？」

ランドリーは先ほどグローリーに聞かせたのと同じ話をした。「報告によると、女性は二人とも撃ったそうですが、どちらも傷を負っただけでした。女性の話では、息子さんは、今後の足手まといになると判断したもう一人の囚人、ロイ・ベイカーによって殺害されました。そのロイ・ベイカーは女性が救出される際に射殺されています。詳しい状況をお伝えしたのは、いずれ全国的なニュースになるからです。母親として、あなたには知る権利がある」電話の向こうがひどく静かなので、受話器を置かれてしまったのかとランドリーは思った。「ミセス・アーノルド？　聞こえていますか？」

「ええ。どう感じたらいいのかわからないわ。その気の毒な女性に申し訳ないという気持ちでいっぱい」

「お察しします」ランドリーは言った。「もう一つ。検死が終わったら検死医から連絡がありますので」

「ご親切に、ありがとう」メイは言った。

「どういたしまして。お悔やみ申しあげます」

またぷつりと電話が切れて、ランドリーは受話器を置いた。通知は終わったが、もう一度、サム・クエイドに連絡をとらなくてはならないので、通信履歴を開いた。

サムはようやくヘイリーの病室に入ることを許可された。入院からもうすぐ三時間、熱の原因と目される菌を追いだすための処置が始まって一時間が経《た》とうとしていた。少し前に熱はさがり、いまは血色の悪い顔に汗をかいている。きっと行ったり来たりの状態をくり返しながら回復に向かうのだろう。

携帯電話が鳴ったので、発信者に目を留め、すぐに応じた。「サム・クエイドです」

「サム、ランドリー保安官だ。彼女の搬送先は？　容態はどうかな」

「〈ナコドーチス医療センター〉に搬送されました。医師の診断では、脳震盪《のうしんとう》と肋骨《ろっこつ》に打撲、それと傷口から入った菌のせいで感染症を起こしているそうです。あとは何箇所か縫いました。投与された薬が効けば、二、三日で退院できる予定です」

「容態が落ちついたら、ダラスに戻る前に彼女と話がしたいんだが。都合のいいときを知らせてくれないか」

「明日の午後、短時間なら大丈夫だと思います」

「ありがとう。さしあたり、じきに全国的なニュースになることを知っておいてくれ。マスコミはきみたち二人ともに話を聞きたがるだろうから、覚悟しておいたほうがいい」

「おれは覚悟しています。だがヘイリーは怪我のことで手いっぱいで、そういうことにまではまだ頭が回っていないんじゃないかな」

「そうか」ランドリーは言った。「ともかく、今日のところはこれで。なにも問題が起きなければ、明日の午後に」

「わかりました。電話をどうもありがとう」

「こちらこそ」ランドリーは言い、電話を切った。

厳密には、連邦保安局はこの事件を解決済みとしてもいいのだが、ランドリーは純粋な好奇心から、囚人たちに関するファイルに目を通しはじめた。そこで初めて、もともとの現金輸送車強盗事件に三人目の男がいて、まだ身元が判明しておらず、行方もわかっていないことを知った。つまり、二人は二百万ドル以上の大金を隠したまま四日間逃走し、遺体となって発見されたが、金のほうはいまだ見つかっていないということだ。

コーヒーを飲み終えて、ファイルの続きを読んだ。読み終えると、電話を取って副局長の番号にかけた。

ボブ・リッチモンド副局長が自分のオフィスを出ようとしたとき、電話が鳴った。腕時計に目を落とすと、会議まで時間があったので、戻って受話器を取った。「リッチモンド副局長」

「ランドリー保安官です」

「ああ、リーガンか。逃走した囚人が見つかってよかったな」

「はい。その件で電話したんです。今度の事件でわれわれ連邦保安局《USMS》の仕事が終わったのはわかっています。人質にされた女性と面会して、二人の死亡状況について詳しい話を聞く作業は残っていますが、連邦捜査局《FBI》にとってはまだ終わっていません。二人が盗んだ二百万ドル以上の大金はいまも見つかっていませんから。なので、遺体を発見したことと、事件解決に役立つかもしれない会話を耳にしたかもしれない女性がいることを、FBIに知らせたほうがいいと思うんです」

「そうだな。会議に向かう途中で連絡しておこう」

「彼女の連絡先が必要だと言われたら、わたしに電話するよう伝えてください」

「そうしよう。ご苦労だった」

「いえいえ」ランドリーは言った。


ヘイリーのベッドに並べたリクライニングチェアでサムが休んでいると、だれかがドアを軽くノックした。

「どうぞ」サムが言いながら立ちあがると、リー・トルソンと息子のブレットが入ってきた。「二人とも、ドライブを楽しんでもらえたかな」サムは軽い口調で言った。

「あのハマーは最高ですね」ブレットが言う。「運転できて、すごく楽しかった」そして車のキーをサムに返し、駐車した場所を伝えた。

「ヘイリーは？」リーが尋ねる。

「ご覧のとおり、眠っている。熱が出てはさがってをくり返しているんだが、とりあえず原因は菌による感染症だとわかった。じきに元気になるだろう」

リーはうなずいた。「よかった。ほかに、おれたちにできることはないか？」

サムは首を振った。「大丈夫だ。いくら感謝してもしきれない。リー、本当に助かったよ。大きな借りができたな」

「それが友だちってもんだろう」リーは言った。「ヘイリーが起きたらよろしく伝えてくれ。ダラスまで、道中安全にな」

「ありがとう」サムは言い、出ていく二人の後ろでドアを閉じた。

ヘイリーの熱がぶり返した。

眠っている彼女がうわ言をつぶやいたり叫んだりするのを聞いていて、サムは心配になった。

突然、ヘイリーが目を開けて、完全に混乱した様子で周囲を見回した。サムを見つけて手をつかみ、つぶやくように言った。「ヒューストンが沈んでしまったわ」

サムはやさしくヘイリーの腕をたたいた。「ああ、わかっている。だがきみは沈んでいないし、重要なのはそこだ」

「喉が渇いて……水はある？」ヘイリーは尋ねた。

サムがベッドの頭側を起こし、グラスに冷たい水を注いでやると、ヘイリーはごくごくと飲んだ。サムは空いたグラスを受け取って脇に置き、ベッドを戻した。

「サムが……助けてくれた」ヘイリーはささやいてふたたび眠りに落ちたが、一時間もしないうちにまた目を覚ました。

周囲で何人もが話していた。機械がときどき音をたてるのが、おぼろげにわかる。男性の声が聞こえて触れられた瞬間、ヘイリーの心臓は一瞬止まった。サムだ。サム。

「ハニー、おれだ、サムだよ。話さなくていい。ただ、すぐそばにいることを知らせたかっただけだ。おれはどこへも行かない。大丈夫だ。安心して休め」

「安心……」

ため息が出た。サムがいれば怖くない。おとなしく目を閉じた。

サムはヘイリーのひたいに触れた。まだ熱はあるが、ありがたいことにいまはもう、あの蒸し暑い屋根裏ではなく涼しい病室にいる。

シャワーを浴びて乾いた服に着替えたいが、当面は手持ちの服で我慢しよう。

看護師が来て、ヘイリーの点滴をチェックしはじめた。

サムはバックパックから着替えを取りだして、バスルームを指差した。「すまないが、あのなかで着替えてもいいかな。ハリケーンのせいで、蒸し暑い屋根裏に丸一日、閉じこめられていたんだ」

看護師は息を吞んだ。「まあ、たいへんでしたね。バスタオルを持ってくるので、どうぞシャワーを浴びてください」

「いいのか？」サムは言った。

「もちろん。すぐに戻ります」看護師は言い、急いで病室を出ていった。ほどなくバスタオル数枚とボディスポンジ、それにボディシャンプーまで持って戻ってきた。「さあどうぞ。シャンプーがなくて申し訳ないけれど」

「シャンプーならバックパックにある！　助かった、ありがとう」旅行用のセットを取りだして、バスルームに向かった。ずっと剃《そ》れずにいた頰髭《ほおひげ》は立派な顎髭に育ちつつあり、一刻も早くおさらばしたかった。

バスルームはとても小さくて、便器と狭いシャワールームがあるだけだった。蛇口をひねって湯が出るのを待つあいだに服を脱ぎ、汚れた服はバスルームのすぐ外に置いてから、シャワールームに入った。湯を浴びるというそれだけの行為が、いまは贅沢《ぜいたく》の極みに思えた。シャンプーを手のひらに出して泡だて、髪をごしごしと洗う。そのあとは髭剃りだ。頰髭がきれいさっぱりなくなると、今度は体をこすりはじめた。

デュード・サントスはＣＮＮテレビのニュースを見ながら軽食をとっていた。いつアメリカへ戻ろうかと考えていたところに、テレビがハリケーンのその後について伝えはじめた。画面が救助の様子に切り替わったので音声をあげると、救助ヘリが大きな家の上空を旋回しはじめた。デュードはトーストにグアバジャムを塗りたし、コーヒーのお代わりを注いだ。画面のなかでは、担架がヘリに引きあげられ、レスキュー隊員と思《おぼ》しき男が続いた。これで救助は終わりかと思ったとき、二機目のヘリが健康そうな男をつりあげた。

ヘリが両方とも飛んでいって見えなくなると、画面は連邦保安局のロゴをつけた三隻の大型ボートが猛スピードで過ぎていくさまに切り替わった。いったい連邦保安局がこんな場所でなにをしているのだろうと思ったとき、あることに気づいた。「ちくしょう《マドレ》、なんてこった《デ・ディオス》！」

ロイとハーシェルを連邦刑務所へ移送していたのは連邦保安局だった。二人はハリケーンの前にヒューストンから脱したものと思いこんでいたが、もしそうではなかったとしたら？

そのときお抱えの料理人がキッチンに入ってきて、デュードが自分で給仕をしているのに気づくと、途端に慌てだした。残った料理と空いた皿をさげて、コーヒーのお代わりを注ぐ。かたやデュードはゆったりと腰かけて、ニュースの続きに見入った。

それから一時間近く、ヘリコプターによる救出劇が何度も流されたあと、ＣＮＮはふたたび同じ現場で生中継を始めた。三隻のボートは二階建ての屋敷の前に錨《いかり》をおろし、深い水に入るための服と長靴を身につけた人々が、屋敷の玄関から出入りしている。

カメラは玄関の奥にズームインし、二階へ続く階段を途中まで覆う水を映しだした。四人の男性が階段をおりてくる。なにやら運んでいるらしい。それが遺体袋だと気づいたとき、デュードの心臓は一瞬止まった。数分後、二つ目の遺体袋が運びだされるのを見て、デュードは心のなかで悪態をついた。

デュードは犯罪者だが、ギャンブラーではない。確実なものが好きだ。だとしても、行方知れずの大金すべてを賭けて断言しよう、たったいま見たのは、逃げた囚人二人を運びだすところに間違いないと。

裏口からパティオに出て、小さな家の下に広がるビーチに向かった。考えにふけりながら、コスメル島の美しい海を見つめる。ふだんはここを離れるのは気が進まないのだが、いまは大きな疑問があった。たったいま放送されたが、どのメディアも触れていない件について。おそらくだれもその重要性に気づいていないのだろうが、デュードは別だ。

あの遺体袋に入っていたのが本当にロイとハーシェルなら、ヘリで救出された、明らかに生きている二人はだれなのか。四人はどういう経緯であの家に行きついたのか。救出されたのは、避難しなかったあの家の持ち主なのか。しかし遺体袋に入っていたのがロイとハーシェルなら、二人はどうして死んだのか。一緒にいたあいだに、救出された二人は囚人たちについてなにを知ったのか。

大金がかかっている。この件についてもう少し詳しく調べないのは軽率というものだ。ヒューストンの家には戻れないが、答えが必要だ。その答えを手に入れるため、だれに連絡すればいいかはわかっている。


マイルス・ラファティはテキサス州ウェイコに住んでいるが、テクノロジーとインターネットのおかげで、テキサス州の新聞数紙の地方記者として働いており、いつでも次なる大ニュースを探している。

アレハンドロ・サントスの情報提供者になったのは、まったくの偶然からだった。マイルスは裏社会の人間ではないが、必要に迫られればそうとう腕利きのハッカーにもなれるので、サントスが必要としている特定の人物に関する情報を手に入れ、その情報と引き換えにかなりの額を手に入れてきた。

ハリケーンと浸水被害については、サントスがコスメル島で見たのと同じCNNのニュースで目にしていた。そして同様に、遺体袋のなかの二人はだれだろう、家からヘリで救出された二人は？　と好奇心をいだいた。

そこへデュードから電話があり、救出された二人の名前を調べてくれと依頼された。さらに、その二人に会って話を聞いてきてほしいと。これまでサントスに頼まれたことのないたぐいの仕事だったが、五千ドルと言われては喜んで引き受けるのみだった。

サントスとの電話が終わると、マイルスはオンラインの銀行口座を開き、その額が振りこまれるのを待った。三十分ほどかかったが、数字を確認するやいなや、携帯電話に登録された連絡先に目を通しはじめた。救助ヘリにつながる知り合いはいなかったか？　救出された人物の名前を知っている人間がいるはずだ。少なくとも、搬送先がどこかを知っている人間が。

何本か電話をかけても満足のいく結果が得られなかったとき、不意に思い出した。数カ月前、双子の妹の結婚式で出会った女性。彼女はまさに救助ヘリの会社で働いていた。医療関係者ではなく、事務員として。なんという名前だった？　グレンダ？　グウェンドリン？　違う、グウィネスだ。女優のグウィネス・パルトロウと同じ！

あらためて連絡先に目を通すと、すぐに見つかった。最初にピンとこなかったのも、もっともだ。その女性は〝ぶりっ子〟という名前で登録されていた。やらせてくれなかったからだ。だが記憶をたぐると、彼女は〝上質のもの〟に囲まれて過ごすのが好きだと話していた。ならば金で買えるのではないか？　やってみる価値はある。時間を無駄にするまいと、すぐさま電話をかけた。

グウィネス・バレットが救助ヘリの費用を請求管理システムに入力していたとき、携帯電話が鳴った。上司は従業員の仕事中の私用を好まないので、放置しようかと思ったが、発信者名を見て思わず眉をひそめた。

どうしてマイルス・ラファティがまた電話してくるの？

好奇心から電話に出た。「もしもし？」

「やあ、グウィネス。マイルス・ラファティだ」

「わかってるわ。発信者名を見たから」グウィネスは言った。

「そうか。だよな」マイルスは天を仰いだ。最高のスタートとはいえない。「あのさ、じつは救助ヘリについて知りたいことがあるんだ。その情報を手に入れてくれたら、三百ドル払ってもいい」

グウィネスは目を丸くしたが、すぐにまぶたを狭めた。「違法なことはしないわ」ぴしゃりと言う。

「そう言わずに、頼むよ」マイルスは言った。「おれをだれだと思ってる？　悪党なんかじゃない。必要なのは情報だけさ。どう、興味ない？」

グウィネスがこの申し出を実際に検討しているという事実が、彼女の浪費癖を物語っていた。三百ドルあれば、クレジットカードの請求書の支払いができる。「とりあえず、なにが知りたいのか言ってみて。それを聞いて違法じゃないと思ったら、考えてもいい」

「助かるよ！」マイルスは言った。「ハリケーン・グラディスについて記事を書いてるんだが、回収された遺体じゃなく、救出された人に焦点を当てたいんだ。なにしろ明るい面を伝えたほうがいいだろ？」

グウィネスはやや緊張を解いた。明るいのはいいことだ。「かもね。それで、なにが知りたいの？」

「今日、ソーンウッドで救助ヘリがだれかを救出する場面がテレビで流れただろ？　担架で運びだされて、救助スタッフが付き添っていた。で、助けだされた人物の名前と、搬送先を知りたい。それだけだ」

グウィネスは声をひそめた。「それは個人情報よ。教えられない」

「そうか？　救助ヘリがだれかを助けるところは全国民が見たんだぜ。どのみちもうすぐニュースでも報じられるはずだ。どうやっておれが情報を手に入れたか、だれも知ることはないし、たまたま近くにいてヘリが着陸するのを目撃したから、偶然知ったんだと言うこともできる」

沈黙。

さらに沈黙。

マイルスは眉をひそめた。「もしもし？　グウィネス、聞いてる？」

「聞いてるわよ」グウィネスはひそひそ声で言った。「まだ考えてるの」

「そうか。まあ、きみにとって手に余る話だったなら、邪魔して悪かった」

グウィネスはカッとなった。この男の誘いを断った夜と同じように。あの夜は、誘いを拒んだ彼女をおもしろがっているのがわかって、腹が立った。なにしろ必死に求められてやっと許す、というのが自分なりの流儀なのだ。それをこの男は台無しにした。そしていま、またおもしろがられている。

「本当にそんな大金を出す気があるの？」グウィネスは尋ねた。「あなたがどういう人間かわからないから、信用していいかもわからないわ。知ってるのは、股間のものがお粗末だってことだけだもの」

マイルスは言葉に詰まった。なにごとだ？　ぶりっ子はどこへ行った。どうにか気を取りなおして尋ねた。「オンライン口座は持ってる？」

「ええ」グウィネスは送金のためのメールアドレスを教えてからつけ足した。「三百ドル送金して、一時間後にまた電話して。いまは忙しいの」返事も待たずに電話を切り、にんまりした。

マイルスは目を丸くした。あの女、一方的に電話を切りやがった。本当に、どうなってる？

それでもオンライン口座を開いてログインし、手早く送金作業を終えると、時計をにらみながらきっかり一時間待って、また電話をかけた。

グウィネスは携帯電話を手に、女性用トイレで待っていた。電話が鳴ったので発信者名を確認してから応じた。「もしもし」

「送金したぞ」マイルスは言った。

グウィネスはささやき声で言った。「わかってるわよ。じゃなきゃ電話に出てない。救出されたのはヘイリー・クエイドという女性。搬送先は〈ナコドーチス医療センター〉。じゃあね、二度と電話してこないで」

また一方的に切れた電話にマイルスは目をしばたたき、情報を書き留めて部屋を出た。ウェイコからナコドーチスまでは車で三時間以上かかるが、どうせほかにやることはない。

8

シャワーを浴びて着替えたサムは、ようやく人間に戻った気がした。ずっとヘイリーに付き添って、そばを離れたのは二回だけ——廊下の先の待合スペースへ軽食を買いに行ったときと、留守のあいだ、家の様子を見守って郵便物の受け取りをしてくれている隣人のルイーズに電話をかけたときだけだった。家のほうはなにも問題ないということだったので、全神経をヘイリーに集中させることができた。

ヘイリーは寝言をつぶやいていた。ときには目の隅から涙が転がり落ちた。見ていて胸がよじれた。一度など、撃たないでと叫んで体を引きつらせ、怯《おび》えたようにうめいた。きっと悪夢を再体験しているのだろうが、サムにはそれを止める手立てがない。

看護師が入ってきて、機器の数値をチェックしてからサムに尋ねた。「なにか困ってることはありませんか?」

サムは首を振った。「ありがとう、大丈夫だ」

看護師は向きを変え、ヘイリーの様子を見守った。「気の毒に。たいへんな日に遭ったんでしょう?」

「ああ」サムは言った。

看護師はうなずいて、医療機器を拾い集めた。「困ったときはいつでもブザーを押してくださいね。真夜中までシフトが入っているので」

「今夜は回診があるだろうか」サムは尋ねた。

「たいていは午後六時ぐらいに」

「まさか救急室で診てくれた先生じゃないだろうな」

「まさか」看護師は言った。「別の医師が担当することになったわ」

「そうか。ありがとう」サムは言った。

看護師が出ていくと、また二人きりになった。サムはベッドの手すりから身を乗りだして、ヘイリーのひたいにそっとキスをすると、耳元でささやいた。「愛してるよ、ヘイリー。大丈夫だ、すぐによくなる」

雷のような音が聞こえたので、窓に近づいて外を見た。空はふたたび暗くなっていた。ハリケーンのあとの雷雨は珍しくなく、数日続くこともある。今回は、そうでなければいいのだが。水かさは、増すのではなく減ってもらわなくては困る。

医師が看護師を連れて病室を訪れたのは、雨が降りだして一時間が過ぎたころだった。

「よろしく。ドクター・ワイマンです」

医師の邪魔にならないよう、サムはリクライニングチェアから立ちあがった。

「何度か目を覚ましたかな？」医師は尋ねながら、ヘイリーがつながれている機器の数値に目を通していった。

「三、四回ほど」サムは言った。「長くは起きていられないが、起きているときは意識もはっきりしています」

「いい兆候だ」ワイマンは言い、ヘイリーの腕に手をのせて呼びかけた。「ヘイリー、聞こえるかな？」

ヘイリーは目を開けた。「ええ、聞こえるわ」

「ぼくはドクター・ワイマンだ。退院まで、ぼくが担当することになった」

ヘイリーはどうにか笑みを浮かべ、サムを捜して医師と看護師の向こうに目をやった。

「おれならここにいる」サムは言った。

首を回してサムを見つけたヘイリーは、安堵《あんど》の笑みを浮かべた。「よかった」

医師が診察しながら質問しはじめた。「痛みは？　立ちあがってみたかな？」

「動きすぎると痛むわ。それから、まだ立ちあがっていません」

医師はうなずき、救急室の医師と同じくらい慎重に診察した。ぶり返す熱に留意し、看護師に言う。「消灯前に一度、起こしてみたい。少しのあいだ、ベッドのそばに立つだけでも」

「わかりました」看護師は言った。

医師はまたヘイリーの腕に手をのせた。「今夜はよく眠るといい。また明日の朝、様子を見に来るよ」サムに視線を移した。「きみにもよく眠ってほしいんだが、ここではそう簡単に行かないことは、経験から知っている。大丈夫かな」

「ヘイリーが元気になるなら、おれはかまわない」サムは言った。

医師はうなずいた。「順調に回復しているようだが、感染症にはまだ注意が必要だ」そう言うと、病室を出ていった。

「もうすぐ夕食が来ますからね」看護師は言った。「今日は入院当日で、メニューを選んでもらう時間がなかったから、標準食になったわ」作業をしながらサムを見た。「よければ二人分、用意しましょうか」

「そうしてもらえると助かるな」サムは言った。

「わかったわ」看護師は言い、点滴をチェックしてから病室を出ていった。

ヘイリーは周囲を見回してリモコンを探し、ベッドの頭側を少し起こした。「喉がからからなの。水をもらえない？」

「待ってろ」サムは言い、可動式のテーブルに置いてあった水差しからプラスチック製のカップに水を注いだ。ヘイリーはごくごくと飲んでから、カップをサムに返した。

カップを受け取って、サムは尋ねた。「気分は？」

ヘイリーは肩をすくめた。「ぐちゃぐちゃよ。暑くて、痛くて、眠いの」

サムは彼女の頬をそっと手のひらで包んだ。「少なくとも、手術を受ける必要がなかったことをありがたく思おう。手術を受けると回復に時間がかかるからな」

実感のこもった言い方に、ヘイリーは眉をひそめた。「いつ手術を受けたの？」

「二年ほど前だ」サムはそう言ってTシャツの裾をぐいとめくり、脇腹に残る草刈り鎌の形をした大きな傷跡を見せた。

ヘイリーは息を呑《の》んだ。「サム！　なにがあったの？」

「盗みに入った男をつかまえようとして、一緒に窓から落ちたんだ」

ヘイリーは喘《あえ》いだ。「そんな！」目に涙を浮かべて、やさしい声で言う。「面倒を見てくれる人はいたの？」

「秘書のデボラ・リーが、薬を取りに行ったり買い物をしたりしてくれた。自分で運転できるようになるまでは、配車サービス《ウーバー》を利用したよ」

一人でつらい思いをしていたのだと知って胸を引き裂かれたヘイリーは、両手で顔を覆い、草刈り鎌の形をした傷跡を頭から消そうとした。

サムがその手をそっと取り、顔から離した。「気にするな」

「自分の欠点と向き合うのは楽じゃないわね」ヘイリーは言った。

サムは怪訝《けげん》そうな顔になった。「怪我ときみとは関係ない」

「そういう意味じゃなくて」ヘイリーは言った。「離婚したあと、あなたが助けを必要としているなんて一度も想像しなかったくせに、いざ自分が助けを必要とする状況に陥ったら、わたしはすぐさまあなたに電話したのよ」

「そうしてくれと言ったのはおれだろう？　それに、きみに起きたことと比べれば、おれに起きたことなんてなんでもない」

「ごめんなさい」ヘイリーは言った。「わたし、こればかり言ってるわね。だけど信じて、本心からの言葉なの」

「結婚した日と同じくらい、いまもきみを愛しているんだから、きみを助けに行くのは当然のことだった。運命がおれたちをもう一度引き合わせてくれたんだ、今度はそう簡単に行かせたりしないぞ」

「罪悪感で押しつぶされそうだし……自分がもう一度チャンスを与えられていい人間だとはとうてい思えない。でも……許されるなら、そのチャンスがほしい」

「じゃあ、もうあれこれ言うな」サムは言い、ヘイリーの手を掲げて甲にキスをした。

遠くで低い雷鳴が聞こえ、ヘイリーは眉をひそめた。「まだ雨が降っているの？　この調子では、いつまで経《た》っても水が引かないわね。わたしのアパートメントはどうなったかしら。それに車は、いまごろどこにあるのやら」

「車？」サムは尋ねた。

「怪我をして、ハリケーンであの家に閉じこめられたあと、家の正面の窓から外を見たらどこにも見当たらなかったの。ハリケーンが来る前にはもう意識を失っていたから、いつ消えたのかもわからないわ。きっと車が必要だっただれかが無理やり点火装置をショートさせて、街から避難しようとしたんでしょう」

「心配するな。保険会社に連絡すればいい。アパートメントのほうも、危険が去ったらおれが荷物を取りに……」

「でも――」

「〝でも〟はなしだ」サムは言った。「最後まで言わせてくれ。そう、おれはきみがダラスに残ってくれることを願っている。そうなれば、一度ヒューストンへ戻って、きみが取っておきたいと思うものを持ってくることになる。だがもし、実践してみて、それはきみが望んでいることじゃないとわかったら、きみがここでの生活を立てなおす手助けを惜しむつもりはない」

ヘイリーが答える前に、看護師が食事をのせたトレイを持って入ってきた。「夕食の時間よ。お腹は空いたかしら」

「正直に言うと、あまり」ヘイリーは答えた。

看護師は可動式のテーブルにトレイをのせ、ベッドのそばに転がしてきた。「それでも食べてみて」それからサムにほほえんだ。「すぐにもう一つ持ってくるわ」ほどなくサムのトレイを手に戻ってくると、窓の下の奥行きがある台にのせた。「なかなかいいテーブル代わりになるのよ。食べ終えたら、食器やトレイはそのままで。あとで取りに来るわ」

サムはヘイリーが食事しやすいようにベッドを起こしてやってから、料理の覆いを取った。「チキンのオーブン焼きにライス。サラダと、デザートには桃か。悪くないな。手を貸そうか？」

「鶏肉《とりにく》を食べやすい大きさに切ってもらえると助かるわ。手が震えるから……それに、本当は食べるより眠りたい」

サムはヘイリーの頬にかかった髪の毛をそっと払い、耳の後ろにかけてやってから、小さなビニール袋に入ったフォークとナイフを取りだして、鶏肉を切りはじめた。「少し食べたら眠気も消えるさ」

ヘイリーは枕に背中をあずけ、作業に集中したサムの眉根が寄るさまを眺めた。髪の生え際のすぐ内側に小さな傷跡を見つけ、彼が大学時代にビールの空き瓶で殴られたことを思い出す。ふと、こめかみにごくわずかながら白いものが交じっているのに気づいて、胸が締めつけられた。けれど過去は変えられない。

サムが顔をあげてウインクをしたが、ヘイリーが考えていたのは、あのセクシーな唇があらわな肌に触れたときの感覚だった。それから、この男性にはまたたく間に目もくらむような絶頂に導かれていたこと。けれどあれは過去。いまはどうだろう。いいえ、きっといまも変わっていないはず。魔法は魔法のまま、どれだけ時間が経とうとも、そこにある。

「さあ、切れたぞ。ハニー、食べてみろ」

はっと我に返ると、肉をのせたフォークが顔の前に差しだされていた。フォークを取って口に運び、ゆっくりと咀嚼《そしゃく》する。「悪くないわ……お塩が少し足りないけど……あとレッドペッパーの粉末と……ソースにちょっぴりタバスコも」

サムは笑った。「まったく……きみがよく作っていたピリ辛チキンを思い出すな」

「また作ってあげるわ」ヘイリーは言い、サムのトレイを指差した。「あなたも食べて。冷めないうちに」

サムはベッドのそばに椅子を引き寄せて、トレイを膝にのせると、ヘイリーが退屈したり眠ったりしてしまわないよう、いろいろな話を聞かせながら食べはじめた。

ヘイリーはそれなりに食べると、うつらうつらしはじめた。「もう入らないわ」そう言って可動式のテーブルを押しやった。

サムもあらかた食べ終えていたので、ベッドをもとの角度に倒してふとんをかけてやった。そのときヘイリーがお腹を撫《な》でて顔をしかめたので、サムは眉をひそめて尋ねた。

「痛むのか？」

「ええ……体勢を変えたせいだと思うけど、すごく痛む」

サムは枕元のブザーを押して、応じた看護師に、痛み止めは処方してもらえないのかと尋ねた。

「カルテを確認します」看護師は言った。

イエスでもノーでもない返事に、サムは顔をしかめた。もどかしさが募る。

ヘイリーはすでにうとうとしていたが、痛みのせいで眠りに落ちることはできないようだった。幸い、ほどなく看護師が薬液の入ったシリンジを手に現れて、中身を点滴に注入した。看護師はしばし点滴を確認してから、トレイを手にした。「またなにかあったらブザーを押してくださいね」窓の外に目をやり、土砂降りに眉をひそめる。「今夜はこの雨のなかを車で帰らなくちゃ。日付が変わるころには、やんでくれるといいんだけど」

「まったくだ」サムは言い、看護師が病室を出ていくとドアを閉じた。

すぐに薬が効いてきたのだろう、ヘイリーは眠りに落ちた。ところが五分も経たないうちに、病室の外の廊下でなにかがぶつかる音がした。

ヘイリーは夢うつつで叫んだ。「撃たないで！」またロイ・ベイカーに撃たれると思って体が引きつり、突然動いたせいで激痛に襲われた。そのときサムの声が聞こえた。

「大丈夫だ、ヘイリー。いまのは銃声じゃない。だれかがトレイを落としたんだ」

ヘイリーはうめいて、すぐにまた眠りに落ちた。夢を見ることなく、いい思い出からも悪い記憶からも解放された、静かな世界。ずっと求めていた休息。

サムはしばらくのあいだ、不安な気持ちでヘイリーを見つめながら、これからの日々を思った。体は癒えても、心が悪夢と折り合いをつける日は遠い先のことだろう。

雨が降りだしたときには、マイルス・ラファティはナコドーチスに到着し、すでにモーテルの部屋を取っていた。一階のバーでジントニックを飲んでいると雷鳴が聞こえたので、顔をあげて、カウンターの上方にあるテレビを見た。

画面の下にテロップが流れ、天気予報が伝えられている。アメリカのこの地域を激しい雷雨が襲っているものの、朝にはあがっているだろうとのこと。マイルスはカウンターの上に酒代を放ると、グラスを手にロビーを横切り、レストランに移動した。

五つ星レストランとはほど遠いが、これ以上は望めないし、いまは腹が減っている。メニューにざっと目を通して、リブとフライドポテトとビールを注文し、料理が来るのを待った。

店内はほぼ満席で、その大半がハリケーンのせいでここにいることを余儀なくされたヒューストンの住人だということに、マイルスはほどなく気づいた。ヘリで救助された女性のことを思い、その女性の置かれた状況に同情する。サントスはなぜ彼女の居場所を知りたがっているのだろう。一瞬、あの男と関わり合ってしまったことを後悔した。

なにも悪いことはしていないと自分に言い聞かせても無駄だ。だれかに関する情報をサントスに教えれば、後々そのだれかが苦しむことになる可能性は極めて高い。もしそのだれかが死ねば、マイルスは共犯者だ。

いやになる。

自己嫌悪に苛《さいな》まれ、足を踏み入れてしまった面倒を悔やんでいたのも、料理が来るまでのことだった。皿がきれいになってビール二杯が腹に収まるころには、良心は騒ぐのをやめ、罪悪感は消えていた。

部屋に戻ってノートパソコンを開き、ヘイリー・クエイド、テキサス州、ヒューストンでグーグル検索した。検索結果に目を通していると、ヘイリー・クエイドという女性が不動産業者関係の賞を受けたという、かなり最近の記事が見つかった。彼女が勤務する〈トルーマン不動産〉という社名と、社長のウィル・トルーマンの名前を書き留めた。

それから例の救助について、わかるかぎりのことを探した。あいにくメディアはすでに彼女の名前を特定しており、ヘイリー・クエイドは〈トルーマン不動産〉が管理する空き物件にいたときに負傷したせいで、その家に閉じこめられた、ということまで報じていた。囚人二人についてはなんの言及もなく、マイルスはベッドに横たわってテレビを見ているうちに眠ってしまった。数時間後に目を覚ましてテレビを消し、次に起きたら朝だった。

雨はあがっていた。朝食をとろうと外に出ると、いたるところから水滴が落ちて、空気はすでに暑さと湿気を帯びていた。

車を走らせて花屋を見つけ、なかに入った。紫色とラベンダー色の花をたくさんつけた鉢植えのあじさいを購入し、小さなカードに〝早くよくなりますように。〈トルーマン不動産〉一同より〟と書いた。

これで首尾よく病室にもぐりこめるとほくそ笑みつつ、〈ナコドーチス医療センター〉に向かった。十五分後には目指す病室のドアをノックしていた。

サムはちょうど外にいて、探偵事務所にメールを返信していた。ノックを聞いたヘイリーは、どうぞとも言わなかったが、驚いたことにドアは開いて、三十代らしき男が大きな鉢植えの花を手に入ってきた。

「ヘイリー・クエイド?」

「ええ、そうだけど」

「花屋からお届け物です」男はそう言って窓の下の台に植木鉢を置き、愛想よくほほえんだ。「カードを読みますか?」

「ええ、ぜひ」ヘイリーは言った。

マイルスはまだ配達人を装いながら、カードを差しだした。だが彼女が受け取ると同時に本題に切りこんだ。「浸水した家からヘリで救助されるところをテレビで中継されたのは、あなただそうですね。報道では、そのあとに保安局が遺体袋を運びだしたとも言っていた」

ヘイリーは眉をひそめた。「あとでなにがあったか、わたしは知らないわ」

「だが一緒にあの家に閉じこめられていたんでしょう？　話によれば、例の逃げた囚人だったとか。そいつらにそこまで殴られたんですか？　二人はどんな話をしてました？」

ヘイリーは迷わずブザーをつかんで押した。すぐに看護師の声が応じた。「おはよう、ヘイリー。どうかした？」

「病室に知らない人が入ってきたの。追いだして！」

マイルスは唖然《あぜん》とした。望んでいたのはこんな反応ではない。「追いだされなくても出ていくよ。困らせるつもりはなかった」向きを変えて歩きだそうとすると不意にドアが開き、大柄な男が全身から怒りを放ちながら大股で入ってきた。言い逃れをする前に、マイルスは壁に押さえつけられていた。

ヘイリーはほっとした。サムに任せておけば安心だ。

「ハニー、大丈夫か？」サムは尋ねた。

「ええ。その人、囚人と遺体袋のことをしつこく訊《き》いてきたの」

「おまえ、名前は？」サムが男に言った。

「マイルス・ラファティ。新聞数紙の地方記者をしてる。おれはただ、話をしたかっただけなんだ……ほら、逃げた囚人と空き家に閉じこめられた女性について、独占記事を手に入れたくて」

サムはまぶたを狭めた。「どういうことだ？　情報は公にされていないはずだぞ」

マイルスは即座に答えた。「とんでもない。彼女の名前はもうニュースで流れてるし、ヒューストンの人間ならだれでも、囚人二人が保安局の護送車から逃げたことを知ってる。そしてテレビでは、彼女がヘリで救助されたのと同じ家から、保安局が遺体袋二つを運びだしたところが流された。点と点を結ぶのは簡単だよ」

そこへ警備員が駆けこんできた。「どうしました？」

サムは即答した。「報道関係者と名乗る男が予告なしに入ってきて、あれこれ質問しはじめたんだ。最低でもこの部屋への立ち入りを禁止してほしい。できたら病院にも足を踏み入れさせないでほしい」

警備員はマイルスの腕をつかんで背後に回し、あっという間に手錠をかけた。

「おい！　待ってくれ！」マイルスは訴えた。「違法なことはしていない。出ていくよ、出ていくって」

「黙れ」警備員は言い、マイルスを引き連れて病室を出ていった。

サムはばたんとドアを閉じて、ベッドに歩み寄った。「ナースステーションにいたら、きみがブザーで助けを呼ぶのが聞こえて、駆けつけたんだ。いったいなにを訊かれた？」

「このあざは囚人たちに殴られたせいで、できたのか。二人はどんな話をしていたか」

サムは眉をひそめた。「どういうことだ？　それじゃあまるで、知りたいのはきみのことじゃなく、囚人たちのことみたいだ」

ヘイリーは肩をすくめ、手にしていたカードに目を落として、サムに差しだした。「配達人のふりをしてあの花を持ってきたの。見て、このカード！　階段から落ちたあとのことは、会社にはなにも知らせていないのに。信じられないわ」

サムはカードに目を走らせた。「下調べはしたようだな。それから、救助ヘリが助けたのはきみだということを報道陣が知ってしまったのも嘘《うそ》じゃない。少し調べれば、きみの勤め先もつかめただろう」

ヘイリーは顔をしかめた。「もう安全な場所はないのかしら」

「おれといれば安全さ。二度ときみを病室に一人にはしない。約束する」そう言ってヘイリーの頬を撫でると、唇にそっとキスをした。「回診が始まった。きみの担当医もじきに来るだろう。そうしたら回復具合がわかるし、いつきみをここから連れだせるかもわかる」

ヘイリーは横になり、顎までふとんを引きあげた。無意識なのだろうその行動は多くを物語っていた。たったいま起きたことが、どれほどの影響を及ぼしたかを。

「ヘイリー、怖がらなくていい。さっきのようなことはもう二度と起こらない。これから退院するまでの少しのあいだは、きみにたどり着こうと思ったら、その前におれを倒さなくちゃならないからな」

ヘイリーはサムを見た。怒ったように突きだした顎、目の輝き。そして、ロイの死体を越えて現れた彼を目にした瞬間を思い出した。胸がつかえてなにも言えず、ただサムの手を握った。

看護師が入ってきた。「大丈夫？　不審者が現れたんですって？」

「大丈夫よ。サムのおかげ」ヘイリーは言った。

「よかった。じゃあ、少し立ってみない？」看護師は尋ねた。

「そうすれば早く退院できるなら、がんばるわ」ヘイリーは言った。

廊下を行って戻るヘイリーと看護師のすぐ後ろを、サムは歩いた。ベッドに戻ったときには、ヘイリーは疲れ果てていた。眠りかけたとき、医師が回診に現れた。熱を測ると、さがっていた。いい兆候だが、ヘイリーはまた眠りかけていた。

彼女が眠ってしまうまで待ってから、サムは連邦保安局のリーガン・ランドリーに電話をかけた。

「ランドリーだ」

「保安官、サム・クエイドです」

「ああ。電話をありがとう。ヘイリーの様子は？」

「感染症から回復中です。保安官、じつはそちらが運びだした遺体について訊きたいことがあって、電話しました。遺体の身元はもうマスコミに公表しましたか？」

「公式にはまだだ。今日の午後になるだろう。なぜ？」

サムは、ヘイリーの病室に男が侵入してきたことと、男の質問内容を伝えた。

ランドリーは眉をひそめた。「ＦＢＩの人間とはもう話をしたか？」

「いいえ。だれもここへは来ていません」

「いまの話は彼らこそ知っておくべきだ。わたしから報告しておこう」

「どういうことです？　なにか表沙汰になっていないことでも？」サムは尋ねた。

「例の囚人たちは、銀行の現金輸送車から二百万ドルを奪った三人組のうちの二人で、金はまだ回収されていないうえ、三人目のメンバーは逃走したまま身元も判明していない。いま、三人のうちの二人が死んだ。ここからはこじつけだが、ヘイリーは何日かのあいだ、その二人と一緒にいた。本人でさえその意味を理解していない情報を、知ってしまった可能性がある。さて、ここに、奪われた大金をほしがっている人物がいる。問題は、その人物はだれで、金を見つけるためにどこまでやるか、だ」

9

マイルス・ラファティはパトカー二台に見張られて、戻ってくるなというあまり友好的ではない警告とともに、ナコドーチスから追いだされた。調書を取られて留置場に入れられなかっただけ、運がよかった。これは危険信号だ。いままでデュード・サントスのための調べ物はほとんどインターネットですませてきたし、今度のことで、自分には現場調査は向いていないとわかった。今日の一件をデュードに知らせたら、それで終わりにしよう。一からやりなおすときがあるとしたら、いましかない。

午後にはウェイコに戻って、自宅アパートメントに帰っていた。大ヘマをして帰宅したばかりか、この失敗をデュードに報告しなくてはならないとは。

五千ドルの失敗を。

これまでなかったことなので、すでに報酬を受けている仕事を完遂できなかったという事実をどう伝えたらいいのか、わからなかった。

スーツケースを部屋に置いて荷ほどきは後回しにし、いやなことは早く終わらせてしまおうと、デュードに電話をかけた。呼び出し音が鳴りだしたとき、向こうがいま何時だか知らないことに気づいたが、そこでデュードが電話に出たので、わからずじまいになった。

「サントスだ」

「やあ、デュード。マイルスだ。あいにく、いい報告はできない」

「なぜだ。情報のために五千ドル払っただろうが」

「わかったことを教えるから、それで満足できなければ、金は返すよ」長い沈黙が続いたので、マイルスはそわそわしはじめて尋ねた。「その……聞いてるかな」

「おまえの報告を待っているのがわからねえか。さっさとしゃべれ」デュードは言った。

「そうか、すまない……ハリケーンに関するニュースを追っていたなら、救助ヘリの映像がしつこく流されてるのを見たはずだ。救助された女性の名前をおれが突き止めたのと同じタイミングでマスコミも情報をつかんだようだが、おれは彼女が〈ナコドーチス医療センター〉へ搬送されたことも突き止めて、車でそこへ向かった。夜明かしして、今朝いちばんに病室へもぐりこんだら、彼女は一人だった」

「ふん……やるじゃねえか」デュードは言った。「女はなにを話した？」

「聞き取りはうまくいかなかった。彼女はすぐさま看護師を呼んで、おれを追いださせようとしたんだが、おれが出ていくより先に大男が入ってきて、いきなりおれのシャツの襟をつかむと壁に押さえつけた。病院の警備員でもないのに。警備員はそのあとに現れて、おれに手錠をかけてから、地元の警察に突きだした」

デュードはスペイン語で悪態をついた。マイルスの語学力でも、それが怯《おび》えるに足る内容だとわかった。

やがてデュードは尋ねた。「調書は取られたのか？」

「いや。ありがたいことに、戻ってくるなという警告を与えられて町から追いだされただけだ。そこでおれは自宅に戻り、こうして電話をかけている。一つだけ、役に立つかもしれない情報を手に入れた。取り押さえられたときに耳にしたことだ」

「どんな情報だ？」デュードは尋ねた。

「一緒にいた男は彼女の元夫で、サム・クエイドという名前だ。ダラス郊外ではちょっと知られた私立探偵で、彼女が退院したら、ダラスの自宅へ連れて帰るらしい」

「そのサム・クエイドの住所は？」

「まだ調べてないが、すぐにわかる」

「そいつの住所を教えるなら、貸し借りなしとしよう。そして今後は、パソコンで調べられる情報だけに絞ろうじゃないか」

「すぐに調べて、わかりしだい連絡するよ」

「いいだろう」

マイルスは電話を切り、仕事部屋に入ってサム・クエイドのことを調べはじめた。この情報をデュードにメールで送信したら、あの男のために働くのはおしまいだ。というより、そろそろ故郷のボストンに帰ることを考えるべきかもしれない。テキサス州に来たのは北部の長い長い冬のせいだが、ハリケーンだのギャングだのが生活の一部になるとは思ってもいなかった。

デュードのほうも、マイルス同様いい気分ではなかったが、理由は違った。メキシコにいるせいで、他人に頼らなければ情報を手に入れられないし、その結果に満足できないからだ。そろそろ危険を冒してでもアメリカへ戻ろう。ここではなにも起きない。派手な動きも有力なコネも、これまでに手に入れてきた金も、すべては国境の向こうにある。ヒューストンはハリケーンの被害にかかりきりだろうし、デュードを現金輸送車強盗に関連づけかねない男二人は死んだ。そろそろ行動を起こすとしよう。

ヘイリーの熱がさがったまま六時間が過ぎたころ、ドクター・ワイマンと看護師が夜の回診に現れた。病院で過ごす二度目の夜で、ヘイリーはもう退院したかった。

ワイマンはカルテに目を通してから、顔をあげてヘイリーを見た。「気分はどうかな」

「よくなったわ」ヘイリーは言った。「熱も昼前から出ていないの」

「なるほど」

「いつ退院できるかしら」ヘイリーはそわそわと尋ねた。

ワイマンはやさしく笑った。「患者はみんな同じことを訊《き》くね。ぼくは良識があるから
いいけれど、そうでなければ少し傷ついたかもしれないよ」
「それじゃあ質問の答えになっていないわ」ヘイリーは訴えた。
サムはにやりとした。「正面から向き合ったほうがいいですよ、先生。彼女はごまかし
が利かない」
「じゃあこうしよう。もし夜のあいだに熱がぶり返すことなく、朝になってもさがったま
まだったら、退院を許可する」
「やった！」ヘイリーはうれしそうに言った。
「自宅は水に浸《つ》からなかった？」ワイマンは尋ねた。
「部屋があるのは四階なので。だけど建物自体には被害があったと思うわ。浸水した地域
だから。でもそこへは戻らないの……少なくとも、しばらくのあいだは」
「ダラスのおれの家に連れていく」サムは言った。「一緒に暮らすんだ」
「いい考えだ」ワイマンは言った。「それじゃあ、と……また朝に。そこから先は、その
ときの様子しだいだ。いいね？」
「ええ」ヘイリーは言った。
医師と看護師が出ていくと、サムはベッドの端に腰かけて、手を伸ばした。すぐにそれ
をつかんだヘイリーに、サムは切りだした。「あることについて、意見を聞きたい」

「言ってみて」

「ダラスのおれの家まで、きみにとっては長いドライブになる。それに道中はおれの服を着ていなくちゃならない。それでいいか?」

「ほかに選択肢があるとは思えないもの」

「じつは一つあるんだ。ここからさほど遠くないところに〈ウォルマート・スーパーセンター〉がある。今夜のうちにちょっと行って、きみの服とか下着とか、その他こまごましたものを買ってくることもできる。終夜営業だし、天気も上々だ。前もって買い物をしておけば、許可がおりたときにすぐ出発できるだろう?」

「すごくうれしいわ」ヘイリーは目を輝かせた。「荷物はどこかしら。財布を取ってくれない?　クレジットカードが入っているから」

「なにを言ってる。支払いはおれに任せろ」サムは続けた。「そうじゃなくて……買い物に行くには、きみを一人にしなくちゃならない。まただれかが忍びこんできて、根掘り葉掘り訊かれたらと思うと、怖いか?」

ヘイリーは肩をすくめた。「さっきも怖くはなかったわ。ただ腹が立っただけ。わたしなら大丈夫よ。それであなたが安心するなら、少し留守にすると看護師に伝えておいて。戻るまで、ときどきわたしの様子を見てほしいと」

サムはうなずいた。「そうしておけば安心だ。服のサイズはいまも11号かな」

「ええ。変わっていないわ。下着のサイズも覚えてる？」

「きみに関することならすべて覚えているよ、ヘイリー・ジョー。どんなにささいなことでも」

「ヘアブラシと、髪をまとめるものもお願いできる？」

「もちろんだ。心配するな。きみがどれほど手がかかるかも、ちゃんと覚えている」

ヘイリーは笑い、サムはほっと息をついた。この笑い声に飢えていた。また一緒に暮らせるなら、どんなに幸せか。

「あなたの留守中に夕食が届いたら、どうしよう。置いていってもらう？」

サムは時計に目をやった。「それまでには戻るだろうが、もし間に合わなかったら、置いていってもらってくれ。おれが出かけているあいだに少し休むといい。休めば休むほど、熱がぶり返す可能性は低くなるはずだ」

「そうね。そうするわ」ヘイリーは言った。

サムは彼女の手にキスをしてから、身を乗りだしてひたいにもキスをした。「完全に傷が癒える日が待ち遠しいな。そうしたら、きみに触れるのを恐れなくてすむ」

「わたしも待ち遠しいわ」ヘイリーは言った。「早く触れてほしい」

サムはまぶたを狭めた。「聞き捨てならないな。いまのはベッドのお誘いか？」

「まだ頭痛がしているから、はっきりとはわからないけど、そんな風に聞こえたわね」

サムは笑った。「すぐに戻るよ」

「そうだ、チョコレートのなにかを買ってきてくれない？　チョコバーとか」

「〈ハーシーズ〉の、アーモンド入りのやつとか？」

「それよ、それ」ヘイリーは言い、親指を立てた。

「待ってろ」サムは笑顔で病室を出た。ナースステーションに寄って、少し出かけてくることを伝えたときも、まだほほえんでいた。

車のキーを手にエレベーターで下へ向かいながら、ブレット・トルソンがどこにハマーを停《と》めたと言っていたかを思い出そうとした。外に出て、駐車場を見渡すと同時ににやりとしてしまった。大きな銀色のハマーはひときわ目立っていて、見逃しようがなかった。数分後には乗りこんでいたが、車内は地獄の暑さだった。あの屋根裏も暑かったが、ここは息もできないほどだ。すぐさまエンジンをかけて窓を開け、エアコンを全開にして、一秒でも早く涼しくなるよう願った。

〈ウォルマート〉の住所をグーグル検索してカーナビに入力し、駐車場を出た。ナコドーチスに来たのはこれが初めてだが、ずいぶん人が多い気がした。ヒューストンから避難してきた人たちも交じっているのだろう。状況が許しだい自宅に戻って、残されたものを確認しようと待っているのだ。

ようやく〈ウォルマート〉の駐車場に車を停めると、買うべきものをもう一度、頭のなかで確認した。過酷な暑さのなか、大股で涼しい店内を目指した。

店に入るとショッピングカートをつかみ、まっすぐ婦人服のコーナーに向かった。ヘイリーのサイズのショートパンツを見つけ、ファスナー式ではなくゴムウエストのものを選ぶ。やわらかなTシャツと、ビーチサンダルもかごに入れた。

次はズボンとブラウスだ。ヘイリーの好きな色は知っているし、好んで着ていた形も覚えている。白いパンツ、フロントファスナーの黒いストレートパンツ、ジーンズに、青のカプリパンツ。

ブラウスとシャツがずらりとかかったラックを探して、ヘイリーが好きそうなものを選んでいった。すでにかごに入れているパンツとショートパンツに合うものを選ぶよう、心がけながら。それが終わると、下着のコーナーに移動した。

ここはさらに短時間で終わった。パンティを十枚、ブラを六枚に、しばらくは痛くて通常のものがつけられないかもしれないので、スポーツブラを二枚。最後は靴下とナイトガウンだ。サムが決めていいのなら、夜は一糸まとわぬ姿をこの腕に抱いて眠りたいが、三年という隔たりを考えなくてはならないし、ことを急ぎたくもない。そこで、異なる形のナイトガウン四着をかごに入れた。どれも膝丈で、ノースリーブで、襟ぐりがゆったりしているものばかり。

同じ通路を向こうから男性が歩いてきたので、カートを脇に寄せた。男性は会釈をし、カートのなかの衣類に気づくと、サムの顔に視線を戻して尋ねた。「水害で？」

サムはうなずいた。

「まったく、災難だったな」男性は言い、通路を歩いていった。

次にサムは化粧品コーナーへ向かい、女性店員を見つけて助けを求めた。買い物の理由を説明すると、店員はすぐに基本的なものを用意してくれた。化粧水、乳液、口紅……。それが終わったら、今度は歯ブラシを扱っている場所を教わった。

さらに十五分ほどかかって、ヘイリーに必要そうなものを揃《そろ》えた。サイズの合うテニスシューズをかごに入れたところでスーツケースのことを思いつき、カートの下の段に押しこんでから、レジに向かった。

レジのベルトコンベアにすべてをのせて、脇の棚から〈ハーシーズ〉のアーモンド入りチョコバーを数本つかむと、それもベルトコンベアに置いた。

レジ係が商品を機械で読み取りはじめるのを静かに待っていたとき、後ろに並んでいた女性が声をかけてきた。「ねえ、あなた。テレビに出ていた人じゃない？　ヘリで救助された。お髭《ひげ》の」

「いや、人違いだ」サムは言い、せかせかとクレジットカードを取りだした。それで会計が早く進むことを願いつつ。

「でもそっくりよ。顎髭がないけれど」女性は引きさがらない。

「本当に?」サムは言い、読み取りが終わって袋詰めされたものをカートにのせはじめた。

女性はまだじろじろと見ていた。「一緒に救助された女性は奥さん?」

「まさか。おれは結婚していない」サムは言い、ようやくクレジットカードを機械に通した。

女性は怪訝《けげん》そうな顔をしたが、まだあきらめなかった。「じゃあ、奥さんじゃないあの女性に会うことがあったら伝えてちょうだい。逃走中の囚人二人と同じ家に閉じこめられていたと聞いたときからずっと、みんな彼女の無事を祈っていたって」

驚きに、サムの動きは止まった。そこまで世間に知られているとは思っていなかった。支払いをすませ、最後の袋をカートにのせて、その上にスーツケースを置いた。

歩きかけて振り返ると、女性はまだこちらを見ていた。真剣なまなざしに、サムはそのまま立ち去れなくなった。「伝えるよ。祈ってくれてありがとう」そっと言うと、女性が反応する前にふたたび歩きだした。

暗い気持ちで病院まで車を走らせた。ヘイリーのことが公にされたいま、どんなことが起きるかと不安だった。まずは、記者が話を求めて次々と現れるだろう。最悪の場合、記者を装って接近し、詳しい話を聞きだそうとする輩《やから》も出てくるかもしれない。凶悪な男二人の人質にされた女性に起きうる、みだらな展開をあれこれ想像する輩も。

ああ、早くナコドーチスを離れたい。

病院の駐車場に着くと、携帯電話のニュースアプリを開いて、逃げた囚人に関する新たな報道はないかと探した。連邦保安局で開かれた状況説明会の動画が見つかったので再生し、うめき声を漏らした。

すべてが語られたわけではないが、ヘイリーが最初に襲われたときに正当防衛として二人を撃ったこと、そのおかげで命拾いしたと思われることが明らかにされていた。また、いずれも致命傷ではなく、彼女はどちらの死にも責任がないこと、そして無数の怪我のために入院したことが語られていた。いいニュースではないが、悪いニュースでもない。ただ、ヘイリー自身は公になることを望んでいなかっただろう内容だ。

最新の状況が把握できたので、サムは買い物袋をすべてつかむと、暑いなか、急いで病院内に向かった。数分後にはヘイリーの病室がある階でエレベーターをおり、廊下を歩きだしていた。途中、外出から戻ってきたことを看護師に知らせた。

ヘイリーは眠っていたので、買い物袋はそっと脇におろし、チョコバーだけは取りだした。可動式のテーブルに置いてから、バスルームに入って手と顔を洗い、ベッドのそばに戻った。

ヘイリーの腕がひんやりしていることに気づいて、薄い上掛けで肩まで覆ってやり、かたわらのリクライニングチェアに腰かけた。

外の廊下からは絶えず物音が聞こえ、ときには大きな音も響いたが、室内はしんと静まり返っていた。サムは椅子の背を倒して目を閉じた。

最初に頭に浮かんだのは、レジで遭遇した女性だった。ずっと無事を祈っていたと言っていた。ゆっくりと深く息を吸いこんで吐きだし、神経の昂《たか》ぶりと緊張をすべて追い払おうとした。

ヘイリーが寝言をつぶやいた。彼女が見ているのはただの夢で、それが悪夢にならないことを願いつつ見守っていると、ヘイリーはまた静かになったので、サムもふたたび目を閉じて眠りについた。

メイ・アーノルドは息子のハーシェルが使っていた部屋のクローゼットを開けて、古いスーツを捜していた。昔、メイの母の葬儀でハーシェルが着たものだ。型はとっくに流行遅れだが、体さえ入るなら、目的にはかなう。

メイとピートは葬儀についてじっくり話し合い、式は墓のそばで簡単にすませ、事前に公的な告知もしないことで一致した。詮索されるのはたまらないとメイは思っていたし、メイが望まないことをピートは望まなかった。二人の生活は最初からずっとそうだったし、最後までそうでありたいとピートは願っていた。

捜していたスーツが見つかったので、クローゼットから取りだした。地元のクリーニング店のビニールカバーがかかったままだから、ほこりをかぶってはいないものの、虫食いの可能性はある。

カバーを外してスーツをベッドの上に広げ、点検しはじめた。ダークグレーに淡いピンクのストライプが入ったダブルのスーツだ。これを着た息子はとても立派に見えたものだが、十年も犯罪で生きてきて、まだあの顔つきを維持しているとは思えなかった。おまけにこれは冬用のスーツで、布地は分厚い。とはいえ死んでしまったのだから、暑さに文句は言わないだろう。

これで間に合うと判断し、またクローゼットにかけなおしていたとき、ピートが部屋に入ってきた。「ここにいたのか。捜したぞ」

「どうかした？」メイは尋ねた。

「いや……その、おれはたいしたことじゃないと思っているんだが、あることを思い出してな。数カ月前にハーシェルが自分宛てで送ってきた荷物があっただろう？　箱の中身はなんだか知らないが、せめて見てみるべきだと思うんだ」

「ああ、あの箱……きれいに忘れてたわ」メイは言った。「麦わら帽子をかぶらないと。外は暑いし、熱射病にはなりたくないから」

「あの帽子なら、裏口のそばにかかってる」ピートは言った。

メイは夫に続いてキッチンに入った。途中で麦わら帽子を拾い、顎の下で紐《ひも》を結びながら外に出る。夫婦は手をつないで古い燻製《くんせい》小屋に向かいながら、庭のこと、畑仕事のこと、摘みごろの野菜のこと、そろそろお湿りがほしいことなどを話題にした。今月中に一人息子を——恥さらしな息子を埋葬するのだという事実以外のあれこれを。

ピートが燻製小屋の扉を開けて先に入ったのは、また厄介なアライグマがもぐりこんでいたときに備えてのことだ。夫婦はもうこの小屋を使っておらず、いまではただの倉庫で、ときおり小動物の通り道にされているのだ。

「あったあった。おれが置いたときのまま、奥の台で防水シートをかぶってる」ピートは言った。「明るい場所まで運ぼう」

メイが脇にさがると、ピートが箱を抱えて奥から現れ、開いた戸口の手前におろした。大きな箱で、中身は見当もつかない。メイは宛名のラベルをそっと撫《な》で、ハーシェルの筆跡に気づいて、こみあげた涙をまばたきでこらえた。

ピートはポケットナイフを取りだし、梱包《こんぽう》用のテープを切り裂いて、蓋を開けた。最初に目に入ったのは、丸めた新聞紙だった。「緩衝材に使ったんだな」ピートは言いながら両手で新聞紙をつかみ、燻製小屋の床に放った。

その瞬間、二人とも息を呑《の》み、衝撃に見つめ合った。

「ちょっと待て、こりゃなんだ」ピートはつぶやいた。

メイの口元はたちまち歪《ゆが》んだ。「あの子たちが現金輸送車から盗んだのがこれなら、このお金は血で汚れてるわ、ピート。被害者の一人は亡くなって、一人は一生治らない傷を負ったのよ。ハーシェルと仲間のせいで」

ピートはうなずいた。そして、半径五キロ以内には自分たちしかいないにもかかわらず、ひそひそ声で話しだした。「ママ、これをどうする？」

メイは夫の手に手を伸ばした。夫の呼びかけが、ハーシェルが少年だったころのそれに戻ったせいで心を動かされていた。「まずは封をしなおして、家のなかに運びましょう。ネズミが箱を食い破って、数万ドルを平らげてしまう前に」

「そうだな、そのとおりだ」ピートは言い、手早く新聞紙を箱のなかに戻した。「しかし家まで運ぶには重いな。軽トラックをこっちに回そう」

メイは吐き気を覚えていた。「血で汚れたお金が家のなかにあるなんて、考えたくもないわ。家に運んだら、最初にお金が盗まれたときに電話をかけてきたＦＢＩ捜査官の番号を調べましょう。ああ、連邦保安局の人からも電話があったわね。保安局の車が事故を起こして、あの子たちが逃げたあとに」

メイがすっかり動揺していることに、ピートは気づいていた。こうして話しつづけているのは、ひとえに泣かないためだ。青ざめて震えている妻の肘にそっと手を添えて、家のほうへ戻る。家のなかに入ると、リビングルームに連れていった。「ここは涼しいから、リクライニングチェアに座ってろ。いま冷たい飲み物を取ってくる。そのあと軽トラックで箱を家まで運ぶ。なあに、すぐに終わるさ」それから急いでリビングルームを出てキッチンに入ると、グラスに水を汲《く》み、また急いでメイのそばに戻った。グラスのなかで氷が涼しげな音をたてた。「ゆっくり飲んで、涼んでろ。すぐに戻る」

「やさしい人ね、ピート・アーノルド。あなたと結婚したのは、人生でいちばん賢いことだったわ」メイは言った。

ピートは満面の笑みで妻の頭をやさしくたたき、また急いで出ていった。裏口のドアがばたんと閉じた。

メイは冷たい水を飲んでから、グラスをかたわらのテーブルに置いた。軽トラックのエンジンがかかったと思うや、猛スピードで走りだす音が聞こえ、メイは天を仰いでつぶやいた。「レースじゃないのよ。落ちつきなさい」

もう少し水を飲んで、動揺が静まってきたと思っていると、車が戻ってくる音が聞こえた。ゆっくり立ちあがってドアを開けに行くと、ピートが重たい箱に苦しんでいるのが見えて、急ぎ足で手伝いに向かった。二人でかつてのハーシェルの部屋に箱を運び、クローゼットに押しこんで、扉を閉じた。

メイのほうを振り返ったピートは、真っ赤な顔で息を弾ませながら言った。「ふう……たいした重さだったな」

メイは夫の肘に手を添えた。「今度はあなたが座って涼んで」

ピートはうなずいた。断る余裕もなかった。ところが二人で廊下を歩きだしたとき、いきなりピートは自分の胸をつかんだ。

夫の顔に恐怖を見て、メイの心臓は止まりかけた。

「メイ……たぶん……心臓発作だ」ピートはつぶやき、ばったりと床に倒れた。

悲鳴をあげて夫のそばに膝をついたメイは、ピートを仰向《あおむ》けにさせて、脈をとろうとした。「ピート、ピート！　そんな、いやよ！」すがるように言いながら夫を揺すり、力なく胸をたたいた。ああ、どうしたらいいの？

そうだ、電話！　救急車を呼ばないと！

どうにか立ちあがって走りだし、転びそうになりながらキッチンにある固定電話を目指した。警察署と救急車を呼ぶための番号は同じで、電話の真横に貼ってある。震える手でその番号を押し、だれかが応じるのを待った。「お願いよ、早く、早く」小声で言う。

「ケアリータウン警察署です」

「ウィル！　メイ・アーノルドよ！　救急車を家までお願い！　ピートが心臓発作で倒れたの。助けて、ウィル！」

ウィル・ドーキンスはアーノルド夫妻の息子、ハーシェルとともに育ったので、幼いころから一家をよく知っていた。「わかりました、すぐに出動させます。電話はこのまま、切らないでください」

だがメイはすでに電話を切って、ピートのもとに駆け戻っていた。またかたわらに膝をついたものの、自分が必要とされるときはもう過ぎたのだと悟った。じっと夫の顔を見つめた――痛みに凍りついた表情を。そして絶叫した。

しばらくして救急車が到着したときも、メイはまだ泣き叫んでいた。医療機関から遠く離れていることは、ケンタッキー州の森林に囲まれて暮らすことの宿命だ。とはいえ、救急車がすぐに到着していてもピート・アーノルドの運命は変わらなかっただろう。彼は、体が床に触れる前に事切れていた。

目を覚ましたヘイリーは、サムが〈ウォルマート〉で買ってきてくれたあれやこれやを見て大喜びした。袋を一つずつ、クリスマスの朝のように開けていく。最終的に、ショートパンツと淡いブルーのTシャツとビーチサンダル姿で退院することにした。足首がまだ少し腫れているので、靴は履けそうになかった。

朝の身支度のためにヘアブラシとヘアゴムも出しておくことにした。夕食が届くと、ヘイリーは妙に静かになって、なにも言わずに食事を終えた。

サムは気になることを放っておけない性格なので、ずばり尋ねた。「どうした？　なにか気に障ることをしてしまったかな」

ヘイリーは顔をあげた。そんな風に思われたことに驚いていた。「いいえ、あなたはなにもしていないわ」

「じゃあどうして急になにも言わなくなった？」サムは尋ねた。「おれと一緒にダラスへ行くのを迷いはじめたのか？」

「いいえ。でも、なんだか変な感じがして」

サムは眉をひそめた。「変な感じ？」

「わたしはかつてあなたを拒んだのよ、サム。残酷で心ないことだったし、自分のした仕打ちを認めることができるまで、半年近くかかったわ。いま、こうなって、あなたはわたしの命を救っただけじゃなく、当然のように自分の人生にまたわたしを迎え入れようとしている。馬鹿みたいに聞こえるでしょうけど、仮釈放みたいなものを設けるべきだと思うの。また幸せになる前に、控え選手としてベンチを温める時間が必要よ。自分から出ていった場所に、それが当然の権利みたいな顔をして、また帰っていくのはおかしいと思うの」

サムは、正気を失った人を見るような目でヘイリーを見つめた。「ふざけるな《ブルシット》。わけがわからない。おれはまた幸せになりたいし、きみがいればおれは幸せだ。きみはもう一度、チャンスがほしいと言っていた。おれだってそうだ。なのにどうして一時停止しなくちゃならないんだ？　待たなくちゃならない？　もうじゅうぶん待っただろう。一緒にいられたはずの時間を三年も失ったんだ。それとも、またおれを罰したいのか？　どうしたって、おれから離れたがっているようにしか聞こえない」

ヘイリーは、初対面の人を見るような目でサムを見つめた。「あなたが〝ふざけるな《ブルシット》〟と言うのは本当に腹を立てたときだけよね。つまり、いまは本気でわたしに腹を立てているの？」

「立てるだろうな、もしまたきみが〝わたしはあなたにふさわしくない〟なんて言いだしたら」サムは言った。

ヘイリーの口元に小さな笑みが浮かんで消えた。一瞬のことだったので、サムは見間違いかと思ったが、続いて聞こえたヘイリーの声は笑いを含んでいた。

「わたしがさっきの言葉を撤回して、感じる必要のない感情を心から追いだしたら、怒りは静まる？」

「春の日のように、穏やかに」サムは言った。

「わかったわ。ねえ、アーモンド入りの〈ハーシーズ〉をもらえない？　口のなかの苦い味を消したいの」

サムは可動式のテーブルと、そこに置いたチョコバーを指差した。

ヘイリーは起きあがって一本取ると、包みを開けてポキンと折った。一口サイズのそれを口に入れようとして手を止め、サムに差しだした。

「それは、和平のための贈り物かな？」サムは言いながら受け取った。

「牛の糞《ブルシット》の味を消せるかなと思って」

サムはにやりとして、チョコレートを口に入れた。「残りはきみが食べろ。なにしろさっきの言葉は牛の糞《ふん》よりひどい味だったに違いないからな。早く消したほうがいい」

ヘイリーはにんまりした。「そう？」

「そうさ」サムは言った。

ヘイリーはもう一かけ折って口に入れ、チョコレートのもたらす恍惚《こうこつ》感にうっとりして目を閉じた。「うーん、幸せ」

サムは笑った。いまこのときは、まるで昔のようだった。

10

〈ナコドーチス医療センター〉の夜は長い。真夜中から午前二時までのあいだに高速道路で事故が起き、六人が救急室に運びこまれた。途中で二人が亡くなり、一人は手術室へ直行して、残る三人は救急室から四階の病室に受け入れられた。

生存者の家族に連絡が行きわたると、じきに面会者がやってきた。廊下のあちこちから聞こえる泣き声や緊迫した会話からすると、だれも眠っていないようだった。とりわけ看護師は。

最初の泣き声で目を覚ましたヘイリーは、サムが起きているのに気づいて尋ねた。「なにかあったの?」

「どうやら大事故が起きて、全員は助からなかったらしい。何人かがこの階に入院したようだ。それでこの騒ぎさ。家族が来たんだ」

「まあ、気の毒に」ヘイリーは言った。「喪《うしな》うというのがどういうものか、わたしたちは知っているものね」

突然、感情の波がサムの胸にこみあげて、焼けるような痛みをもたらした。ベッドの柵をおろして、ヘイリーを腕のなかに包む。なにか言おうとするものの言葉が出てこない。そのときヘイリーが顎の下に顔をうずめて泣きだしたので、サムも一緒に泣いた。三年分の孤独と苦悩が室内を満たした。喪った子への涙。失った時間への涙。

泣きやんでしばらく経《た》っても、サムはまだヘイリーを腕に包んでいた。ベッドの横のリクライニングチェアに座って、膝の上に抱いていた。点滴の管は用心深く肩にかけ、ベッドから取ったふとんでやさしくくるむ。ヘイリーはサムの鼓動を手のひらに感じながら眠った。

ピートが家から運びだされたときには、メイ・アーノルドは泣きやんでいた。救急車が走り去ると、顔を洗って、ふだん履きの靴を脱ぎ、ケアリータウンに向かった。救急医療隊員も運転手も、ピートが死んでいるのはわかっていたが、それでも病院へ搬送した。ピート・ウェイン・アーノルドがもはやこの世にいないことを、だれかが公式に発表しなくてはならなかった。

町境をメイが通り過ぎたとき、雲が太陽を遮って、わずかに視界を暗くした。それを見たメイは、今日という日がなお悪くなる前兆に違いないと思った。

車を走らせていると、教会関係の友人の一人が薬局から出てきた。その女性はほほえんでこちらに手を振ったが、メイは挨拶を返すこともせず、そのまま通過した。

ようやく小さな病院に着いたので、救急室の入り口に近い裏手に車を停《と》めた。外に出ると、ふらついて危うく倒れそうになった。どうにか体勢を立てなおしたものの、足は前へ進もうとしなかった。

看護師の一人が、軽トラックのボンネットのそばに立ち尽くしているメイに気づいて出てきた。「どうぞなかへ、ミセス・アーノルド。外は暑いですから」そしてほかの家族はいないかと周囲を見回し、眉をひそめた。「お一人でここまで？」

「残った家族はわたしだけだから」メイは言い、差しだされた腕にありがたい思いでつかまった。

ピートの遺体が安置されている部屋に案内され、葬儀会社が来るまでここにいていいと言われた。

シーツに覆われた夫の亡きがらを、メイはしばし遠巻きに見つめていたが、ついにストレッチャーに歩み寄って、顔の部分をめくった。ピートの顔に見た恐怖は消えていた。筋肉はやわらぎ、穏やかに眠っているかに見える。そっと手を伸ばして頬に触れた。「わたしよ、ピート。どうしてこんなに悲しいことが起きたのか、わからないけれど、勇気を振り絞ってあなたを埋葬するわ。そして、どうやったら残りの人生をあなたなしで生きていけるか、考えてみる」涙があふれた。「愛してるわ。寂しくてたまらない」

夫の手を取って握っていると、やがて葬儀会社の男性が到着した。男性はいくつか指示をしてから遺体を引き取り、お悔やみを言って去っていった。

これほど家が遠いと思ったのは初めてだった。数時間前には息子を埋葬するための服を用意していたのに、これからピートのために同じことをしなくてはならない。

混乱のなかで、メイはお金の詰まった箱のことをきれいに忘れてしまった。そしてこの大金が行方不明であるかぎり、ヘイリー・クエイドの命は危険にさらされつづける。

ヘイリーはベッドの端に腰かけて、朝食として出されたものをつつきながら、食べたいと思えるものを探していた。ふだんは出されたものに文句を言わないサムでさえ、自分のトレイを脇に置いて、ヘイリーの不満そうな表情を笑うまいとこらえていた。

「間違いないわ、この食事を用意した人は二日酔いだったのよ」ヘイリーは言った。

ついにサムは愉快そうに笑った。

ヘイリーは顔をあげた。笑われるとは思わなかった。「だって、ひどいのよ」

「わかってるよ。もし今朝、退院の許可がおりたら、きみが行きたいドライブスルーへ連れていくと約束する」

「うれしい！」ヘイリーは言い、トレイをのせた可動式テーブルを押しやった。

数分後、ドクター・ワイマンがはつらつとした笑顔で現れた。「おはよう、ヘイリー。

今朝の気分はどうかな」

「筋肉痛をのぞけば、問題ないわ。退院できるわね?」

医師はにっこりした。「やっぱり、きみもほかの患者と同じだな。病気のときはぼくに会うと大喜びするのに、少し具合がよくなってくると、途端に看守扱いだ。だが今日は親友扱いしてもらうよ。退院を許可したから、病院が用意した書類にサインできしだい、きみは自由の身だ」

「ああ、どうもありがとう、ドクター・ワイマン」ヘイリーは言った。

「どういたしまして」医師は言い、サムのほうを向いてつけ足した。「道中、安全に。大切な人をしっかり守ってあげてくれ」

「もちろん」サムは言った。「世話になりました」

「なに、自分の仕事をしたまでだ」医師は言った。

ドクター・ワイマンが病室を出ていく前に、ヘイリーはブザーを鳴らしていた。

すぐに看護師が応じた。「おはよう、ヘイリー。どうかした?」

「服を着たいから点滴の管を外してほしいの。ドクター・ワイマンが、退院を許可してくれたのよ」

看護師の声には笑いが含まれていた。「知ってるわ。すぐにだれか行かせます」

「ありがとう」ヘイリーは言い、サムを見た。「〈マクドナルド〉のソーセージエッグブリトー、ピリ辛ソースつき。それとドクターペッパーを持ち帰りで」

サムはうなずいた。「そう来ると思った。もう最寄りの店は調べてある」

ほどなく看護師が現れて点滴を外すと、ヘイリーはいそいそとベッドを出た。新しい服の値札はサムが外しておいてくれたし、すぐにでも病院を出たかったので、だれに見られようと気にせず服を脱いだ。

あらわになったあざを見て、サムはまた顔をしかめた。「手伝おうか？」

「大丈夫よ」ヘイリーはそう言って下着に取りかかったが、痛めた足首に体重をかけるのは思っていたより難しかった。そこでベッドに寄りかかってパンティに足を通し、それからショートパンツを穿《は》いた。残りは容易だった。「ヘアブラシはどこにやったかしら」

サムは用意していたブラシとヘアゴムを取ったが、ヘイリーに手渡すのではなく、ベッドを指差した。「座って。梳《と》かしてやろう」

「頭の傷のことを忘れないでね」

「忘れるものか。目の前にあるんだぞ」

ヘイリーがベッドに斜めに座ると、サムは髪を梳かしはじめた。もつれた箇所をやさしくほどいていく。

「気持ちいい。このまま眠ってしまいそう」ヘイリーは言った。

「車のなかで眠ればいい」

「〈マクドナルド〉のあとでね」

サムはにやりとした。「ロビーも、ソーセージエッグブリトーに目がなかったな」

一瞬、悲しみがヘイリーの胸を締めつけたものの、それはどこか甘い痛みで、緩やかに去っていった。「ええ、覚えているわ。本当に楽しい子だった」

サムはため息をこらえた。ヘイリーと同じで、すべての思い出が切ない痛みを伴っていた。「最高の子だった」

静寂が訪れたものの、ヘイリーの心が沈むことはなかった。看護師が書類を手に現れたときには、髪は一つにまとめられ、足にはサンダルを履いていた。

「長いドライブになるそうだから、ドクター・ワイマンが一日分の痛み止めを出すようにと。こちらは必要に応じて提出できる処方箋よ」

「ありがとう。先生はとても思いやりのある方ね」ヘイリーは言った。

「ええ。医師としてもすばらしいうえにね」看護師は言った。「それでは、気をつけて。いま、病院のスタッフが車椅子を持ってくるわ」

まだ待つのかと、ヘイリーはため息をついた。

数分後、スタッフが車椅子を押して現れた。サムが座らせてくれたので、ヘイリーは膝の上にトートバッグを置いた。サムのほうはバックパックを肩に担ぎ、ヘイリーの新しい服を入れたスーツケースをつかんだ。

病室を出ようとしたとき、スタッフが足を止めて、窓辺にいまも置かれている鉢植えを指差した。「あのお花はいいんですか?」

ヘイリーはうなずいた。「わたしのじゃないから」そう言うと、トートバッグが転がり落ちないようにしっかり両腕で抱えた。

サムは車椅子のそばを離れなかった。一緒にエレベーターに乗り、ロビーを抜けて正面玄関にたどり着いた。

スタッフが言った。「外は暑いので、ここで待ってますよ。車を回してもらったら、ぼくが押していきますので」

サムはロビーのなかを見回した。「わかった。だが知らない人間を彼女に近づかせないでくれ。じつはある記者が病室に押しかけてきて、話を聞きだそうとしたんだ」

スタッフは眉をひそめた。「見張ってます。任せてください」

「わたしなら大丈夫よ」ヘイリーは言った。「車をお願い」

サムはすぐさま外へ向かった。

駆けていく後ろ姿を見送って、ヘイリーはつかの間、目を閉じた。最初から最後まで、悪夢のような体験だったが、おかげで人生にサムを取り戻すことができた。苦しみより、それによって得たもののほうがはるかに大きい。

「来ましたよ」スタッフが言った。

ヘイリーは車を見て目をしばたたいた。「ハマー?」

「めちゃくちゃかっこいいですね」スタッフは言い、車椅子を押してテキサスの暑さのなかに出た。

サムが膝の上からトートバッグを取り、前の座席の足元に置いた。

「大きな車ね」ヘイリーは言った。

「この大きさと重さのおかげで、ハリケーン・グラディスのなかをきみのもとまでたどり着くことができたんだぞ」サムは言い、ヘイリーを助手席に座らせて、シートベルトを締めてやった。

すでに全開のエアコンから流れだす冷風を、ヘイリーはありがたい思いで顔いっぱいに浴びた。

サムが運転席に乗りこんで、ドアを閉めた。「おれの車の助手席に座ったきみがどれほど美しいか、言ってもいいかな」

ヘイリーは苦笑いした。「言ってもいいけど、いまのわたしが〝美しい〟からほど遠いことはお互いわかっているはずよ」

「いいや、そんなことはない」サムは言って車を発進させ、病院からいちばん近い〈マクドナルド〉を目指した。

ピリ辛ソースつきのブリトーをLサイズのドクターペッパーで流しこみながら、二人一緒にナコドーチスをあとにした。

市場から歩いて自宅へ帰るデュード・サントスのもとに、マイルス・ラファティからメールが届いた。観光客向けの宝石店の前に置かれたベンチに腰かけて、文面に目を通す。サム・クエイドに関する情報だけでなく、ヘイリー・クエイドのアパートメントまで突き止めたとわかってにやりとしたものの、続きを読むうちに笑みは消えた。マイルスは引っ越す予定で、これまでサントスのために働けたことを感謝しているが、今後は情報屋としての仕事はしないという内容だった。

うれしい知らせではないものの、マイルスは単なる働き蜂だったし、それならほかにもごまんといる。正当な額を払えばなんでもやる連中が。

私立探偵がダラスにいるとわかった以上、プロを雇って捜させよう。ヘイリー・クエイドとはじかに会って話がしたいから、テキサスに戻るしかない。FBIがこちらの身元をつかんだかどうかはわからないが、国境を越えるのは危険を伴う行為だ。とはいえデュード・サントスは危険に怯《ひる》まない男だし、二百万ドルには危険を冒すだけの価値がある。

サムがヒューストンへ向かう際に使った道のいくつかは、浸水のせいで通行不能になっていた。安全な道を探すため、何度か引き返さざるを得ず、その過程でヘイリーは嵐の被害を目の当たりにしながら、うつらうつらしはじめた。

それに気づいたサムは車を停めて、後部に積んでいた毛布を取りだし、座席の倒し方をヘイリーに教えてから、毛布でくるんでやった。

「すごく気持ちいい」ヘイリーはつぶやくように言った。タイヤが舗装路を走る音と、毛布の心地よい重み、そして顔に当たる涼しい風に誘われて、眠りに落ちた。

ヒューストン周辺から離れるにつれて、車の数も増えてきた。ゆっくりとでも、生活がもとに戻りつつある証拠だろう。

二時間ほど走ったころ、二つ目のガソリンタンクの燃料計がそろそろ給油の時間だと告げた。行きで利用したサービスエリアまでもうすぐだったので、次の出口でおりた。

ガソリンスタンドに車を寄せたとき、速度が変わったせいでヘイリーが目を覚ました。

「トイレ休憩にしようか」サムが言うと、ヘイリーはうなずいた。「ガソリンを入れたらサービスエリアの近くまで車を移動させるから、一緒におりよう」

財布からクレジットカードを取りだして、給油するべく車をおりた。反対側の給油機にいた男性がちらりとこちらを見て会釈をし、視線をそらした直後にまたこちらを見た。

くそっ。いつになったら顔を忘れてもらえるだろう。思えば病院に着いてから一度しか髭《ひげ》を剃《そ》っていないので、テレビに映ったときの黒い顎髭はおおむね生えそろいつつある。テレビがあの映像をくり返し流すのをやめてくれるといいのだが。

気にするなと自分に言い聞かせ、男性を無視して給油機に手を伸ばすと、男性は給油を終えて車に乗りこみ、去っていった。サムも給油を終えるやいなや車内に戻り、サービスエリアのそばまでハマーを移動させて、ヘイリーを助手席からおろした。

足が地面に触れるなり、ヘイリーはうめいた。

「大丈夫か？」サムは尋ねた。

「ちょっと体がこわばっているだけ」

「じゃあ、楽になるまでおれの腕につかまっていろ」

ヘイリーは迷わずその提案に従った。

すでにヘイリーは周囲の視線を集めつつあり、サムには険しい表情が向けられていた。サムに支えられてトイレへ歩きだしたとき、〝暴力亭主〟という言葉がヘイリーの耳に飛びこんできた。

ヘイリーが足を止めると、その言葉を吐いた女性は挑戦的な顔になった。反論してみなさいと言わんばかりのその表情を見て、ヘイリーは言った。「とんでもない勘違いね。わたしがこうなったのはサムのせいじゃないし、彼はむしろわたしをこんな目に遭わせた人たちから救ってくれたの。だから二度とあんな言葉で呼ばないで」

女性は赤面した。「ごめんなさい。とっさの考えで――」

ヘイリーは遮った。「いいえ、あなたはなにも考えていなかった。ただ口を開けてしゃべっただけ。その内容があまりにも事実とかけ離れていたから、わたしは腹が立ったの」

サムはヘイリーの肩に腕を回した。「行こう。たいしたことじゃないだろう？」

「わたしにとってはたいしたことよ」ヘイリーは強い口調で言ったが、怒りが生じたのと同じくらい急に体力が失《う》せて、そのままサービスエリアの裏手へ向かうことになった。

トイレは隣り合っていた。なかへ入る前に、ヘイリーは周囲を見回した。

あの腹立たしい記者のことを思い出したのだろうとサムは思い、声をかけた。「ここで待っている」そしてヘイリーが女性用トイレに入るやいなや、男性用に入って用を足し、すぐに出てきて入り口付近で待った。

出てきたヘイリーは青ざめて震えていた。

「大丈夫か？」サムは不安に襲われた。

「大丈夫よ、ちょっと疲れただけ。なにか冷たいものを飲めば……氷の入ったものを」

サムはヘイリーのうなじに手を当てて引き寄せた。「先に車へ連れて戻ろうか？」

「いいえ、そこまで弱ってないわ」

「じゃあもう少し、がんばれ」

そういうわけで、一緒に売店に入った。ちょうどヘイリーがスナックを選んでいて、すぐ後ろでサムが飲み物を頼んでいたとき、男性の声が聞こえた。「あれ？　もしかして、例の水に浸《つ》かった家から救助された人じゃないか？」

ヘイリーは振り返った。サムは男性の問いかけに答えず、手早く冷たい飲み物に蓋をして、シャツの胸ポケットにストローを突っこんだ。それでも男性はあきらめなかった。

「間違いない。あの映像は何度も見たんだ」

「スナックは選んだわ」ヘイリーはサムに言った。

「飲み物も用意できた」サムは応じた。

会計をしようと二人がレジに向かいかけたとき、ヘイリーに気づいた男性は、頭のなかで点と点を結びつけたのだろう、かぶっていた野球帽を脱ぐなり小声で話しかけてきた。

「ちょっと、きみ、ヘイリー・クエイドじゃないか？　たいへんな目に遭って、本当に気の毒に思ってる。だがうちでは家族全員が、きみこそワンダーウーマンだとたたえてるよ。どうぞ神のご加護を。早くよくなるよう、心から祈ってる」

ヘイリーは、なんと答えたらいいのかわからなくてただうなずき、支払いをするサムの後ろにくっついていた。

いまや周囲の客全員がこの会話を耳にしており、その表情から、だれもが興味を示しているのがサムにもわかった。数人などは、携帯電話を取りだして動画を撮っている。こうなっては、なるべく早くこの場を去ることしかできそうになかった。

店員は、選んだスナックをカウンターに並べるヘイリーの顔をぽかんと見つめていた。サムはカウンターに身を乗りだして、低い声で言った。「すまないが、早く会計を」

店員は目をしばたたき、すぐさま言われたとおりにした。

二人が店の出口に向かうと、別の客が前に出た。「おれが開けよう」そう言って、ヘイリーが外に出るまでドアを支えていた。

「ありがとう」サムは言い、リモートキーでハマーのドアロックを開け、冷たい飲み物をカップホルダーに収めると、ヘイリーを助手席に乗りこませた。

「乗りおりするためにステップが必要ね」ヘイリーは言った。

「ステップなんか必要ない。おれがいる」サムは言った。

サムが運転席に乗りこんでエンジンをかけようとしたとき、ヘイリーはなにげなく顔をあげて店のほうを見た。なんと店の前にはずらりと人がいて、全員がこちらを見つめていた。「サム！　みんなに見られているわ。信じられない」

サムはにやりとした。「名声なんて一瞬さ。あざが消えたら忘れられる」そして車をバックさせると州間高速道路に戻り、ふたたびダラスへ向けて走りだした。

二時間少し経ったころ、二人を乗せた車はサムの家を目指してダラスの高速道路を走っていた。通り過ぎるすべてが懐かしい。高速道路の出口も、レストランも、商業ビルも、ダラスの地平線も。ヘイリーは、長いあいだ旅に出ていて、ようやく家に帰ってきたような気がした。

「またここへ戻ってきて、妙な気がするか？」サムは車線変更をしながら尋ねた。

ヘイリーは首を振った。「むしろ……当然のような気がするわ」

「車の助手席にきみがいると、おれもそんな気がするよ」サムは言った。「また同じ家で目覚められたら、もっといいんだがな」

ヘイリーは少しためらってから尋ねた。「いまもあの家に住んでいるの？」

サムは首を振った。「思い出が多すぎて、きみが出ていった直後に売却した。いまは町の別のエリアに住んでいる。前の家とはずいぶん違うが、きっと気に入ると思う」

「あなたが住んでいるならどんな家でも気に入るわ」ヘイリーは言った。「わたしのアパートメントはどうなったかしら。電気はまだ復旧していないのか、窓は割れたのか。冷蔵庫のなかはひどい状態になっているでしょうね」

「そう焦ることはない。戻っても危険はないとわかったら、すぐにでも対処しよう」

ヘイリーはうなずいた。「ローダ・ベイツに連絡がとれないか、何度も試しているの。不動産会社の事務員で、あの物件で意識を取り戻したあとに一度電話で話したのよ」

「なんらかの形でメディアに触れていたら、きみになにが起きたか、その事務員も知っているだろう」サムは言った。

「まさにそう自分に言い聞かせつづけているところよ」ヘイリーは言った。「すごくいい人なの。社長のミスター・トルーマンも」

「仕事を続けるのが怖くなっていないか？」

「怪我《けが》をしたから？　それともあの男たちが押し入ってきたから？」

「どうだろうな」サムは言った。「いまのきみには、その二つが別々のこととは思えないんじゃないか？」

ヘイリーはため息をついた。「そんな風に考えたことはなかったわ。だけどあの仕事は好きだし、再開してなにかしらの問題にぶつかったとしても、一時的なことだと思うの。自分を被害者だと感じていないから、かもしれないわね」

「それはきみが闘ったからだろうな。最後まであきらめず、生きるために闘いつづけたから」

涙がこみあげたものの、ヘイリーはまばたきでこらえた。「そうね」

「そうさ」サムは言い、右手の出口をおりた。「近づいてきたぞ。もうすぐ家だ」

デュード・サントスは国境を越えてふたたびテキサス州に入る計画を立てていたが、どこに腰を据えるかについては決めかねていた。これまではヒューストンに拠点を置いていたものの、当面は滞在どころか立ち入ることもできないだろうし、目当ての女はダラスにいる。ならばそこから始めるのが理にかなっているというものだ。二時間ほどインターネットに張りついて、ダラスの高級住宅地に借家はないかと探していたとき、電話が鳴った。

発信者番号を見て、にやりとした。ついにダラスにいる協力者が折り返してきた。

「よう《オラ》」

「どうも、デュード。久しぶり。用件は？」

サントスは望みを伝え、一週間以内にダラスへ向かうと告げた。電話の相手はしばし話に耳を傾けてから、要求をはっきりさせた。「そのヘイリー・クエイドという女をさらって、そっちへ渡せばいい、と？」

「ああ。だがおれはまだ国境の反対側にいる。まずは女の家を見張って、日課を探れ。まあ、そこは慣れたものだろう。こっちの準備が整ったら連絡する。場所を指定するから、そこへ女を連れてこい」

「そっちの用が終わったら、女はどうしてほしい？」

「おれは目撃者を残さない」

「了解」

11

メイ・アーノルドはピートの上等なシャツにアイロンをかけ終えて、取れかけていたスーツのボタンを縫いつけた。葬儀会社の話では、服を持っていくのは明日の朝でいいとのことだったが、目覚めたときには支度がすべて調っている状態にしておきたかった。

ピートの死については、すでに広まっているだろう。自宅の電話は鳴りっぱなしだが、まだ応じる気にはなれない。大事な用事なら、またかけてくるはずだ。

家のなかをさまよった。次になにをしたらいいのか、わからなかった。面倒を見るべき人がいなければ、ほかにするべきこともない。キッチンに入って、甘いアイスティーを淹《い》れようかと考えていると、廊下の大時計が鳴りだした。六時。夜の家事をするにはまだ早いけれど、なにかせずにはいられない。

「鶏を小屋に入れようかしらね」メイは言い、麦わら帽子をつかんで裏口から出た。

肉のために太らせている豚が、通りかかったメイに向かってぶうぶうと鳴いた。

「聞こえてるけど、少しお待ち」メイはそう声をかけて納屋の前庭を進み、ふだんはピートがする用事をこなしていった。鶏に餌をやり、夜が来る前に小屋に入れる。老いた乳牛はもう乳が出ないが、習慣から毎晩納屋に戻ってきて、雑穀をもらおうと仕切りに入る。

家に戻る途中で、豚に餌をやろうと足を止めた。デュロック種の、大きくて赤い豚だ。父は昔からこの豚を育てていて、メイとピートが結婚すると、去勢していない牡豚《おすぶた》と成長した牝豚《めすぶた》をプレゼントしてくれた。以来、二人はデュロック種を育ててきた。

豚の餌を混ぜてから飼い葉桶《おけ》に流しこみ、いかにも豚らしくうなったり食べ散らかしたりする音に、しばし耳を傾けた。そうしていると、家禽《かきん》を狙う大きなタカが豚小屋の裏手に飛んできた。

「遅かったわね！」メイは言った。「今夜はわたしのかわいい鶏に手出しできないわよ」

その声を聞いて豚は食べるのをやめ、メイを見あげた。

「おまえに怒鳴ったんじゃないわ」メイは言い、柵から身を乗りだして豚の耳の後ろを掻《か》いてやった。「ピートが死んだの」自分が置かれた状況の恐ろしさに、声が震えた。「おまえも知っておきたいんじゃないかと思ってね」

それから体を戻してエプロンで両手を拭うと、家に戻りはじめた。裏の門で足を止め、家を見つめた。結婚して以来、ベッドのとなりにピートがいなかった夜など一度もない。胸の痛みはやまないが、その痛みで神のもとへ行けるわけもなかった。メイは震える息を吸いこんだ。「ピート、あなたなしでやっていけるかわからないけど、ほかに選択肢は与えられてないの。ああ、あなたじゃなく、わたしだったらよかったのに」

「さあ着いた」サムは言い、ランチハウス風の平屋へ続く私道に車を入れた。

「なんてすてきなの。あの大きな木、うっとりするわ」ヘイリーは言った。

「家のなかもきっと気に入るぞ」サムは言いながらリモコンを押し、二つある車庫の片方の扉を開けた。車をなかに進めてエンジンを切り、ヘイリーの手をぎゅっと握った。「最後にここを出たときは、凍えるような恐怖を感じていた。間に合わないんじゃないかと怯《おび》えていた。まさか一緒に戻ってこられるとは思いもしなかったよ」

「間一髪、だったものね」ヘイリーは厳かな口調で言った。

「それについては考えたくもない。さあ、早くこの暑い車庫から出よう。荷物はあとでおれが運ぶ」

　やっと目的地に着いたのがうれしくて、ヘイリーはおとなしくサムを待った。助手席のドアを開けたサムの目には、心からの笑みが宿っていた。こうして二度目のチャンスを与えられた自分の幸運に、ヘイリーは心の底から感謝した。

　車からおりると、家のなかへ入るべく、サムが警報装置を解除した。入力された四桁の数字を見て、ヘイリーは思わず言った。「ねえ、それってわたしの誕生日じゃない？」

「ああ。7、3、84。これならきみも難なく覚えられるだろう？」そしてドアを押し開けた。「さあどうぞ」

ヘイリーがまず足を踏み入れたのは洗濯室兼作業室で、そこから続く開けた印象の空間には、片側にリビングルーム、もう片側にはダイニングルームがあり、二つのあいだには最新式の立派なアイランドキッチンがあった。低い戸棚は灰色で、高い戸棚は白。コンロ周りには白いサブウェイタイルが貼られ、調理台は大理石のような黒水晶だ。ステンレスの機器はどれも最高級品で、みごとなガスコンロに、オーブンは二つもついている。

ヘイリーが驚きに目をみはるさまを見て、サムは内心、ガッツポーズをした。よし、気に入ってくれたぞ！「好きなように家のなかを探険してくれてかまわないが、先に寝室を案内したい。主寝室のほかにも三つある。どれもウォークインクローゼットとバスルームつきだ。好きな部屋を選んでくれ」

その言葉は、二人の関係をふたたび築くにあたって、それをどんなものにするかを決めるのはきみだと言われたのと同じだった。ヘイリーの心の一部はサムの思いやりに感謝したが、別の一部はサムに決めてほしいと思っていた。ためらっているとサムが寝室を案内しはじめた。最後に通されたのは主寝室だった。

なかへ入った瞬間、ヘイリーの心臓は一瞬止まった。「以前の部屋とそっくり！」

サムはうなずいた。

ヘイリーは室内をゆっくりと歩き、懐かしいベッドの支柱の彫刻やナイトテーブル、ドレッサーに手を走らせた。

サムは戸口のそばに立って、眺めていた。反応を待っていた。

ヘイリーは振り返った。「どうして処分しなかったの？」

サムは正直に答えた。「最後にきみと眠った場所だから、それまで失いたくなかった」

ヘイリーは感動に打ち震えた。「どこで眠りたいか、わたしが決めるのね？」

サムはうなずいた。「完全にきみに任せる」

「じゃあ、ここがいいわ。あなたがいい」そう言って足を踏みだし、サムの腕に包まれた。

サムは感謝をこめてヘイリーを抱きしめた。「うれしいよ。傷が癒えたら、ハネムーンをやりなおそう」

「それが新しいわたしたちの始まりね」

サムはにやりとした。二人のあいだの絆《きずな》が変わることはない。「車から荷物を取ってくる。そのあいだに、家のほかの部分を探険するといい」

サムが車庫に戻ったので、ヘイリーはリビングルームに移動し、まっすぐ暖炉へ向かった。ガス暖炉は大好きで、客に物件を案内するときはいつもプラス材料とみなしてきた。実際のところ、ヒューストンの家屋に暖炉はほぼ必要ないけれど。

暖炉の上の棚には薄型テレビが置かれ、見やすい位置にリクライニングチェアがある。その一つに腰かけて、座り心地を試そうとフットレストを調節した。こうして静かな場所にいると、心が安らいだ。サムが家のなかを移動する音を聞きながら目を閉じた。ここにいれば安全だ。

数分後、サムがリビングルームに入ってみると、ヘイリーはリクライニングチェアでぐっすり眠っていた。サンダルが脱げて、足元に転がっている。足首の腫れはずいぶん引き、あざの色は変化して、薄れてきた。縫合した頬の傷は、抜糸がまだだが治りかけているし、頭の傷も同様だ。まあ、派手な喧嘩《けんか》をしたあとのような姿でも、サムの目には愛《いと》しい女性としか映らなかったが。

「かわいそうに」つぶやいてソファの背もたれから幾何学模様のやわらかな毛布を取り、ヘイリーをそっとくるんだとき、エアコンが作動しはじめた。

窓の外に目をやると、ちょうどルイーズがこちらに歩いてくるところだった。五十代なかばで、白いものが交じりはじめた髪に、小柄でややがっしりした体つき、日光浴となるとやりすぎる傾向があるので、肌はナッツを思わせる茶色だ。すばらしい隣人である彼女が、サムは好きだった。

話し声でヘイリーを起こさないよう、サムはそっと玄関からポーチに出た。「やあ、ルイーズ。留守中、郵便物をありがとう」

ルイーズは眉をひそめた。「どういたしまして。無事でよかったわ。まったく、すごい曲芸を見せてくれたものね。ヘリコプターから宙吊《ちゅうづ》りになって」

サムはにやりとした。「気に入ってもらえたかな」

ルイーズはふんと鼻で笑った。「親指を立てたのはなかなか悪くなかったわよ」そしてつけ足した。「あいかわらずおせっかいで悪いけど、あの家から救助されたヘイリー・クエイドという女性は、あなたとどういう関係なの？」

「元妻だ。怪我《けが》をしているから、一緒に連れてきた」

ルイーズは驚きに目を丸くした。ここへ越してきてからの三年間で、サムが女性を家にあげたところは一度も見たことがなかった。「ずっといるの？」

「だといいな」サムは言った。「いまのところはそう願うしかないが、おれが駆けつける前に彼女はひどく殴られて、恐ろしい目にも遭ったんだ」

ルイーズは首を振った。「気の毒に。なにかわたしにできることがあれば遠慮なく言ってね。あなたが仕事に出かけてるあいだ、付き添うとか……」

「ありがとう。いつもやさしいな。だがしばらくは仕事に戻らないつもりなんだ」

ルイーズはうなずいた。「わかったわ。だけど困ったときはわたしを思い出すのよ。いつでも頼って」そう言って向きを変えると、来た道を戻っていった。

サムは静かに玄関から入り、慎重に鍵をかけた。ヘイリーはまだぐっすり眠っていたので、バックパックに入っている汚れた服を洗濯することにした。その後も次から次へと用事は見つかり、気がつけば二時間近くが経《た》っていた。テレビの音声が聞こえてきたので、ヘイリーが目覚めたのだろうとリビングルームに向かった。

体を起こすヘイリーを見て、呼びかけた。「よく眠れたか？」

「こんなに眠っていたなんて信じられないわ」

サムはヘイリーを抱きしめた。「まだ疲れているんだよ。それより、今夜はなにが食べたい？　冷蔵庫に食材がないから、デリバリーを頼むしかないが」

「あなたが決めて」ヘイリーは言った。「いまのわたしにわかるのは、シャワーを浴びたいということだけ」

「主寝室の場所は覚えてるな。きみの小物はバスルームに置いて、服はクローゼットにつるした。下着はドレッサーの三番目の引き出しだ。〈ウォルマート〉の買い物袋のなかにシャンプーの小瓶が入っている。なにか手助けは必要かな」

「いいえ、大丈夫よ。ありがとう。わたし、世話を焼かれるのには慣れていなくて」

「いまは少し焼かれたほうがいいんだぞ。さあ、ゆっくりシャワーを浴びてこい。どのみち料理が届くまで一時間かそこらかかる。本当になんでもいいんだな？」

「ええ」ヘイリーは言い、指先でサムの顎をそっと撫《な》でおろしてから出ていった。

サムはしばしその後ろ姿を見送っていたが、思い出したように戸棚へ歩み寄って、近隣にあるいろいろな店のメニューを取りだし、ピザにしようか、それともバーベキューか、いやここは中華かと考えはじめた。

家のなかを歩くヘイリーはそちこちにサムの世界を見いだして、自分が彼の人生から遠ざかっていたことをまざまざと感じた。自分なら添えただろうちょっとした色彩やぬくもりは、いまここにはない。戻ってきたといっても、そこにあるのはかつてとまったく同じ生活ではないのだ。

主寝室に入って足を止め、ほほえんだ。だけどここには、まだ自分がいる。そして、かつての生活のなかでサムが失いたくないと思ったのはこの部分なのだ。婚姻関係が壊れても、それは消えなかった。

大きなかごのそばで服を脱ぎ、必要なものを拾いながら裸足《はだし》でバスルームに入った。水はすぐに熱くなったので、温度を調節してから、シャンプーの小瓶とスポンジを手にシャワーの下に入る。特大のシャワーヘッドは全身に湯を注いでくれた。髪をしっかり濡《ぬ》らしてから手のひらにシャンプー液を取り、長い黒髪をやさしく洗って湯ですすいだ。さらに同じ作業をくり返し、悪夢のような経験の痕跡をさっぱりと取りのぞいた。

髪がすっかりきれいになると、一本にねじって頭のてっぺんでクリップ留めし、体を洗いはじめた。今回も、肌をきれいにするという単純な行為が、鏡をのぞくたびに感じるみじめさを洗い流してくれる気がした。たとえ一連のできごとのすべてが不可抗力だったとしても。

まず、事故に遭った。

それから、悪党に暴力を振るわれた。もしもサムが来てくれなかったら、人生はあそこで終わっていた。安全も安心も、二度と当たり前のものとは思わない。

シャワーを出て髪を乾かしはじめるころには、生き返った気分になっていた。まだ髪は湿っていたが、ドライヤーを片づけて、手早く服を着た。傷が完全に癒えていない現状では、ショートパンツとTシャツのやわらかさがじつに心地よく、痛む足を靴に突っこもうとするより裸足でいたほうがはるかに快適だった。夕食はなんだろうと楽しみにしながら、主寝室をあとにした。

サムの仕事部屋の前を通りかかったとき、なかから声がした。「ハニー、ここだ」

ヘイリーは後戻りをして、戸口に立った。「シャワーを浴びるのがこんなにすてきなことだったなんて知らなかったわ。ようやく人間に戻れた気がする」

サムはにやりとした。「だろうな。すごくおいしそうな香りだ」

「シャンプーがレモンの香りだったから。食いしん坊ね、サム・クエイド」

「知らなかったか？」サムは言い、すらりとした長い脚を眺めた。そのとき携帯電話がメールの着信を知らせたので、そちらに視線を向けた。「完璧なタイミングでシャワーからあがったな。食事が届いたぞ。宅配人がいま玄関に向かっているそうだ」

「夕食はなに？」

「それは見てのお楽しみさ」サムはそう言って仕事部屋を出ると、リビングルームを大股で横切って玄関に向かった。ほどなく袋二つを手に、笑顔で戻ってきた。「来いよ、ヘイリー・ジョー。後悔はさせない」

立っている場所からでもバーベキューの香りがわかったので、ヘイリーは迷わずサムを追ってキッチンに入った。

デュード・サントスは荷造りをしていた。ダラスの不動産業者を通じてタウンハウスの賃貸契約をし、電子送金もすませた。電気やガスや水道だけでなく、家具類もすぐに使えるよう手配させた。ヒューストンからコスメル島へは飛行機で帰ったので、やはり空路でアメリカに戻るつもりだが、明日の便しか取れなかった。

ヒューストンにいるお抱えの弁護士に連絡して、アレハンドロ・サントスの名で逮捕令状が出されていないことをすでに確認させていた。調べたかぎりでは、デュードがあの現金輸送車強盗に関係した三人目の男だと知る人物はいないということだった。またアメリカに足を踏み入れても逮捕されないとわかったいま、一刻も早く出発したかった。

雇った殺し屋、レッドベターからは一度メールが届いていた。標的が到着したので張り込みを始めるという内容だった。あとはデュードが現地へ赴くだけだ。

この計画が無に帰する可能性はゼロではない。なにしろヘイリー・クエイドという女がなにも聞いていなければ、役に立たないからだ。それでも、賭けてみる価値はある。

あと一日、時間をつぶさなくてはならないので、マリグレイスに電話をかけて夕食に招待した。彼女の食欲は性欲とつながっている。こちらが酒と料理をごちそうすれば、あちらは一晩中でも張りきってくれるのだ。

夕食の時間が近づいてきたので車に乗りこみ、家を出た。町の通りに車を走らせて、マリグレイスの住む、島の古い地域へ向かう。

マリグレイスは窓から見ていたのだろう、ノックを待たずに出てきた。車のほうへ軽やかに歩いてくるときの腰の揺れが、これからの楽しい時間を約束している。

デュードは深く息を吸いこんで、ゆっくりと吐きだした。「落ちつけ」つぶやくように言う。「彼女はしょっぱなから熱くなって、すぐに火を噴くぞ……おれの好みどおりに」

車のドアが開き、マリグレイスが笑顔で助手席に腰かけた。身を乗りだして、ゆっくりとデュードにキスをしながら片手で腿を撫であげ、息子にも挨拶をする。

「電話、ありがとう」マリグレイスは、浅黒い肌と白いシャツのコントラストにうっとりしながら言った。

「おまえの予定が空いていて、ラッキーだった」デュードは言った。

「いつだって空けるわ。あなたのためなら、なんだってしてあげる」

デュードは期待に震えた。

メイ・アーノルドが甘いアイスティーを飲もうとしたとき、車が私道をやってくる音が聞こえた。グラスを置いてリビングルームに移り、そっと窓からのぞく。見覚えのある車に、メイはうめき声を漏らした。ライリー牧師と妻のパールだ。いまは祈ってもらいたい気分ではないが、どうやら避けられないらしい。車を停めて出てきた二人は、どちらもひどく信心深そうな顔をしていた。パールがパイを手にしているのを見て、メイはまたうめいた。パール・ライリーの料理が好きな人などいない。

二人が玄関をノックするまで待って、メイは髪を撫でつけてから、玄関を開けた。「牧師さま……パール……どうぞなかへ」

「ピートのことを聞いたよ。気の毒に。パールがパイを持ってきてね」牧師は言った。

「ありがとうございます」メイは言い、押しつけられたパイを受け取った。

「ピーチパイよ。クラストは母のレシピなの」

「お酢が入ってるレシピ？」

パールはうなずいた。

ああ、ピート、これを食べなくていいんだから、よかったわね。「ありがとう」メイはどうにか言った。「どうぞ入って、座って。パイをキッチンに置いてくるわ」

夫妻はまっすぐソファに向かい、メイはリビングルームをあとにした。キッチンの調理台にパイを置くと、深く息を吸いこんでから、リビングルームに戻って二人の向かい側の椅子に腰かけた。

牧師はごくわずかに身を乗りだすと、牧師らしい声で切りだした。やわらかでやさしくて、ほんの少し見くだしたような声で。「わたしにできることはないかね？　神が与えたもうた運命に、さぞ圧倒されていることだろう」

メイはお腹の上で両手を組んだ。「じつは、助けは必要ないんです。夫を埋葬する件に関して以外は」

「そうだろうとも」牧師は言った。「葬儀の日取りは決めたかね？」

「亡くなってまだ八時間ですから。ようやく着せる服を選んだところです。明日、葬儀会社に持っていって、日取りを決めるつもりです」

ライリー牧師は赤面した。「そうだろうとも。パールとわたしがここへ来たのは、お悔やみを述べて、ともに祈るためだ」

メイはため息をついた。人前では泣きたくないのに、このままでは涙を見せてしまう。

案の定、牧師夫妻は立ちあがって、メイが座っている椅子の背後に回った。左右の肩にそれぞれの手がのせられる。牧師が咳払《せきばら》いをし、明瞭な声で祈りはじめた。「神よ、どうかこの哀れな女性に癒しの光を投げかけて、胸の痛みをやわらげたまえ……」

メイは下唇を噛《か》んで、頭を垂れた。

FBI特別捜査官のジャック・ゴードンとパートナーのロイド・タウンゼントは、夜遅くまでデスクに向かい、終わったばかりの事件に関する書類仕事に追われていた。

連絡メモの束を処理するジャックのかたわらで、ロイドは書きあげた報告書を保存しようとしていた。連邦保安局からのメモを脇に置いたジャックは、すぐにまた、少しあとの日付で保安官からのメモがあることに気づき、ロイドに声をかけた。「なあ、ランドリーという連邦保安官から連絡があったようなんだが、理由に心当たりはあるか？　二度も電話があったようなんだが」

ロイドはパソコンからログアウトして、立ちあがった。「いや。だが今日はもう遅い。明日にできないか？」

ジャックは眉をひそめた。「一回の連絡ならそれもかまわないが、二回となると」言うなり電話番号を押して椅子の背にもたれ、夕食は大好きなステーキハウスのプライムリブにしようと考えていると、電話がつながった。

「はい、ランドリーです」

「ランドリー保安官、こちらはジャック・ゴードン特別捜査官だ。電話をもらったので折り返した。事件で数日、留守にしていて、ようやくオフィスに戻ってきたところだ。遅くなって申し訳ない」

「問題ありません」ランドリーは言った。「新たな情報を知らせたかっただけなんです。連邦保安局が囚人のロイ・ベイカーとハーシェル・アーノルドを護送している最中に、二人が逃亡したことはご存じですね」

「ああ。保安官一人が命を落とし、もう一人は一生治らない傷を負ったと聞いている。非常に残念だ。それから、保安局が浸水した家から遺体袋二つを運びだすところも見た。あれは、その逃走した囚人だったんだろう?」

「ええ。ですが、電話をした理由はそれじゃありません。ご存じかどうかわかりませんが、二人が潜伏していた家にはもう一人、不動産業者の女性も閉じこめられていたんです。二人に見つかったとき、その女性はすでに負傷していました。女性は二人に発砲しましたが、つかまってベッドに縛りつけられました。そして殴られ、脅されたあとに救出されたんです」

「テレビで救助ヘリを見た。その女性は担架で助けだされた一人だな?」

「はい。ハリケーンのあいだ、三人は同じ部屋にいて、囚人の一人は死にかけていました。囚人同士の会話はすべて女性に筒抜けだったということです。それで、もしかしたら彼女と話をしたいのではと思ったんです。盗まれた金に関する情報や、どこに隠したかという話を、耳にしたかもしれないので」

「それは初耳だ」ジャックは言った。「たしかに、ぜひともその女性と話がしたい。名前は？　搬送先はどこだ？」

「名前はヘイリー・クエイド。搬送先は〈ナコドーチス医療センター〉ですが、すでに退院しています。元夫のサム・クエイドという人物が、ロイ・ベイカーを倒して彼女を救出し、ダラスの自宅へ連れていきました」

「連絡先はわかるか？」

「ええ。携帯電話にメールしましょうか？」

「ああ、頼む。それから保安官、知らせてくれてありがとう。金を取り返すのに大いに役立ちそうだ」

電話が切れたときも、ロイドはまだそこにいた。「なにごとだ？」

「遺体袋の中身は、われらが行方不明中の囚人、ベイカーとアーノルドだったという裏づけだ」

「だが、それはもうわかっていたことだろう？」ロイドは言った。

「まあな。それから二人が空き家に潜伏中、ある女性を人質に取っていたこともわかっていたが、彼女が救出されるまで、二人と同じ部屋にいたことは初耳だった。ランドリー保安官が電話をかけてきたのは、盗まれた金に関する情報を偶然耳にした可能性のあるその女性と、一度話してみないかと提案するためだった」

これにはロイドも興味を示した。「やるよな」

「もちろん」ジャックは言った。「だが女性は療養のためにダラスへ移ったそうだ。連絡先はメールしてもらう。今夜のうちに電話をかけて、電話越しに話が聞けるかやってみよう。それでうまく行くなら移動の手間が省けるからな。詳細は電話のあとに連絡する」

「わかった」ロイドは言った。「だがダラスへ行くことになったとしても、明日は勘弁してくれ。トレイの八歳の誕生日なんだ。去年は仕事で家を留守にしたから、またがっかりさせたくない」

「了解」ジャックは言い、財布から二十ドル札を抜き取ってロイドに手渡した。「ジャックおじさんから誕生日おめでとうとトレイに伝えてくれ。それで、おじさんのぶんもケーキを食べてくれと」

ロイドはほほえんだ。「伝えるよ。ありがとう。お礼のカードを期待していてくれ。トレイのママは礼儀正しいんだ」

「その礼儀正しさが夫にうつらなかったのが残念だよ」ジャックは言い、一緒にオフィスの外へ向かいながら、ロイドの腕に軽いパンチをお見舞いした。

ヘイリーが三つ目のリブに手を伸ばしたとき、バーベキューは正しい選択だったとサムは確信した。とはいえヘイリーをからかうことはできない。こちらはたったいま六つ目を食べ終えたところだ。フライドポテトはすべて腹に収めたし、コールスローサラダもほぼ空になっていた。「きみは本当にホットソースが大好きだな」

ヘイリーは口の端についたソースを拭い取った。「わたしをホットにさせるのはあなただけよ」それを聞いてサムが浮かべたうれしそうな笑みに、ヘイリーはにんまりした。

「そんなことを言われたら、冷たい飲み物が必要だ」サムは言った。「アイスティーのお代わりは？」

ヘイリーはうなずいた。「ありがとう。氷を足してくれる？」

「喜んで」サムは言い、席を立った。満たしたグラスを手にテーブルへ戻ろうとしたとき、携帯電話が鳴った。見知らぬ番号に訝《いぶか》りながらも応じた。「もしもし」

「FBIのジャック・ゴードン特別捜査官だ。サム・クエイドの携帯で間違いないかな」

「ええ」

「ヘイリー・クエイドは、いまそちらに？」

「ええ、いますが」サムは答えた。

「少し話せないだろうか」

「お待ちください」サムは言い、携帯電話をヘイリーに差しだした。「FBIのゴードン特別捜査官という人から。きみと話がしたいそうだ」

瞬時に不安が体を駆け抜け、ヘイリーは思わず身震いした。フォークを置いて皿を押しやり、電話を受け取った。「ヘイリー・クエイドです」

「ミズ・クエイド。まずはロイ・ベイカーとハーシェル・アーノルドのせいでたいへんな目に遭われたことに遺憾の意を表する。傷が癒えつつあるといいのだが」

「ええ、大丈夫です。ありがとうございます」

「人質に取られているあいだ、彼らと同じ部屋にいたと聞いたが」

「そのとおりです。部屋にはベッドが二つあって、ハーシェルという男が片方に寝かされていました。わたしが撃った弾が肩に当たって、動けなくなっていたんです。わたしはロイという男に、もう片方のベッドに縛りつけられていました」

「二人は自分たちのことをなにか話したかな」

「あまり。ロイはハーシェルの出血を止められなくて、ハーシェルはほぼずっと、もうろうとしていました」

「二人の会話の一部でも覚えていないだろうか」

「そうですね……ハーシェルはうわ言をつぶやいていました。だれか、母親に電話してくれと」

ゴードン特別捜査官はため息をついた。聞きたかった内容ではない。「ほかに覚えていることは？　ささいなことでもいいのだが」

「二人に見つかる前に、廊下で言い争っているのを聞きました。一人がお金を隠したようなことを言って、もう一人はデューク……いえ、デュード……そう、デュード・サントスに裏切りがばれたら殺される、というようなことを言っていました」

ゴードン特別捜査官の脈拍は速くなった。第三の男の名前をついに手に入れた！「金をどうしたかは言っていなかったかな」

「それは記憶に……いえ待って、思い出した。どちらかが、自分のところにあるというようなことを言っていたわ。自分の家に」

「どちらかまではわからないか」

「ええ。わたしは隠れていて、二人の姿は見えなかったの。声が聞こえただけで」

「ほかに思い出せることはないかな」ゴードンは尋ねた。

「ハーシェルは、自分は死ぬんだと言っていました。母親に電話をかけたい、箱がどうのと。覚えているのはそれくらいです」ヘイリーは言った。

「そうか、なるほど。もしまたなにか思い出したら、すぐに電話をしてほしい。協力に心から感謝する」

「どういたしまして」

「サムに替わってくれるかな」

「もう一度話したいって」ヘイリーは小声で言いながらサムに電話を戻した。

「替わりました」

「知らせておきたいことがある。現金輸送車強盗には三人の男が関与していた。うち一人は逃走したが身元は判明しておらず、盗まれた金は見つかっていない。ヘイリーの話で、三人目の名前がわかった。それでだ。金を見つけるのに役立つ情報を偶然ヘイリーが耳にしたのではとわれわれが考えたように、その三人目の男、デュード・サントスという人物も同じことを考える可能性がある」

「彼女に危険が？」サムは尋ねた。

「ありうることだ」ゴードン特別捜査官は言った。

サムは眉をひそめた。「そのデュード・サントスという男の画像を送ってもらえませんか。敵の顔は知っておきたい」

「メールアドレスは連邦保安局のランドリー保安官から聞いている。すぐに送ろう」

「お願いします。忠告をありがとうございました」

「こちらこそ、重要な情報を与えてくれたヘイリーに感謝しなくては。金が見つかれば、彼女への危険も永遠に消える」

「じゃあ見つけてください」サムは言った。「彼女はもうじゅうぶん危険な目に遭った」

「同感だ」ゴードン特別捜査官は言った。「また連絡する」

12

サムの顔を見れば、特別捜査官の言葉で動揺したのがヘイリーにもわかった。「どうしたの？」

サムはためらいもせずに答えた。「きみに危険が迫っているかもしれないそうだ。現金輸送車強盗にはもう一人、別の男が関わっていて、あの二人はそいつを裏切った。その三人目の男、デュード・サントスが、きみを見つけだそうとする可能性がある」

ヘイリーは息を呑《の》んだ。「二人がお金を隠した場所を、わたしが耳にしたかもしれないから？」

サムはうなずいた。ヘイリーの顔から表情が消える。

「怖がるべき？」しばらくしてヘイリーは言った。

「金が見つかるか、せめて三人目の男が逮捕されるかまでは、用心するべきだろうな」

「信じられない。すべて終わったと思っていたのに」つぶやくようにヘイリーは言った。

「おいで」サムは言い、椅子に座っていたヘイリーを抱き寄せると、真剣な顔で尋ねた。

「おれを信じているか?」

「ええ」

「じゃあ任せておけ。おれの仕事は覚えてるだろう? 一キロ先からでも悪党や詐欺師を見抜ける、優秀な私立探偵だ」

ヘイリーはほっとして力を抜いた。「ええ、覚えてるわ」

「だったら心配するな。FBIが二人の家を捜索して……金が見つかって、それがニュースになれば、危険は去る」

「そうね、そのとおり」

「よし。じゃあ、夕食の片づけをしよう。そうしたければ、しばらく庭のプールサイドで過ごしてもいいし、涼しい部屋でテレビを見てもいい」

「少しのあいだ、プールサイドで過ごしたいわ」

サムはヘイリーの顔を両手で包んだ。薄れつつある目の周りのあざと治りかけた傷跡の下に、愛する女性が見えた。「なんでもきみの望みどおりに。疲れたら、今夜は早く寝よう。白状すると、また家のベッドで眠れるのが楽しみで仕方ないんだ。エアコンの効いた家のなかで」

「わかるわ。あの暑さと息苦しさだけは二度と感じたくない」

デュード・サントスは自宅のベッドに素っ裸で仰向《あおむ》けになり、口で奉仕するマリグレイスの黒い巻き毛が躍るさまを眺めていた。下半身は石のように固く、脈打っている。熱く湿った感触と舌の動きには大いに酔わされた。

まだ二分しか経《た》っていないが、三分はもたないだろう。下腹部の筋肉はこわばり、血流は目もくらむほどのスピードで全身をめぐっている。

人生の悦《よろこ》びに貪欲なこの男は、目を閉じて達した。押し寄せる快感に身を震わせながら、絶頂の波に洗われた。

波が静まると、マリグレイスが丁寧にデュードの下半身をきれいにしてから、となりに横たわった。その顔には満足そうな笑みが浮かんでいた。

テクニシャンだと、自分でも知っているのだ。

プールの浅い側に腰かけたヘイリーは、両足を水に浸して、昇る月を眺めていた。近所のどこかから、遊ぶ子らの甲高い声が聞こえる。

となりに座ったサムは、無言でヘイリーの手を握っていた。沈黙が心地よいのは、言葉なしでも平気なほど互いをよく知っているからだ。

ヘイリーは、長いあいだ荒れ野をさまよっていたような気がしていた。ふたたび幸せに至る道を探し求めていたような。まさかハリケーンでサムを取り戻すことができるとは想像すらしなかったものの、運命には感謝してもしきれない。

　遠くから響いたサイレンの音が夜の空気を裂いた。ヘイリーはため息をついてサムの肩に寄りかかった。

「どうした？」サムは尋ねた。

「なんでもないの。ただ、なんて落ちつくんだろうと思って」

　サムはヘイリーを引き寄せた。「それはきっと、いまもおれたちのあいだに愛があるからさ」

　ヘイリーはうなずいて、その言葉をしっかり胸に受け止めた。

　サムはぎゅっとヘイリーを抱きしめて話題を変えた。「明日はなにがしたい？」

「なにも。人前に出ても騒ぎにならなくなるまでは、なんにもしたくないわ」

　サムは愉快そうに笑った。「いい考えだ。きみはどこへ行っても騒ぎを起こすからな」

　ヘイリーは笑った。「意味はわかっているくせに」

「わかっているよ。ただ、まじめなきみが騒ぎの源になると思うと、おかしくてな」

　ヘイリーは急に身震いした。「わたし、少し変わったのよ。半年ほどセラピーを受けたおかげで、被害者意識からは抜けだせた。あの空き家の暗い廊下では、もう少しで二人を撃ち殺すところだった」

　サムはうなずいた。「そして世間を騒がせるんだな」

ヘイリーはサムの腕の下から抜けだし、まっすぐ顔を見た。「ふざけてるの？」

「そんなつもりはない」サムは言ったが、顔には大きな笑みが広がった。

ヘイリーもつい笑顔になった。

「ほらな、きみだっておもしろいと思っている」サムは言った。

「ああ、サム、あなたを愛するのがどんなに簡単か、忘れていたわ。あなたがどんなにおもしろい人か、忘れていた」

サムの笑みが薄れて消えた。「それは、この数年間はロビーのことがあって、笑う材料がほとんどなかったからさ。だれのせいでもない。ただそうだったんだ。さてと、きみがまた悲しくなって罪悪感に苛《さいな》まれないように、おやすみ前の一杯《ナイトキャップ》はどうだ？　いまならバーボン・ペカンパイとアーバン・バーボンがある」

「それは〈ベン&ジェリーズ〉のアイスクリームのフレーバーでしょう？」

サムは肩をすくめた。「ウイスキーは冷えた甘いのが好みでね。しょうがない」

「両方少しずつ、もらえる？」

「悩みを深く沈めるために？」サムは問い返した。

ヘイリーは身震いした。「お願いだから〝沈む〟という言葉は使わないで」

「悪かった」サムは言った。「それで、ナイトキャップは？」

ヘイリーはにっこりした。「大賛成！」そう言うと、水から足をあげて立ちあがった。

サムが先に家へ入り、二種類のアイスクリームとスプーン二本を取りだして、キッチンのテーブルに置いた。

「お皿は？」ヘイリーは言った。

「いらない」サムは言い、アーバン・バーボンを一さじすくうと、ヘイリーの口の前に掲げた。「口を開けて」


ベッドに入ってしばらく経ってもまだサムは起きたまま、眠るヘイリーを眺めていた。望みの報酬と引き換えであればなんでもやるような、顔もわからない敵から、いったいどうやってこの女性を守ればいいのだろう？

そのとき、ヘイリーが寝言をつぶやいた。「撃たないで……」直後に撃たれたかのようにびくんとして、目を覚ました。

「大丈夫、ただの夢だ」サムは言った。

「夢……」ヘイリーはくぐもった声で言い、ため息をついた。

サムはベッドのなかでヘイリーに寄り添い、やわらかな体を体で受け止めると、軽い上掛けで肩を覆ってやった。するとエアコンまでヘイリーに安らぎを与えようと思ったのか、心地よい冷風を送りはじめた。ヘイリーの体がこわばっているのを感じたが、また眠りに落ちていくにつれて緊張は解け、全身をサムにあずけるようになった。それでいい、とサムは思った。ここがきみの居場所だ。

レッドベターが殺し屋になったのは、それが自分にとって容易だったからだ。サントスの依頼はわかりやすい。クエイド家の日課を調べ、機が訪れたら標的の女をさらい、サントスが指定した場所へ連れていく。サントスの用がすんだら、女を消す。

だがダラスのこのあたりでは、怪しまれずに家を見張ることはできない。となると近くの家のどれかから住人を排除し、留守番の者《ハウスシッター》として一時的に暮らすことになる。その点については問題ない。だがどの家にする？　クエイド家のとなりか、通りの向かいか。

少し偵察した結果、となりは左右ともに子どもが多すぎるとわかったので、却下した。このあたりに一人暮らしはいないか？　ほどなく通りの向かいに住む中年女、ルイーズ・ベルが、離婚していまは一人住まいだとわかった。

目標確認。

次の段階——排除。

目覚めてみると、ヘイリーはベッドに一人きりだったが、淹《い》れたてのコーヒーの香りがしたので、サムがどこにいるかはわかった。

上掛けを押しのけてバスルームに向かい、数分後に出てきたときには歯を磨いて髪を梳《と》かしつけていた。服を着て、裸足《はだし》でキッチンへ歩いた。

サムの姿が見える前に声が聞こえた瞬間、またこの男性と愛し合いたいという切望が芽生えて、体が震えた。

廊下を歩いてくるヘイリーの足音を聞きつけたサムが、秘書のデボラとの会話を手短に切りあげて振り返ると、ちょうどヘイリーが戸口に現れたところだった。サムはにやりとして言った。「おそよう」

ヘイリーはほほえんだ。「おはよう、サム。ちょっと寝坊してしまったわ」

サムはヘイリーを抱きしめて、やさしくキスをした。「おや、すっきりミント味だ」ほほえんで続けた。「ちょうどスクランブルエッグを作ろうとしていた。パンがいいか？それともベーグル？」

「そうね、ベーグルを軽く温めようかしら。でも、あなたがたまごを焼くならベーグルはわたしが。たまごは二つでお願い」

「おれは四つ食べるぞ。じゃあ、取りかかろうか。おれのベーグルは二個で頼む。オレンジジュースは冷蔵庫、グラスは食洗機の上だ」

二人は調和のとれた動きでそれぞれの担当をこなし、ほどなくテーブルに着いた。

サムは思いついたことを提案した。「なあ、食べ終わったら一緒に車でオフィスへ行かないか？」ためらうヘイリーを見て、つけ足した。「おれ以外には、秘書のデボラしかいない。彼女はなにがあったかを逐一知っているし、ものすごくいい人だ」

それを聞くなりヘイリーは言った。「あなたの職場を見てみたいわ」

「よかった……なにしろ、例の消えた大金騒ぎが終わるまで、きみを一人にするつもりはないからな。ああ、携帯電話は寝室のサイドテーブルにある。充電中だ」

「ありがとう。もう一度、ローダにかけてみるわ。彼女が無事で、家が浸水被害に遭っていないといいんだけど」

「ヒューストンに友人は多いのか？」サムは尋ねた。

ヘイリーは首を振り、ベーグル用のジャムに手を伸ばした。

その表情が意味するところに気づいて、サムは言った。「一緒に出かけるような友だちはいなかった？」

「そこまでの友だちは。仕事に没頭する毎日だったから。地域の販売件数一位で、賞をもらったこともあるのよ」

「すごいな！」サムは言った。「その会社、ダラスに支店はないのか？」

「じつはあるの。復帰できるほど元気になったら、仕事に戻りたいと思ってる。自分で言うのもなんだけど、優秀なのよ」

「ちっとも驚く話じゃない。きみは昔から、なにをやっても優秀だった」

「ありがとう、サム。その言葉、わたしにとってはすごく意味のあることよ」

「コーヒーのお代わりは？」サムは言いながら席を立った。

ヘイリーは首を振った。「いらないわ、ありがとう」

それからほどなく、ヘイリーはショートパンツからジーンズに穿《は》きかえて、赤いフラットシューズを取りだした。また靴が履けるほど足の腫れは引いただろうかと心配しながら試してみると、うれしいことに、するりと履けた。

それからハンドバッグを開けて、ロイ・ベイカーが引っかきまわしたものを整えようとした。サムがあの部屋から残らず拾ってきてくれたので、クレジットカードも多少の現金も、運転免許証もデビットカードも、すべて揃《そろ》っていた。現金はどのATMからでも引きだせるので、問題ない。

サムがさっそうと寝室に入ってきた。「早いな」着替えたヘイリーを見て言う。「少し待ってくれ。シャツだけ着替えたら出発できる」そして着ていたTシャツを頭から引き抜くと、椅子の背にかけてから、クローゼットに向かった。

あらわになった上半身に、ヘイリーは怯《ひる》んだ。脇腹のあの傷には、いまも驚いてしまう。ふたたび現れたサムはクランベリー色のニットシャツに着替えており、財布を広げて現金を数えていた。それを見て、ヘイリーは言った。「ATMに寄るなら、わたしもお金をおろしたいんだけど」

サムは親指を立てた。「お安いご用だ。オフィスが入っている建物のロビーにATMがある。さあ、出かけられるか？」

ヘイリーはうなずいてハンドバッグをつかみ、サムに続いて廊下に出た。

彼女が少し緊張しているのがわかったので、サムは廊下で足を止め、ヘイリーの手を握った。

ヘイリーは戸惑って尋ねた。「どうしたの？」

サムはほほえんだ。「どうもしない。すべて順調だ。おれときみが一緒にいる。まるで結婚した最初の年をやりなおしているみたいだ」

ヘイリーはサムの首に両腕を回し、目を閉じてそっとキスをした。唇に感じる温かさに酔いしれていると、サムがうなってキスを深めた。唇が離れたときには、二人とも息を弾ませていた。

サムがささやくように言った。「心から愛してる」

ヘイリーはため息をついた。「わたしも愛してる」

二人は手をつないで車庫に入り、サムはジープのドアを開けた。

「こっちのほうがきみ向きのサイズだから、よければ自由に乗るといい」ハマーのときと違ってやすやすと助手席に乗りこむヘイリーに、サムは言った。

ヘイリーの顔にぱっと笑みが咲いた。「いいの？」

「いいよ。さすがのおれも、車二台に同時に乗る方法はまだ思いつかないからな」

ヘイリーの笑い声を聞きながら、サムは運転席に乗りこんでリモコンを押し、車庫の扉を開けた。新しい一日の陽光のなかへバックで出ていき、なめらかに走りだす。数軒先の縁石に停《と》められた車には気づきもしなかった。

二人を乗せた車が去っていくのを見届けたレッドベターは、車のエンジンをかけて通りを進み、ルイーズ・ベルの家の私道に乗り入れた。停車して外に出ると、玄関に歩み寄ってチャイムを押した。

チャイムが鳴ったとき、ルイーズはキッチンテーブルで買い物リストをまとめていた。近隣の住人とは良好な関係を築いているものの、家まで訪ねてくる者はそうそういない。きっとサムだろう。

玄関を開けた。サムではなかった。

防風用の補助ドアの鍵が開けられていることに気づく前に、訪問者は家のなかに入ってきていた。

「なんの用？　あなた、だれ？　うちから出ていって——いますぐ！」ルイーズは大声で言った。

「来客にそんな態度はよくないな」レッドベターは言うなりルイーズの首にチョップをかまし、黙らせた。それから目にも留まらぬ速さでナイロン製のストッキングを取りだし、ルイーズの首に巻きつけた。

膝の裏に蹴りを一発お見舞いすると、ルイーズは顔から床に倒れた。レッドベターはその背中に馬乗りになって、さっさと人生を終わらせるべく、ストッキングを引っ張った。喉を締めあげられるとほぼ同時にルイーズは抗《あらが》うのをやめたが、舌骨が折れるまでレッドベターは手を緩めなかった。

この家が見張りに使えるようになったいま、残るは死体の処理だけだ。

家のなかと敷地内の建物をざっと点検して、裏庭の物置小屋を選んだ。高さ二・五メートルほどの目隠しフェンスのおかげで、だれにも見られずに死体を家から小屋まで運ぶのは楽勝だ。面倒な作業を片づけたら、いよいよ本題に取りかかろう。

オフィスのある建物に着いたサムとヘイリーは、ATMで現金を引きだしてからエレベーターに乗り、七階までのぼった。おりて最初にヘイリーが目にしたのは、オフィスの正面を飾る磨《す》りガラスで、そこには黒い太字で〈私立探偵サム・クエイド〉と大きく記されていた。その下には、やや小さな文字でウェブサイトのURLが添えられている。

「驚いた、すごく便利な場所にあるのね！」ヘイリーは言った。

彼女の反応をうかがっていたサムは、興奮した声を聞いてうれしくなった。「ありがとう」言いながらドアを開け、脇にどいた。「レディファーストだ」

ヘイリーがなかへ入ると、フロントデスクの後ろにいた女性が顔をあげてにっこりした。

小柄で痩せていて、ピンク色の髪は逆立っている。まるでフラミンゴだ。

「ボス！　お帰りなさい」そう言って立ちあがり、デスクを回って出てきた。「こちらがヘイリーね。あたしはデボラ・リー。秘書をしてるわ」

ヘイリーは笑顔で応じた。「はじめまして。よろしくね」

「ここはデボラのおかげで成り立っているようなものだ」サムは言った。「急な予定変更で手間がかかっただろう。悪かったな」

「どうってことないわ。最高を求める人間は、喜んで対価を払うし、きちんと順番を待つものよ」デボラは言った。「頼まれてたファイルはデスクに置いたわ。コピーはノートパソコンに入れてある」

サムは親指を立てて感謝を示してから、ヘイリーを連れて廊下を歩きだした。

オフィスに入るや、ヘイリーは息を呑んだ。「なんて景色！」そう言って、街を見渡す大きな窓に歩み寄った。

サムもそのとなりに来た。「最初にきみからの電話を受けたとき、おれはここにいた。話しているあいだずっと、この窓の外を見つめながら、きみまでの距離を考えて、必死にうろたえまいとした」

ヘイリーはサムのほうを向いたが、言葉は出てこなかった。静寂を破ったのはサムの携帯電話の音だった。サムは発信者番号を見て、すぐに応じた。「サム・クエイドです」

「ジャック・ゴードン特別捜査官だ。こちらから送ったサントスの画像と情報は無事に届いたか、確認したくて電話した」

「ちょうどいま、オフィスにいるので確認します」

「じつはデュード・サントス、本名アレハンドロの居場所がわかったことを知らせたくてな。やつはアメリカに戻ってきた。おそらくは、ハリケーンが接近したせいでヒューストンを離れていたが、コスメル島でのバカンスは終わったということだろう。今朝、民間機でダラスに到着したのは間違いないから、用心してほしい。もちろん、ミズ・クエイドを狙ってのことではないという可能性もある。やつのヒューストンの拠点は被災地域にあって、今後数カ月はまともに生活できないだろうから、次善の策としてダラスを選んだ可能性はゼロではない」

「そんな馬鹿な」サムは言いながらデスクに向かい、パソコンを立ちあげて、受信したメールの添付ファイルを開いた。サントスの顔写真が現れた。「画像は無事に受け取りました。用心します」

「頼むぞ」ジャック・ゴードンは言った。「彼女によろしく伝えてくれ」

「ありがとう」サムは言い、電話を切ってヘイリーのほうを向いた。「ゴードン特別捜査官が、きみによろしくと」

ヘイリーはうなずいた。「それより、さっき〝そんな馬鹿な〟と言っていたのは、どういうこと？」

サムはパソコンの向きを変えて、ヘイリーに画面を見せた。「これが、囚人たちが話していたデュード・サントスという男の写真だ」

ヘイリーはじっと写真を見つめた。「それで……？」

サムはため息をついた。「サントスは、ハリケーン・グラディスが上陸する前に、アメリカでの拠点のヒューストンから、生まれ故郷のコスメル島に避難したが、今朝、コスメル島を発《た》ってダラスに到着したらしい」

ヘイリーの胃はよじれた。「今朝？」

サムはうなずいた。

「そんな」ヘイリーは言った。「それで、わたしたちはどうするの？」

「おれは二十四時間、きみから離れない。だがやつにはきみに危害を加える意図がないかもしれない」

「でも、あるかもしれないのね？」

「嘘《うそ》はいやだから正直に言う。ああ、ありえることだ」

ヘイリーは深く息を吸いこんだ。「そう。それで、これからどうする？」

「おれたちはおれたちの生活を送る」

ヘイリーの胸のなかではいくつもの質問が渦巻いたが、どの質問にもサムはきっと同じ答えを返すだろう。

なにがあろうと、おれに任せておけ。

「いいわ。じゃあ、これからどこへ行く？」ヘイリーは尋ねた。

「〈ホールフーズ〉へ食料品を買いに行くのはどうだ？」

ヘイリーは肩をすくめた。「わたしのせいで騒ぎになりそうだけど、あなたが行きたいなら行きましょう」

サムはにやりとした。「よし、それじゃあ買い物だ。リブアイステーキを買おう。今夜は庭でバーベキューだぞ」

13

ロイド・タウンゼント特別捜査官は、逮捕時のロイ・ベイカーとハーシェル・アーノルドについてわかっている情報を調べ、最後の居住地として把握できている場所を探した。二人はパサデナにある同じ大型アパートメントに住んでいたようだが、部屋の番号は別だった。ロイドが作業の手を止めて、パートナーはいないかと周囲を見回したとき、ちょうどジャック・ゴードンがオフィスに入ってきた。

「ジャック、二人が最後に住んでいた場所がわかったんだが、その住所も捜索令状に追加したものかな。アパートメントは同じだが、六階の別々の部屋だ。住んでいたのは何カ月も前だし、それ以来、何人が住んだかわかったものじゃない。金が隠されていたとしても、まだそこにあると思うか？」

ジャックは肩をすくめた。「六階なら浸水していないだろうし、金はそのへんに放置するんじゃなく、厳重に隠したはずだ。そしてパサデナあたりのアパートメントを借りている人間が、もう掃除だの改装だのを始めているとは思えない。というわけで、捜索令状を取れ。こいつは二人が逮捕されてから初めての、消えた大金奪回につながる手がかりだ。だが捜索に取りかかるのは、水が引くまで待たなくちゃならんだろうな」

「了解」ロイドは言い、捜索令状に二つの部屋を追加した。あと必要なのは、治安判事の署名だけだ。

ダラスに着いて一時間ほどで、デュード・サントスは新たに借りたコンドミニアムに到着した。手早くスーツケースから衣類を取りだし、食事を注文する。逃げ隠れする理由はないので、警察に怯《おび》える必要もない。ここは安全地帯のままにしておくほうが賢明か。デリバリーが届くまでのあいだ、計画を再検討しながらゆったりくつろいでいると、メールが届いた。レッドベターからだ。

配置完了。見張り開始。

「よし」デュードはつぶやき、返信した。

計画変更だ。こちらから場所は指定しない。女をつかまえたらどこかに隠して、場所を知らせろ。こっちから出向く。

親指を立てた絵文字が返ってきたのを見て、デュードは眉をひそめた。絵文字だの顔文字だのは大嫌いだ。

ほどなく食事が届いたので、テーブルに着いて食べはじめた。

葬儀会社にピートの埋葬用の服を届けに来たメイ・アーノルドは、椅子に腰かけた。服を受け取って向きを変えようとしていた葬儀屋は、それに気づいておずおずと言った。

「すみません、ミセス・アーノルド、お帰りいただいてけっこうですよ。ご主人の用意ができたら、こちらから連絡しますので」

「いつごろになるかしら」メイは尋ねた。

「昼過ぎでしょうね」

一粒の涙がメイの頬を転がり落ちた。「着替えには十分もかからない人だったのに」

「そうでしたか」葬儀屋は言った。「ですが今日は、最高の姿にしてさしあげたいので」

メイはうなずいた。「それならわたしは家で電話を待つことにするわ」

葬儀会社を出たメイは、鶏と豚の餌を買おうと、まっすぐ飼料屋に向かった。メイを見かけた全員が足を止めてピートの死にお悔やみを述べ、メイのために祈ると言った。買った餌を車に積んで走りだしたときには、自分を残して死んでしまったピートに腹を立てていた。いくら祈られても、一人ぼっちで家にいることや家畜の世話には、なんの役にも立たない。

最後に地元の食料品店に寄ることにしたが、また同じような言葉をかけられるのは店に入る前からわかっていた。手早く買い物をして支払いをすませ、家に向かった。

バックミラーに映る自分を目にしたとき、この二十四時間で十歳も老けたと思った。もう〝夫に先立たれた老婦人〟に見えた。

家まであと数キロの、川にかかる橋のところで、向こうから来た家畜運搬トレーラーを先に通すために車を停《と》めた。ありがとうと手を振った運転手に、メイは会釈をした。

あらためて橋を渡ろうとすると、視線の先を紅冠鳥《こうかんちょう》が横切った。紅冠鳥は吉兆だと聞くけれど、いまごろ現れても遅すぎる。

家に着くと、そのまま餌小屋まで車を走らせて、買ってきた荷をおろした。袋は重かったが、自分でやるしかなかった。暑いし腹は立つしで、どうにか袋を小屋のなかに引きずりこんだときには泣いていた。それでも車にはまだ食料品をのせたままなので、家のほうへ回した。

家に入ったときには正午近くになっていたが、料理をする気分ではなかった。冷蔵庫を開けて、すぐに食べられるものはないかと探す。ミルクをかけたシリアルか、チーズをのせたクラッカーにしかありつけそうになかった。

パール・ライリーのピーチパイが戸棚に鎮座していたので、スプーンをつかみ、クラストごとすくって食べた。クリームは砂糖が足りないし、クラストは酢が利きすぎている。メイは顔をしかめ、グラスに水を注いで舌に残る味を洗い流した。「まあいいわ」つぶやくように言う。「豚にあげることにして、わたしはチーズとクラッカーをいただこう」

手を洗ってテーブルに着き、もう少しで、食事よとピートに呼びかけそうになった。かたまりから切り分けたチーズをクラッカーで挟み、小さなクラッカーサンドを二つこしらえた。これとグラスに注いだミルクですませることにし、顔をあげて壁掛け時計を見た。あと十分で正午。文字盤を動く長針を眺めながら、自分の人生は止まってしまったのに時間は流れつづけていることを思った。

最後のクラッカーをかじったとき、かけらが落ちた。どこに落ちたかを確認しようと視線を落として初めて、ワンピースの前面が汚れていることに気づいた。

いやだ、餌袋のせいで！

そのとき電話が鳴った。メイは椅子を立ち、ワンピースの前をはたきながら受話器を取った。「もしもし」

「ミセス・アーノルド？　葬儀会社のジョージです。ご主人の服を持ってこられたとき、ネクタイも用意しておられましたか？」

「いいえ。ピートはネクタイをしない人だったから、最後に締めさせるようなことはしたくないの」

「そうでしたか。わかりました」ジョージは言った。「念のための確認です。すべてお気に召すように整えたいので。ネクタイが不要でしたら、お別れの準備はできました。ですがご遺族以外の方の立ち入りを許可する前に、一度お越しいただいて、確認してもらいたいのですが」

メイの胃はよじれた。「すぐに行くわ」

「よろしくお願いします」ジョージは言い、電話は切れた。

メイは受話器を見つめ、なぜ葬儀屋はささやくようなしゃべり方をするのだろうと思った。死人に話の内容が聞こえるとでも思っているのだろうか。

受話器を置いて、服が汚れているのを思い出した。きれいに見えるよう、着替えなくては。午後はピートと過ごすのだから。

ルイーズが抵抗して暴れたときに散らかったものを片づけ終えたレッドベターは、仕上げにレモンの香りの消臭スプレーを吹きかけた。たったいま掃除をしたような印象を与えるし、ハウスシッターという作り話をもっともらしく思わせるのに役立ってくれるのだ。ルイーズの日課をもう少し知っていればよかったのだが。ふだんは明かりがついていない時間まで明かりがついているとか、ついている明かりが多すぎるとか、そうしたことを近隣の住民に怪しまれては困る。ふだんは雨戸を閉めるのか、カーテンを閉じるのか、いまとなってはわからない。だがここにいる目的は通りの向かいの家を見張ることだし、標的の女をつかまえるのは早ければ早いほどいい。

家の正面側の窓から見ていると、二人を乗せた黒いジープが問題の家の前でスピードを落とし、車庫の扉があがった。標的が車内にいるのは明らかだ。扉が閉じてしまう直前、車庫の奥に大きなハマーの後部が見えた。つまり見張るべき車は二台。

キッチンでタイマーが鳴りだした。

冷凍ピザが焼けた。

レッドベターは足取りも軽くオーブンに歩み寄ってピザを取りだした。悪くない。立派な家に、たっぷりの食料。トイレもあるし、観覧席は最前列。車に閉じこめられて紙コップに小便をするより、はるかにましだ。

パンとたまごの入った買い物袋を家のなかに運ぶヘイリーに続いて、サムは重い袋を持って入ると、カウンターに置いた。ヘイリーの歩調が遅いのに気づいて尋ねた。「大丈夫か？」そしてパンの入った袋を受け取った。

「少し疲れただけ。最初の外出で張りきりすぎたせいね」

サムは時計を見あげた。「朝食は遅かったし、もしまだ腹が減っていないなら、少し横になって休んだらどうだ？　食事はいつでもいい」

「いいの？」ヘイリーは尋ねた。

「もちろん。買ってきたものを片づけたら、様子を見に行くよ」

ヘイリーはうなずいたが、ふと思い出したように言った。「携帯電話の充電が終わったころね。横になる前にもう一度ローダにかけてみるわ。それから保険会社にも電話して、なくなった車のことを相談しなくちゃ」

「それじゃあ休んだことにならない」サムは言った。

「なるわよ。座ってやるし、そのあと横になるもの」

「そう言うなら」

ヘイリーは靴を手にキッチンを出たが、足はもう引きずるほどではなかった。

靴をベッドのそばに置いて端に腰かけ、充電器につながれた携帯電話に手を伸ばした。ローダの番号は登録してあるので、名前で検索してから通話ボタンを押した。留守電にメッセージを残すことになりそうだと思うほど呼び出し音が続いたあとに、息を切らして興奮した声が応じた。「ヘイリー！　本当にあなたなの？」

ヘイリーはほほえんだ。「ええ、わたしよ。元気？　無事だった？　町に残ったの？　それとも避難した？」

「車で妹の家に避難したわ。ずっとそこにいたからまったく無事だったけど、残してきた家がどうなったかはまだわからなくて。あのあたりは浸水したから。ああ、わたしのことより、いったいなにがあったの？　怪我《けが》をしてあの物件に閉じこめられたことまでは知っていたけど、そのあと救助ヘリのことをテレビで見て、数日後にそれがあなただったとわかって。しかも、遺体袋で運びだされたのは逃げた囚人だったんでしょう？」

ヘイリーはため息をついた。聞き慣れた声を聞ける喜びを感じつつ、起きたことを一から話した。

「撃った？　ヘイリー、あなたって……すごいのね。そうだ、社長とはもう話した？　声を聞かせてあげたらきっと安心するわ」

「まだよ。だけどいまの話をもう一度するのは少しつらくて。悪いけど、代わりにあなたから連絡してもらえない？」

「任せて」ローダは言った。「ねえ、男たちにつかまる前に両方を撃ったのよね。だから助かったんでしょう？」

「いいえ。助かったのはサムのおかげよ。文字どおり、命を救ってくれたの。駆けつけるのがあと五秒遅かったら、わたしは死んでいたわ」

「サム？　サムってだれ？」ローダは言った。

「元夫よ。ダラスで私立探偵をしているの。わたしを助けてくれる人がいるとしたら、彼しかいないと思っていたわ」

「駆けつけたって、どうやって？　あのへんは水没していたはずでしょう？」

「ヘリの操縦士に屋根におろしてもらって、屋根窓から入ったの。同じ窓からわたしも出たわ。病院で治療を受けて、退院して、いまはダラスの彼の家にいる」

ローダは息を呑《の》んだ。「つまり、治るまでその彼が面倒を見てくれるの？」

「いいえ。これからずっと一緒にいて、愛と結婚生活をやりなおすの」

ローダは歓声をあげた。「おめでとう！　でも待って、じゃあ、こっちにはもう戻ってこないのね」

「アパートメントに荷物を取りに戻る以外には。会社のみんなと会えなくなるのはすごく寂しいけど、こうしてやりなおすチャンスを与えられたことに心から感謝しているわ」

「〈トルーマン不動産〉はダラスにも支店があるじゃない。輝かしい推薦状を書いてくれるよう、ウィルに頼んでおきましょうか？」

「そうしてもらえるとすごく助かるわ」ヘイリーは言った。

ほどなく電話を切ったヘイリーは、休む前にもう一本かけることにした。名刺入れから保険会社の担当者の名刺を見つけて、番号を押した。

「〈ステートファーム保険〉のイーディです」

「イーディ、わたしよ、ヘイリー・クエイド」

「驚いた！　本当にあなたなの？　無事なのかってずっと心配していたのよ。テレビで救助ヘリの映像を見たときは、あれが自分じゃなくて本当によかったと思ったわ。そうしたら数日後に、それが知っている人だったとわかって……」

「わたしは無事よ。本音を言えば、回復がもう少し早いとうれしいけど。それでね、今日電話をかけたのは、ハリケーンの最中に車がなくなってしまったことを知らせたかったからなの。だけどなくなった理由はわからなくて。だれかに盗まれたのか、強風に吹き飛ばされたのか……例の家のそばに停めたから、流されたんじゃないのはたしかよ。車がないことに気づいたときには、まだ道路までしか浸水していなかったもの」

「心配しないで」イーディは言った。「ハリケーンの最中に紛失、と報告するわ。いろんなものが同じ運命をたどったから。小切手は郵送するわね」

「それが、いまは自宅じゃないの。これから言う住所に送ってくれる？」

「ちょっと待って……いいわ、メモの用意ができた」イーディは言い、ヘイリーが述べた住所を書き留めて、確認のために読みあげた。

「それで間違いないわ」ヘイリーは言った。

イーディはため息をついた。「わたしたちの街がこんなことになってしまって……周辺の地域も……すごく気が滅入《めい》るわ」

「本当にね。わたしはまだアパートメントには戻っていないんだけど、四階だから浸水被害はなかったと思うの。だけど窓は割れたかもしれないし……そのせいで室内が水浸しになったかもしれない」

「じゃあ、いまはヒューストンにいないのね」

「ええ、ダラスに。元夫のところにいるの」

イーディはくすりと笑った。「なんだかいい方向に転がりそうね」

「そうなるように祈ってるわ」ヘイリーは言った。「車のことだけど、もしなにか質問があれば携帯に電話して。郵送するものがあれば、さっき教えた住所にお願い」

通話を終えると、ヘイリーは携帯電話を置いてベッドに横になった。涼しくて静かな部屋は居心地がよく、安全な隠れ家のようだった。サムがそばにいる。消えた大金もじきに見つかるといい。そのとき、ハーシェルが母親に連絡してくれとすがるように頼んでいたことを思い出した。

子を喪《うしな》うのがどんなものか、ヘイリーは身をもって知っている。ハーシェル・アーノルドは立派な大人で、その心は邪悪だったけれど、そんな彼もかつては一人の女性のかわいい坊やだったのだ。我が子を喪った母親は嘆くだろう。それがどんな大人になっていようとも。

いつしか眠りに落ちたヘイリーは、サムが寝室に来てとなりに横たわったことにも気づかなかった。ロビーが六歳のときの夢を見ていた。三人でガルベストン湾のビーチへ出かけた日のことだ。ロビーは貝殻を手にして、なかから風の音が聞こえると言っていた。サムは息子を肩車していた。

ロビーがその貝殻を海に戻したいと言ったときのサムの表情を、ヘイリーはいまも覚えている。坊やは言ったのだ――そうしたらこのなかに住んでいた小さなカニがまたおうちに帰れるから、と。

ヘイリーとサムは手をつなぎ、ロビーが一人でてくてくと波打ち際まで歩いていって貝殻を海へ戻すさまを、一緒に眺めていた。

「本当にいい子だな」サムは言った。「どんな大人になるのか、楽しみだ」

ヘイリーがうなされる声を聞きつけて、サムはささやいた。「大丈夫だよ、ベイビー。大丈夫だ」

ヘイリーは吐息を漏らし、静かになった。

携帯電話が震えたので、サムはベッドを離れ、電話を手に寝室を出た。「もしもし」

「サム？　わたし、ミルドレッドといいます。ルイーズ・ベルのブリッジ仲間。いきなりの電話でごめんなさい。だけどルイーズの緊急連絡先はあなただったと思って」

サムは眉をひそめた。「ああ、おれで間違いない。なにかあったのか？」

「ルイーズったら、週に一度のブリッジ大会に来なかったの。連絡もなしに、よ。だから わたし、この三時間のあいだに十回も電話してみたんだけど、出ないのよ。どうしたのかしら」

「じつはいま、ちょうど家にいるんだ。ちょっと行って様子を見てこよう」

「そうしてもらえると助かるわ。あとで連絡をもらえる？」

「もちろん」サムは言い、電話を切った。寝室に戻ってみると、ヘイリーはまだ眠っていたので、静かに家を出て通りを渡った。ルイーズの家の私道には、見覚えのない車が停まっていた。

男が玄関から出てきて、通りを渡ってこちらに向かってくるのを見たレッドベターは、一瞬不安になった。想定外の事態だ。忌々しい。

玄関のチャイムが鳴る。いま、武器は手元にない。

まずいな。

またチャイムが鳴る。出るしかない。

向かいの家の玄関に着いたときから心配していたサムだったが、チャイムを押してもルイーズが現れないので、ますます心配になってきた。

合い鍵を取りに家へ戻ろうかと考えはじめたとき、玄関が内側に開いた。

現れたのはルイーズではなかった。

「なにかご用ですか？」レッドベターは丁重に言い、ほほえんだ。

サムは眉をひそめた。「ルイーズは？　あなたはどなたです？」

「ハウスシッターです。ミセス・ベルはそろそろワイオミングに着くころじゃないかな」

サムはなお眉をひそめた。「まったく聞いていないな。街を出るときはかならずおれに知らせていくのに。ワイオミングでなにがあるんです？」

「さあ、そこまでは。もしかしてサム・クエイド？　だとしたら、来るかもしれないと聞いています。心配しないでくれと伝えておくよう言われました。彼はもうじゅうぶん心配事を抱えているからと」

サムは安心しかけた。筋の通らない話ではない。だがワイオミング？　その地名をルイーズから聞いた覚えはないと思うが。とはいえ飛行機に乗っているのなら、電話に出られないのも納得だ。「そういうことなら、まあ」サムは言った。「じつはルイーズのブリッジ仲間から電話があって、毎週恒例の大会に現れないのが心配だから、様子を見てくれと頼まれてね」

レッドベターはほほえんだ。「そういうことでしたか。どうぞご心配なく。ミセス・ベルが戻ってくるまで、ちゃんと留守は守りますから。三、四日で戻るそうですよ」

「ありがとう」サムは言い、通りを渡って家に戻った。

ヘイリーは家のなかをさまよって、サムを捜していた。そこへ玄関が開いてサムが現れたので、安心してほほえんだ。「どこに行ったのかと思ったわ」

「お向かいの様子を見てきた」サムは言い、ヘイリーにキスをした。「腹は減ったか？ なにか食べたいものはないか？」

「食べたいものならいろいろあるけど」ヘイリーは言った。「でも、いちばんはあなた。ずっとあなたが恋しかった」

サムは両手でヘイリーの頬を包み、もう一度、さらにもう一度キスをした。それから壁際に追いつめて、こちらこそどんなに恋しく思っているかを体で感じさせた。それでも実行に移すわけにはいかなかった。「まだ傷が癒えていないだろう。せっかくあの地獄から救いだして、ハリケーンのさなかにあの家から脱出させるのに成功した女性だ。もう痛い思いはさせたくない。いまはまだ、この一線は越えないでおこう」

ヘイリーはため息をついた。「あなたの言うとおりね。わたしたちのうち、少なくとも一人は良識をもっていたことに感謝しなくちゃ」

サムはヘイリーを抱きしめた。「セックスの代わりにサンドイッチはどうだ？」

ヘイリーは笑った。「ぱっとしない代わりだけど、いいわ。あなたがそう言うなら」

レッドベターは苦々しい気分だった。この仕事は危険を帯びてきた。早急に終わらせたほうがいい。だが先にサム・クエイドを狙撃して排除するという計画は、あまりいい考えではないように思えてきた。男を倒しているあいだに、女のほうに逃げる時間を与えてしまう。あるいは、反撃する時間を。ヘイリー・クエイドは男二人につかまる前に両方を撃ったとニュースで言っていなかったか？　サム・クエイドはたやすい相手には見えなかったし、ヘイリー・クエイドがそうでないこともわかっている。だがサントスを失望させるのは論外だ。こちらには守るべき評判がある。傷をつけたくない。暗くなるまで、ゆうに四時間。

計画は変更するためにある。

規則は破るためにある。

レッドベターのモットーだ。

メイ・アーノルドはピートの棺《ひつぎ》のそばで静かに椅子に腰かけ、来ては去る人を見ていた。ケアリータウンは小さな町で、すでにほぼ全員がなにが起きたかを知っていた。ハーシェルの葬儀にはだれもが心の準備をしていた。ハーシェルの評判も、最近死んだことも、よく知られたことだった。だがこの展開は、だれも予想していなかった。メイにかける言葉はなく、ピートにはもう言葉をかけられない。

告別の部屋に最初のお悔やみの花が届くと、葬儀屋のジョージは添えられたカードの向きを整えて、送り主の名前がだれからも見えるようにした。案の定、ライリー牧師と教会からだった。

ところが、続いてフラワーアレンジメントがいくつか届いたとき、花屋の配達人はメイの目を見ようとせず、カードを読みあげることもしなかった。メイはなにかがおかしいと感じた。

配達人が帰るやいなや、メイは椅子を立って花に歩み寄り、自分の目でカードを見た。どれもピート宛てで、〝愛をこめて〟と記されていた。

うち二つは、それぞれ同じ教会に通う女性からだった。もう一つは食料品店でレジ係をしている赤毛の女性からで、残る一つはアーノルド家から十キロと離れていないところに住む女性からだ。四人全員の共通点は？ 独身ということ。

メイは足元の世界が傾いたような気がした。まさかそんな。息子が犯罪者になってしまったうえに、夫が浮気性だったなんて。

棺のそばに戻ってなかをのぞいた。ピートは罪のなさそうな顔をしているが、死んでしまっているからなにも問いただせないし、メイは勝手な思いこみをするタイプではない。そこで、事実をたしかめに行くことにした。

まずは食料品店を訪れ、まっすぐミリーのいるレジに向かった。だれかの会計をしている最中のミリーの背中をとんとたたくと、ミリーは笑顔で振り返った。ところがそこにいるのがメイだとわかるなり、首筋がその赤毛よりもなお赤く染まった。

ミリーは口ごもりながら言った。「その……お悔やみを。ピートはいい人だったわ」

「どのくらいよかったの？」メイは意味ありげに尋ねた。

ミリーはそれを聞いて目を丸くし、助けを求めて周囲を見回したが、あたりは静まり返っていた。「ど……どういう意味かわからないわ！」

「嘘《うそ》をつかないで。それで、いくらもらっていたの？」

ミリーは口をぱくぱくさせた。「なんてことを言うの。わたしは娼婦《しょうふ》じゃないわ」

メイの心臓は恐ろしい速さで脈打っていた。「じゃあ、ただで差しだしていたのね」メイは言った。「だったらなおさら、あの人を愛していなかったならいいけれど。なにしろあなたは四人のうちの一人でしかなかったから」

ミリーは驚きに目を見開いた。「嘘よ！　あの人、きみだけだって――」そこで口をつぐんだ。まんまと白状してしまったが、メイ・アーノルドはもう店をあとにしていた。

「やられたわ」ミリーはつぶやき、ふたたび食料品をスキャンしはじめた。

メイが次に訪れたのは、同じ教会に通う女性二人のうちの一人だ。礼拝のあとの食事会ではかならず一緒のテーブルを囲んでいたが、まさかそれがピートのそばに座るためだったとは。玄関をノックする。足音が聞こえて、ドアが開いた。「こんばんは、リタ。お花を受け取ったわ」

リタは真実がばれないようなセリフを必死に考えたが、メイの顔を見れば、すでに手遅れなのは明白だった。

　メイはじっとリタを見つめ、この干あがった女に夫がなにを見いだしていたのか、理解しようとした。リタはめったにほほえまないので、その唇は不満そうなむっつりした形で永遠に固まってしまったかに見える。

　どうにかリタが落ちつきを取り戻して言った。「あなたたちのことは大好きだもの。当然、お花を送るわ」

「ピート宛てで、〝愛をこめて、リタ〟。ずいぶんピートのことが好きだったのね」

　リタの目に涙が浮かんだ。「そんなつもりはなかったの。だけど心ではわかってた、わたしたちこそ一緒になる運命だったんだって。あなたには申し訳ないけれど」

　メイはため息をついた。「一応知らせておくと、ピートはそこら中にペニスを突っこんでいたの。あなたを含めて相手は四人。全員がSIDSにかかっていることを祈るわ」

　リタは眉をひそめた。「乳幼児突然死症候群《SIDS》に?」

「STDだったかしら」メイはつぶやいた。

　性感染症《STD》と聞くなり、リタはぎょっとして太もものあいだを押さえ、去っていくメイを見つめた。それから玄関を閉じると、大慌てで下半身をチェックしに行った。

　傷つけられた痛みのせいで、メイの心はくじけそうだったが、痛みより強い怒りに支えられて前に進んだ。続いて車を向かわせたのは三人目の相手、ドリス・ウェイクリーの家だ。彼女はミス・ドリスと呼ばれるのを好む。

ドリスは家の前庭に膝をつき、花壇の雑草を抜いていた。私道に車が入ってくる音が聞こえたので肩越しに振り返ると、メイ・アーノルドがピックアップトラックからおりてくるところだった。驚きのあまり、立ちあがろうとして転倒してしまった。

「わざわざ立ちあがらないで」メイは言った。「花を受け取ったと伝えに来ただけだから。ミリーの花と、リタの花と、コニーの花も」

ドリスは息を呑んだ。「なんですって？　なにを言っているの？」

「わたしが言っているのはね、ミス・ドリス、あなたはうちの夫のためにお金を使うべきじゃなかったということよ……時間もね。なにしろあの人はあちこちに女がいたんだから。乾癬《かんせん》にかかっていないか、調べたほうがいいんじゃないかしら」

ドリスは青くなって震えだしたが、ふと困惑した顔になって言った。「乾癬って……皮膚がうろこ状になって剥がれる病気よね。どういうこと？」

メイは悪態をついた。「あいにく、娼婦がかかる病気には詳しくないの。言いたかったのは、梅毒ね。ピートはうちの菜園に蒔《ま》くより多く、種をばらまいていたのよ」

「そんな」ドリスは悲鳴をあげた。

メイは首を振った。「あなたはぺったんこなのにねえ。ピートは昔から大きいのが好きだったのよ。あなた、きっとベッドのなかではすごいんでしょうね」

女性的な丸みが欠けているという侮辱に、ドリスは平らな胸を両手で押さえた。そのあと〝ベッドのなかではすごい〞という言葉が耳に飛びこんできて、めまいを覚えた。膝のあいだに頭をさげて気絶するまいとしたが、体を支えきれずに顔から地面に突っこんだ。鼻に入った草を必死に取るミス・ドリスを尻目に、メイはまた車を走らせた。残るは一人。けれど最後の目的地に向かう前に寄るところがあった。

葬儀会社に戻ってきたメイを見て、だれより驚いたのは葬儀屋のジョージだった。だれもが驚きの事実についてひそひそ話をしており、メイが戻ってくるとはだれも思っていなかったのだ。

ぐいと顎をあげてジョージの前を通り過ぎたメイは、ピートの告別の部屋に入っていった。棺のなかを見おろして、ピートの胸に人差し指を突きつけた。「もう死んでることを感謝しなさい、ピート・アーノルド。もしまだ生きていたら、わたしが殺してたわ。埋葬はわたし以外のだれかに見届けてもらうのね。あなたの世話は、もうまっぴら」

そしてくるりと向きを変え、つかつかと出ていった。

「たいへんだ」ジョージは言った。「たいへんなことになった」

ケアリータウンから家のほうへ車を走らせるメイは、ハーシェルが初めて逮捕された日と同じように涙を知らず、怒りに燃えていた。道路がアスファルトから土に変わったところで目いっぱいアクセルを踏みこみ、土煙をあげて走りだした。

家の八キロほど手前で角を曲がり、コニー・ヒバードの家を目指した。砂利がタイヤのホイールキャップに当たって音をたてる。家の門にぶつかる寸前、恐ろしい形相でブレーキを踏んだ。

騒々しい音に犬たちが吠《ほ》えはじめたので、コニーはなにごとかと外に出て、犬を叱った。犬がおとなしくなると、玄関ポーチの端まで行って、目の上に手をかざした。

停まっているのはピート・アーノルドのピックアップトラックだが、ピートは死んだ。ということは……。案の定、メイがトラックからおりてきた。その表情を見た途端、ばれたと悟ってコニーは叫びだした。「暴力はやめて！　傷つけないで！　訴えるわよ！」

メイは階段の下で足を止め、握った両手を腰に当てた。白いものが交じった髪は風にかき乱され、タンポポの綿毛のごとく顔の周りを囲んでいる。「傷つける？　傷つけたのはそっちでしょう、この淫乱女」

コニーは息を呑んだが、メイの言葉はまだ終わっていなかった。

「ここへ来たのは花を受け取ったと伝えるため……いえ、ピート宛ての花がたくさん届いたと伝えるため、と言うべきかしらね。だけどメッセージは送っても無駄よ。あの人は死んでしまったから！」

コニーは怒った顔で階段をおりていくと、ひっぱたこうと思えばひっぱたける距離まで近づいてから、メイの顔の前で人差し指を振った。「あなたは自分の言っていることがわかっていないのよ！」鋭い口調で言った。

メイの淡い緑色の目が一瞬見開かれ、すぐにヘビのそれのように細くなった。「わかってないのはあなたのほうよ。ピートは町のあちこちに女がいたの。あちこちに種を蒔いていたの。だからわたしの足元に倒れて死んだんでしょうね。まるで許しを請うみたいに。わたしは明日、診療所へ行って検査を受けるわ。あなたたち娼婦に突っこんでは、わたしと同じベッドで眠っていたんだもの。どんな病気を移されたか、わかったものじゃない」

ピートが二人の愛に忠実ではなかったことにコニーは呆然《ぼうぜん》としていた。そこへ性病のそしりを受けてカッとなりかけたものの、ピートが複数の女性と寝ていたなら、なにを移されたかわかったものではない。

メイ・アーノルドがトラックに乗りこんで走り去ると、コニーはわっと泣きだした。身から出た錆《さび》だ。

14

ケアリータウンにある、医師が一人だけの小さな診療所は、午前八時きっかりに開く。この三十年間、ずっと変わらずにそうしてきたし、その間にあらゆる種類の怪我《けが》や病気を診てきた。診療所で働く者も含めたケアリータウンの全員が、昨日のできごとを話題にし、メイ・アーノルドがいかにピートの浮気相手を一人残らず訪ねていって恥じ入らせたかでもちきりだった。

メイがピートの浮気相手を公然とたたきのめしたことについては、いろいろな意見があったものの、不道徳な女性は恥をかかされて当然だという点については全員一致していた。壁掛け時計が八時を知らせると、経理係は診療所を開けるべく会話の輪を離れ、ロビーを横切って正面ドアの鍵を開けた。

経理係が脇にどくより早く、五人の女性が敷居をまたいで入ってくるや、受付デスクに向かった。先頭にいるのはメイ・アーノルドだ。

受付係は持ち場についたばかりで、慌ててメガネに手を伸ばした。

メイはデスクに身を乗りだすようにして言った。「ドクター・イリックに診てもらいたいの」

「今日はどうしました?」受付係は尋ねた。

メイは背後にいる四人の女性をにらんだ。「浮気性の夫がいたから、性感染症の検査をしてほしいのよ」

受付係は息を呑《の》んだ。

「わたしも」ミリーは言い、ほかの三人をにらんだ。

「わたしも」リタは言い、泣きだした。

「わたしも」ドリスはか細い声で言った。

「わたしもそうしてもらったほうがいいみたい」コニーは言い、部屋の隅の椅子に縮こまって座ると、ほかの三人もそれぞれ離れて座った。

メイは四人と同じ部屋で座るなどまっぴらとばかりに、受付デスクをとんとんと指でたたいた。「いますぐ検査室に通してちょうだい。この娼婦《しょうふ》たちと同じ空気を吸ってなんかいられないわ」

受付係はブザーを押して看護師を呼んだ。「一人目の患者さんをお通しします」

「準備がまだよ」看護師が鋭い口調で言う。

「頼むから急いで。さもないと大騒ぎになってしまうわ」受付係はひそひそと言った。

しかめっ面で廊下を歩いてきた看護師は、一瞬でロビーの空気を読み取り、メイ・アーノルドのカルテをつかむとやさしく彼女の腕を取った。「こちらへ、ミセス・アーノルド。このたびはお気の毒に」言いながらメイを診察室へ案内し、静かにドアを閉じた。

ヘイリーはリビングルームのソファの上で丸くなり、テレビを見ていた。そこへ外に出ていたサムが入ってきて、声をかけた。「よし、プールの塩素濃度のチェックが終わったぞ。ちょっと仕事部屋に行ってくる。すぐに戻るよ」

ハリケーン・グラディスの被害状況を伝える画面に釘《くぎ》づけになっていたヘイリーは、無言でうなずいた。自分が救助される映像を見たのはこれが初めてだが、ヘリコプターに乗りこむためにどれほど高いところまでのぼったのかを知って、おののいていた。続いてリー・トルソンがサムを救助する映像が流れ、いまでは有名になった、カメラに向けて親指を立てる仕草に、ヘイリーはにんまりした。

廊下の先ではサムが仕事机に着いて、メールをチェックしていた。未解決の依頼について、待っていたメールは届いていなかった。それが届くまでは前へ進めない。

またルイーズのことが頭に浮かんだ。きっといまごろワイオミングに着いているだろうが、サムのなかの私立探偵が裏づけを必要としていた。そこで、登録してある連絡先一覧からルイーズの番号を見つけ、携帯電話を鳴らした。

呼び出し音は鳴りつづけ、一回ごとにサムの不安は募った。やはりなにかがおかしい。ハウスシッターはああ言っていたが、ルイーズになにかあったのは、ほぼ確実だ。ルイーズがどの航空会社を使ったかはわからないものの、昼過ぎにサムが訪ねていったときにはすでにあのハウスシッターが家のなかにいたということから、朝の便だと推測できる。手がかりはそれだけだ。だがここであきらめるわけにはいかない。今夜、ベッドに入るまでにはかならずルイーズの居場所を突き止める。そこで、以前あるハッカーに教わったちょっとしたコツを用いて、今日の正午以前にワイオミングへ向けて出発したすべての便の乗客リストを調べはじめた。

一時間ちょっとかかって、今日、ルイーズ・ベルという名の女性はワイオミング行きの飛行機に乗っていないことを突き止めた。となると、あのハウスシッターが嘘《うそ》をついているとしか考えられない。そして、ルイーズの行き先について嘘をついているのなら、向かいの家にいる人物はそもそもハウスシッターではないと考えるのが妥当だ。

サムは仕事机を離れて、窓にかかるブラインドの隙間から外をのぞいた。仕事部屋の窓からはルイーズの家が見える。眺めていると、ちょうど車庫の扉が開いて、あのハウスシッターが出てきた。車からなにかを取りだし、車庫を通って家のなかへ戻っていく。車庫の扉がおりる寸前に、ルイーズのＢＭＷの後部がちらりと見えた。

いまも車庫にある。

ならばどうやって空港へ行った？　これもまた、満足のいく答えの出ない疑問だ。

そのとき、ゴードン特別捜査官が言っていた、サントスに関する忠告を思い出した。サントスがヘイリーを誘拐するためにだれかを雇ったとしたら？　急に思考が駆けめぐりはじめた。そもそもサントスはダラスでなにをしている？　ヒューストンの家には戻れないのだろうが、だとしたら、なぜわざわざ故郷のコスメル島から国境を越えてアメリカに舞い戻った？　なぜヘイリーに遅れることほんの一日足らずでダラスに来た？　やはり、いまも消えた大金を追っているのか？

恐ろしくなってきた。が、いまはまだヘイリーに同じ恐怖を感じさせたくない。登録してある連絡先にもう一度目を通し、ジャック・ゴードン特別捜査官の名前を見つけると、通話ボタンを押した。

三度目の呼び出し音でジャックは出た。「ゴードン特別捜査官」

「ジャック、サム・クエイドだ。訊《き》きたいことがあって電話した」

「サムか。なんでも訊いてくれ」

「デュード・サントスがヘイリーをさらうためにだれかを雇ったとにおわせるような情報は、ほかにあるだろうか」

「いますぐは無理だが、少し調べればわかるはずだ。どうした？」ジャックは尋ねた。

「うちの向かいに住んでいるルイーズ・ベルという女性が行方不明になったらしい。ルイーズの家にはハウスシッターを名乗る人物がいる。週に一度のブリッジ大会に現れないのを心配したルイーズの友人に頼まれて、様子を見に行ったら、それがわかった」

「ハウスシッター? ルイーズはよく頼むのか?」

「おれがここに住みはじめてからの三年間では一度も」サムは言った。「ルイーズの家にペットはいないし、留守のときは庭の水やりも郵便物の受け取りも、向がいに住む者同士でやっている。だから気になって、裏口から調査をしてみたら、今朝のダラス発の航空便にも、ハウスシッターがルイーズの行き先として告げたワイオミング行きの航空便にも、ルイーズ・ベルという名前の乗客は見当たらなかった。それからこのハウスシッターだが、数分前に車庫から出てきた。そのとき車庫のなかにルイーズのＢＭＷが停《と》まっているのがちらりと見えたんだが、それもルイーズらしくない。別の移動手段を利用した可能性は完全には否定できないが、あのハウスシッターの言ったことは信用できないと思う」

「気に入らない筋書きだな」ジャックは言った。「何本か電話をかけてから、折り返させてくれ。サントスに逮捕令状を出すための準備をしているところなんだが、ベイカーとアーノルドがやつを裏切ると話していたのをヘイリーが盗み聞きした、というだけでは足りなくてな」

「わかった」サムは言い、電話を切って携帯をポケットに収めた。

仕事部屋を出てキッチンに向かい、クッキーと冷たい飲み物を取ってからリビングルームに入ると、ヘイリーのとなりにどさりと腰をおろした。「よかったら、おやつだ」そう言って、彼女のグラスを肘のそばのミニテーブルに置いた。

ヘイリーはリモコンの消音ボタンを押して、クッキージャーから二枚取った。「サム、なにかあったの？　なにもないなんて言わないで。あなたのことはよく知っているから、そんな嘘は通用しないわ」

「いまのところは、ある人が行方不明というだけだ」

「行方不明って……じゃあ、仕事の依頼？」

「いや。行方がわからないのは向かいに住んでいるルイーズだ。連絡が取れないんだが、車は車庫にあるし、家にはハウスシッターを名乗る人物がいる。いままで一度も頼んだことはないのに。今朝、きみが起きる前にルイーズの友人から電話があって、週に一度のブリッジ大会に来ないし、電話をかけても出ないから心配だと言われた。それで訪ねてみたら、ハウスシッターがいたんだ」

ヘイリーは眉をひそめた。「なんだか気になるわね。そのハウスシッターは、ルイーズがどこへ行ったか話したの？」

「今朝の飛行機でワイオミングへ行った、と。だが少し調べ物をして、ワイオミング行きの全便の乗客名簿に目を通したが、彼女の名前はどこにもなかった」

ヘイリーはクッキーを置き、背筋を伸ばして座りなおした。「そのハウスシッターは嘘をついているわ。一年ほど前にうちの会社で扱っていた物件で、クライアントの男性がまだ住んでいるとされている家があったの。ある日、内見のセッティングをしようと思って電話をかけたんだけど一向に出ないから、訪ねてみると女性がいた。それで、二時から四時までは内見なので家を空けてくれと言うと、彼女は激怒して、自分は出ていかないし二度と来るなと言いだしたの」

サムは身を乗りだした。ルイーズに起きたのではないかと案じていることに、不気味なほど似ている。「それで、どうなった?」

「社長のウィル・トルーマンが警察に電話して、クライアントのおじいさんの様子を見てきてくれるよう頼んだの。警察が家を訪ねたら、おじいさんはベッドのなかで発見されたわ。殺されて、家のものは盗まれていた」

「なんてことだ」サムがつぶやいたとき、携帯電話が鳴った。ジャック・ゴードン特別捜査官からだ。「すまない。出ないと」

ヘイリーはうなずいて先ほど置いたクッキーを取り、かじりながら会話に耳を傾けた。

「どうだった」開口一番、サムは言った。

「待たせたな。あれから調べてみたんだが、サントスのコネクションには殺し屋と思《おぼ》しき連中がいる。それからサントスは、一年間の契約でダラスに豪華なタウンハウスを借りて、いま現在そこにいる」

「その連中の写真は？」サムは尋ねた。

ジャックは笑った。「そう来ると思った。だが、これから送る画像はけっして公にしないと約束してくれ」

「もちろん」サムは言った。「おれのメールアドレスはいま手元に？」

ジャックは読みあげた。

「それで間違いない」サムは言った。「画像のなかに見覚えのある人間がいたらすぐに電話する。向かいの家にいるのがそいつなら、ルイーズは深刻な危険にさらされているか、すでに死んでいるということになるし、狙いはヘイリーということだ」

「そうだな」ジャックは言った。「すぐに画像を送る」

ヘイリーは目を見開いて青ざめていた。「サム？」

「一緒に来てくれ。仕事部屋に用事がある」

ヘイリーはサムの手をつかんで、一緒に廊下を進んだ。

サムが仕事机に向かうと、ヘイリーは椅子の後ろに立って彼の頭に顎をのせ、指がすばやくキーボードをたたくさまを見ていた。するとメールが開かれて、次々と画像が現れた。

「この人たちはだれ？」ヘイリーは尋ねた。

「殺し屋と思われる連中だ」

「そんな」ヘイリーはささやくように言い、両手をサムの肩にのせた。せっかく取り戻したつながりを、また失うまいとするかのように。

突然、サムが息を呑んで画像の一つを指差した。「ルイーズの家にいたハウスシッターだ。ジャックに電話しよう」

「わたし……危ないの？」ヘイリーは細い声で尋ねた。

「ああ。だが心配するな。なんとしてもおれが守ってみせる」

ヘイリーは呆然《ぼうぜん》としてその場を離れたが、仕事部屋の戸口まで来たところでサムにつかまえられた。

「大丈夫だ。ヒューストンの二の舞いにはならないと約束する。まずはジャックに電話をかけさせてくれ。今度はきみにも内容が聞こえるよう、スピーカーフォンで話そう」それでもヘイリーの震えが止まらないので、サムは両腕でしっかり抱きしめてから、電話をかけた。

「どうだった？」ジャック・ゴードン特別捜査官は挨拶もなく尋ねた。

「いま、スピーカーフォンで話している。ヘイリーが近くにいるんだ。現状をあまり喜んでいない」

「だろうな。続けてくれ」

ヘイリーの体に回した腕に力をこめて、サムは話しはじめた。「レッドベターという人物が、ルイーズの家にいたハウスシッターだ。おれはどうすればいい？」

「なにもするな」ジャックは言った。「だが一時間以内に黒ずくめの捜査官が少なくとも十人は訪ねてくるから、それを待て」

「十人も？　なんのために？」

「レッドベターは我慢強いほうじゃない。ヘイリー誘拐はおそらく今夜、実行に移されるだろう。われわれはあえてレッドベターをきみの家に忍びこませ、そこでいっせいに明かりをつける。レッドベターをとらえたら、ルイーズ・ベルの家を捜索しよう」

「遺体を探すのか？」サムは尋ねた。

「ああ。それがもっとも考えられる筋書きだ。レッドベターのような連中は目撃者を残さない」ジャックは言った。「ともかく捜査官を待て。配置についたら、きみたち二人に指示があるだろう。よくやってくれた、サム。また連絡する」

サムは電話を切ってつぶやいた。「くそっ」

ヘイリーはサムを抱きしめた。「ルイーズが心配よ。わたしみたいに縛りあげられているだけだと思いたい」

サムは首を振った。「きみを襲ったのは逃走中の囚人だった。今回はわけが違う。ジャックの話を聞いただろう。殺し屋は目撃者を残さない」

「わたしのせいだわ……」ヘイリーは言った。「わたしがここへ来なければ、こんなことにはならなかった」

サムはヘイリーの両肩をつかんだ。「違う！　そんなことは思うな！　きみがどこへ行っていたにせよ、レッドベターかその同類が見つけだして、邪魔になった人間を消していたんだ。人が殺されるのは、狙われた人間が悪いからじゃない。悪いのは殺す側だ。わかったな？」

　ヘイリーはサムの顔に悲しみを見いだしたが、そこには怒りもあった。守ってくれるのはこの怒りだ。ヘイリーはうなずいた。「わかったわ」

「じゃあ、捜査官を待とう」

「どこで？　こうなると、どこにいても危険な気がするわ」

「キッチンへ行こう。待っているあいだ、テレビでも見ないか」

　ヘイリーはうなずいた。リビングルームを通ったついでに、先ほどのクッキージャーとグラスを拾う。なにかせずにはいられなくて、サムはコーヒーを淹《い》れはじめた。それからキッチンテーブルを移動させ、テーブルに着いても窓から姿が見えないようにした。

「これでどうだ？」椅子に腰かけたヘイリーにサムは尋ねた。

　ヘイリーは無言でうなずいた。

「アイスクリームでも食べるか？」

「バーボン系のは全部食べてしまったわ」

「チョコとピーナッツバターのやつなら、まるまる一パイントあるぞ」

ヘイリーは小首を傾《かし》げて言った。「じゃあ、もらおうかしら」ルイーズが心配で味もよくわからなかったが、不安をごまかすようにスプーンを口に運んだ。祈るような思いだった。

しばらくして、空になったアイスクリームの容器をごみ入れに捨てようとサムが立ちあがったとき、裏口を一度ノックする音が聞こえた。サムはカーテンをそっと開けて外を見た。「援軍が来た」そう言って裏口を開けると、黒い制服に身を包んだＳＷＡＴチームの面々が少なくとも十人は入ってきた。

裏口を閉じて鍵をかけなおすと、一人が前に出た。「デルベッキオ特別捜査官だ」そう言って、サムと握手をした。

「サム・クエイドだ。こちらはヘイリー・クエイド。おれたちはどうしたらいい?」サムは尋ねた。

「もうすぐ二十三時だな。ふだんの就寝時刻は?」デルベッキオの問いに、だいたいいまぐらいだとサムが答えると、特別捜査官はうなずいた。「ではいつもどおりのやり方で、明かりを消していってほしい。それから主寝室に案内してくれ」

サムはキッチンの明かりを消し、続いてリビングルームの明かりを消すと、廊下を進んで主寝室に向かった。「ここだ」サムは言った。

捜査官は念入りに室内を眺めてから窓に歩み寄り、家の外壁をぐるりと囲む低い生け垣に目を留めた。「ここは侵入経路になりにくい。だれにも気づかれずに窓に近づいて侵入するのは困難すぎる。二人とも、この部屋にいてくれ」

「家の出入り口は三箇所ある」サムは言った。「車庫と、玄関と、みなさんが入ってきた裏の引き戸と」

「大勢で来たのはそのためだ。どの出入り口にも複数が待機する。だがおそらくは裏の引き戸だろう。もっとも侵入が容易だ。警報装置はあるか？」

サムはうなずいた。

「ではセットしてくれ。われわれはここから対処する」

「レッドベターが今夜来なかったら？」サムは尋ねた。

「殺し屋は行動が迅速だ。現場にいるのは一瞬で、あとに遺体を残していく。今回のケースでは、きみが遺体になってヘイリーは誘拐される身だな。とにかく、実行は間違いなく今夜だ」

その言葉を聞いたサムは、これは自分の範疇《はんちゅう》をはるかに超えた問題で、専門家に異を唱えるのは愚かだと悟った。「警報装置は廊下でセットできる」

「では頼む」デルベッキオは言った。

寝室を出たサムは、ほどなく戻ってきた。「完了だ」

「主寝室の明かりは消したままにしておくように。ただしバスルームの常夜灯はこちらの邪魔にならないから、つけておいてかまわない」

サムはうなずいた。

デルベッキオは寝室を出て、ドアを閉じた。

ヘイリーは常夜灯をつけ、サムは室内の明かりを消した。

暗がりのなかのベッドをちらりと見たヘイリーは、そちらに背を向けてウォークインクローゼットに入っていき、奥の壁に背中をあずけて床に座った。

サムはナイトテーブルから懐中電灯を取りだして、ヘイリーのあとに続いた。「どうした？」そっと尋ねた。

「銃弾は壁を突き抜けるから」ヘイリーはささやき声で言い、できるだけサムの近くに寄り添った。「あの屋根裏に戻ってきたみたい」

サムはヘイリーを抱き寄せた。「だがそうじゃない。この家には捜査官が大勢いる。水はあがってこないし、蒸し暑くもない」

ヘイリーはサムにもたれかかった。体は恐怖に震え、迫る危険で頭はいっぱいだった。

この家に住む女が〝行方不明〟だということを、サム・クエイドに知られてしまった。しかもクエイドは私立探偵だ。あの男がおせっかいなたちなら、この家に住む女がワイオミングに到着していないこともすでに知っているだろう。となれば、今夜行動を起こすしかない。目撃者のサムを排除し、標的をさらってサントスの依頼を完了させる。

二十三時ごろに向かいの家の明かりが消えたので、そこから時計を確認しはじめた。

午前零時四十五分、行動開始だ。

武器数種のほかにスタンガンも用意して車に乗りこみ、バックで通りを渡ってクエイド家の私道に乗り入れた。これなら獲物を車に運びこむのが楽だ。この家には警報装置がついているので、裏の引き戸から侵入しよう。すると警報が鳴ってサム・クエイドが駆けつけるだろうから一発で仕留め、あとは女をとらえればいい。スタンガンを使えば、デュード・サントスの希望どおり、無傷の状態で届けられる。

レッドベターは車をおりて家の裏手に走り、引き戸の鍵を壊した。戸を動かした瞬間、警報が鳴りだした。

銃を構えて廊下のほうへ進み、クエイドがいまにも現れるのを待つ。ところが十歩進んだとき、目もくらむ勢いで明かりがついて、四方八方から武装した男が現れた。全員が同じことを叫んでいる。「FBIだ！　銃を捨てろ。捨てないと撃つぞ」

「くそっ」レッドベターは毒づいて廊下に膝をつき、銃を床面に滑らせた。

数秒後、捜査官の一人が殺し屋の背中に膝を押し当てて床にうつぶせにさせ、手錠をかけた。それから両腕をつかんで、ふたたび膝立ちにさせる。「エイミー・リン・レッドベター、家宅侵入の現行犯で逮捕する」

エイミーはせせら笑った。「たかが家宅侵入でここまでやる？」「罪状は氷山の一角だ」デルベッキオは言い、捜査官の一人のほうを向いた。「二人を呼んでこい。この女をここから引きずりだす前に、間違いなく例のハウスシッターだという裏づけがほしい」

命じられた捜査官は明かりをつけながら廊下を進み、主寝室のドアをノックした。「犯人確保！　もう安全です！」ドア越しに呼びかける。「デルベッキオ捜査官が、キッチンに来て犯人の顔を確認してほしいそうです」

サムは、ヘイリーの体に腕を回したままドアを開けた。

呼びに来た捜査官が二人の先に立ってキッチンに向かい、戸口で足を止めた。「証人が入ります」そう言って脇にどいた。

サム・クエイドはレッドベターを見つめた。「ええ、間違いありません。ハウスシッターと名乗ったのはこの女です」

レッドベターはまだこの状況が信じられずにいた。十三年も前科なしで、これか。

そのとき、サム・クエイドの背後の暗がりにいる女が目に入った。忌々しい。こんな目に遭わされたうえ、かの有名なヘイリー・クエイドに上から見おろされるとは。

「いま、護送用のバンがこちらへ向かっている」デルベッキオはＳＷＡＴチームに向けて言った。「犯人を乗せたら、三人はおれとここに残り、それ以外は留置場まで護送車に付き添え」

捜査官たちはいまも銃口をレッドベターに向けたまま、うなずいた。デルベッキオは三人を指差した。「おまえたち、ついてこい」

「ルイーズを捜しに行くのか?」サムは尋ねた。

デルベッキオはうなずいた。

「じゃあ待ってくれ。玄関の合い鍵がある」サムは言い、サイドボードのいちばん上の引き出しを開けて、スヌーピーのキーホルダーがついた紫色の鍵を取りだした。

「すぐに返却する」デルベッキオは言った。

「バンが来ました」捜査官の一人が大声で言った。

九人の武装した連邦捜査官に付き添われ、エイミー・レッドベターは家のなかを抜けて玄関から外に出た。

エイミーはその皮肉を思った。依頼を終えて正面玄関から出たことは一度もないのに、ついにそうするときが来たと思ったら、留置場へ行くためだとは。向かいの家で女の死体が見つかったら、留置場はテキサス州刑務所に変わるだろう。

ママがよく言ってたっけ、おまえはろくな運命をたどらないって。どうやら当たっていたらしい。

エイミーはそんな思いを振り切るように顎をあげ、捜査官の一人に冗談を言いながら、武装した捜査官二人とともにバンの後部に押しこまれた。

　捜査官を乗せるための車が現れ、レッドベターは三台に付き添われて留置場に連行された。

　気がつけばサムとヘイリーだけになっていた。裏の引き戸へ向かったサムは、鍵がこじ開けられていることに気づいた。洗濯機の後ろに置いてある鉄製のバールを取りだし、引き戸の隙間にねじこんだ。これで、だれかが侵入しようとしても、窓を割って騒音をたてるしかない。

　ヘイリーは黙ってじっとしていたが、サムの行動すべてを見守っていた。サムは冷静で、危険は一時的に去った。

　今夜のところは安全だと胸を撫《な》でおろしたサムは、振り向いてヘイリーを見た。その顔は硬直し、目は大きく見開かれていた。こんな表情のヘイリーなど記憶にない。

　屋根裏から脱出したときにすべて終わったと思っていたのだろう。ところが脅威はダラスまで追ってきた。そのことばかり考えてあんな表情を浮かべているなら、そろそろ別のことに意識を向けさせよう。

「いったい次はなにが起きるの？」ヘイリーが尋ねた。

　サムはヘイリーの後頭部を撫でて、やわらかな髪の重みを肌で感じた。「そうだな、ようやくきみがおれを誘惑するときが来たようだぞ。だれか、明かりを消してくれ」言うなりヘイリーを両腕に抱きあげた。

サムの腕に抱かれたまま、ヘイリーは通り過ぎる明かりのスイッチを押していき、廊下の照明も消した。主寝室はまだ明るかったので、敷居をまたいだときに、入ってすぐの壁にあるスイッチを押して暗くした。

サムはヘイリーを立たせてドアに鍵をかけ、服を脱がせはじめた。「この場面は何度も夢で見てきたが、ようやく現実になったんだな。きみが戻ってくる日をずっと待っていたよ。おかえり、ヘイリー・ジョー。よく帰ってきてくれた」

15

サムのとなりに裸で寝そべったヘイリーは、常夜灯の薄明かりが彫刻のような肉体を浮き彫りにするさまに見とれた。サムのほうは横向きになって、薄れてきたあざの下にいる女性に見とれていた。その女性のなかに入りたくてたまらなかった。

「どうやってするの……？」ヘイリーは尋ねた。

「とても慎重に」サムは答えながら身を乗りだし、舌先で唇の輪郭をなぞった。

こんもりした胸のふくらみから谷間へと両手を這《は》わせる。なんと温かい。この手を離すなど不可能だ。そしてヘイリーはこちらから視線を離せない。

ならばまた別のことに意識を向けさせなくては。そう思ったサムはピンク色の胸のいただきに手を伸ばし、親指と人差し指で転がした。ヘイリーは甘い声を漏らして、さらに求めるように背中を弓なりにした。

これがヘイリーを昂《たか》ぶらせるのは知っていた。かがみこんで、耳元でささやく。「これが好きなんだろう？」

「好き……大好き」ヘイリーは言ってサムに手を伸ばそうとしたが、押しとどめられた。

「じっとしてろ」サムはそっと言い、片手でヘイリーの体を撫《な》でおろすと、太もものあいだに滑りこませた。

ほんの数秒で性感帯を探り当てたサムは、息を呑《の》む音を聞いて指を動かしはじめた。最初はゆっくりと一定のリズムで。だがヘイリーの頬が美しく染まり、まぶたが震えながら閉じるのを確認すると、胸のいただきを口に含んで歯をあてがった。

突然、ヘイリーの手に髪をわしづかみにされて、下のほうへうながされた。さっきまでとなりに寝そべっていると思っていたのに、次の瞬間には目の前にやわらかな太ももがあって、その内側を唇と舌で這いのぼっていた。

ヘイリーの心臓は激しく脈打っていた。そして温かく濡《ぬ》れた舌が感じやすい部分に触れた途端、我を忘れた。時間が止まり、体の深奥にある感覚と熱しかわからなくなった。

もっとちょうだいと懇願した次の瞬間にはもう、狂おしい絶頂の波に呑まれていた。何年も忘れていた、激しい感覚。サムの指が頬の涙を拭うまで、自分が泣いていることに気づきもしなかった。

「動かなくていい。ただ感じろ」サムはささやくように言った。

まだ収まらない絶頂の余韻を感じていると、サムがのしかかってきた。ヘイリーに体重をかけてしまわないように両腕で上半身を支え、石のごとく固いものを根元までうずめる。

と同時にヘイリーはまた達した。

そこでサムもようやくみずからの快楽を求めはじめ、ヘイリーの感じやすい部分を攻めながら絶頂を目指した。

この三年間が嘘《うそ》のようだった。なにも変わっていない。ほかの女性ではありえないほど、ヘイリーにはいまも興奮させられる。待つだけの価値はあった。

ついに激しく達したときには、全身の力が抜けて震えていた。心臓も止まりそうなこの絶頂にすべてを費やしてしまったが、まだ動かなくてはならない。いやいやながらも体を離すと、ヘイリーが見えるように、ふたたび横向きで寝そべった。

ヘイリーの肌はまだ余韻にざわめいていた。風に吹かれる綱渡りのロープのごとく震えていた。片足さえ動かしていないのに、仰向《あおむ》けで横たわっていただけなのに、耳のなかでは激しい鼓動が聞こえる。何キロも走ったかのように。「サム？」呼びかけてとなりに手を伸ばした。

「ここだ」サムは言い、ヘイリーの手を取ってキスをした。「愛してる」

お互いの顔が見えるよう、ヘイリーも横向きになった。「わたしも愛してる」ささやくように言った。

サムの携帯電話はミュートにされていたが、そのとき、ナイトテーブルの上で躍りはじめた。それを見て、向かいの家でおこなわれている捜索を思い出したサムは、さっとつかんで尋ねた。「もしもし」

「遺体が見つかった」ジャック・ゴードン特別捜査官だった。「警察に通報して検死医が来るころには、きみの家の前はずいぶん賑《にぎ》やかになっているだろう。こんな時間だから、きみたちが外に出る必要はない」

「見つかったのはどこで?」サムは尋ねた。

「裏庭の小屋だ。だがきみはルイーズ・ベルにとって、じつによき隣人だった。異変に気づいて、それを放置しなかったのだから。ルイーズのことはわれわれに任せてくれ。かならず正しい裁きをくださせてみせる」

「こうなるだろうと思っていたが、やはり悲しいものだな」サムは言った。

となりでヘイリーが息を呑み、上体を起こした。「ルイーズが?」サムがうなずくと、ヘイリーは沈んだ顔になった。

「ルイーズの近親者を知っているか?」ジャックは尋ねた。

「おれの知るかぎりでは、肉親はいなかった。だが暖炉のそばの机のなかに黒い住所録が入っているはずだ。それからブリッジ仲間の、ミルドレッドという女性の連絡先なら知っている。彼女のほうが交友関係には詳しいかもしれない。電話を切ったらメールで送ろう」

「助かるよ。ありがとう」ジャックは言った。

「それで、サントスは？」サムは尋ねた。

「現状、大胆な推測はできないが、運がよければレッドベターがなにか吐くだろう」

「進展があれば、また教えてもらえるかな」

「そうしよう。ああ、消えた大金については、ヒューストン一帯の水が引いて近づけるようになりしだい、ベイカーとアーノルドが住んでいた部屋を捜索する予定だ。それでは、ゆっくり休んでくれ。今夜はご苦労だった」

「わざわざ連絡をありがとう」サムは言い、電話を切った。そしてミルドレッドの電話番号をジャックにメールしてから、携帯を脇に置いた。

「どうなったの？」ヘイリーが言った。

サムが振り返ると、ヘイリーはマットレスの上であぐらをかき、その上で両手を組んでいた。

「ルイーズは家の裏庭にある小屋のなかで見つかったそうだ。捜査官の話では、これからうちの前の通りは賑やかなことになるらしい。犯罪現場だから、ルイーズの家は立ち入り禁止のテープで封鎖されることになるだろう」

「こんなに悲しいことってあるかしら」ヘイリーはうなだれて言った。「どうか一刻も早くあの大金が見つかって、もうだれにも死なないでほしい」

サムはヘイリーに手を伸ばした。二人のあいだの性的な結びつきは、かつてと同じくらい強烈だと証明されたばかりだが、いまのヘイリーに必要なのは心の結びつきだ。

「このままじゃ眠れそうにないわ」ヘイリーは言った。

サムはうなずいた。「おれもだ。しばらくベッドに横になって、テレビでも見よう。やってくる音を少しでもごまかすために」

ヘイリーは小首を傾《かし》げた。サムの言うとおり、サイレン音が聞こえてきた。

「なにか冷たいものでも飲むか？」

ヘイリーはうなずいた。

「すぐに戻る」サムは言って寝室を出ると、明かりをつけることなく廊下を進んだ。

ヘイリーはバスルームに入ってふと足を止め、常夜灯の明かりのなかで、鏡に映った自分を見た。頬はまだ抜糸が終わっておらず、いちばん濃いあざもようやく紫色と緑色が薄れてきたところだ。「それでもわたしは生きている」ルイーズを思いながらつぶやいて、鏡に背を向けた。

寝室に戻ると、ヘッドボードの手前に枕を重ね、二人で寄りかかれるように整えてからベッドに入った。

ブラインドの隙間から、明滅する光が見える。通りで呼びかけ合う声も聞こえる。

戻ってきたサムの手には、冷えたミネラルウォーターのボトル二つと、〈ハーシーズ〉のキスチョコを盛った小皿があった。「座席の用意をありがとう」サムは言い、ボトルを一本手渡してから、小皿を二人のあいだに置いて、自分もベッドにもぐった。

ヘイリーはチョコレートの向こうに身を乗りだして、サムに短くキスをした。

サムはウインクをしてキスチョコを一つ取り、銀紙を剥がしはじめた。「うれしいね」そう言ってチョコレートを掲げる。「お返しのキスだ」そしてヘイリーの口に放りこんだ。

天井と壁で躍る明かりをちらりと見て、窓に目を向けた。「パトカーと救急車がたくさん来ていた。近所の人がどう思っているかはわからないが、ルイーズを喪《うしな》ったと知ったら、みんな悲しむだろうな」

ヘイリーは舌の上でゆっくりとチョコレートを溶かしながら、サムがテレビをつけて映画を探しはじめるのを見ていた。自分がここに来なければ、今回の死は起きなかったのだとわかっていた。

「きみが選ぶか？」サムは尋ねてリモコンを差しだした。

「あなたが選んで」ヘイリーは言い、泣いてしまわないように水を一口飲んだ。

だがサムは涙を見逃さなかった。「ああ、ハニー。泣くな」

ヘイリーは肩をすくめた。「ルイーズはさぞ怖かったでしょうね。わたしはすごく怖かった。最悪なのは、自分は無力だと思い知らされることよ」

「いいか、サントスだ。サントスという男がレッドベターを送りこんだんだ。ルイーズの死を招いたのは、サントスだ。冷酷な殺し屋をダラスに差し向けたのは」

「その殺し屋が失敗したとわかったら、サントスはどうするかしら」

「ゴードン特別捜査官は、レッドベターがサントスに関する情報を吐くことを願っている」サムは言った。

ヘイリーは眉をひそめた。「それで彼女は得をする？　自分が人を殺したことはもう知られているのに」

「テキサス州にはとても厳しい刑務所がある。そこ以外に収監されるためなら、情報を差しだすかもしれない」

「そうなの」

サムは新たなチョコレートを剥《む》いて、ヘイリーに渡した。

ヘイリーは反射的にそれを受け取って口に放りこみ、テレビの画面を指差した。「楽しい映画にして」

「昔の映画のチャンネルは過ぎてしまったな。ちょっと待て」サムは選局画面を逆戻りしはじめたが、ふと手を止めた。「初めてこれを見たときのことを覚えてるか？」

ヘイリーは目を丸くして、すぐににんまりした。「これって……覚えてるわ！『ふたりの男とひとりの女』でしょう。ジム・キャリーはこのときが最高！　見ましょう、これにしましょう」

サムはリモコンのボタンを押して選局し、またキスチョコを剥いて自分の口に放りこみながらヘイリーにウインクをした。「うん、うまい。だがきみの味にはかなわないな」

　調書をとられるあいだ、エイミー・レッドベターはサントスのことばかり考えていた。きっとメールを待っていて、なぜ連絡をよこさないのかと訝《いぶか》っているに違いない。逮捕されたと知ったら、いったいどうなるだろう。これまでは、つかまりそうになったことさえなかったが、ここから先の展開は知っている。

　弁護士を雇って、できるだけいい取り引きに持ちこませるのだ。刑務所行きは間違いないだろう。となれば、だれに雇われたかを黙秘してどこかのごみ溜《た》めにぶちこまれるか、サントスの名前を明かして少しでもましな場所に行くか、だ。

　デュード・サントスは携帯電話を手元に置いて、レッドベターからのメールを待ちながら、テレビのチャンネルをあちこち切り替えていた。明け方までそうしていたが、いつの間にか眠ってしまった。

　目が覚めると、もうすぐ午前十時だった。まぶしい陽光がブラインドの隙間から射《さ》しこみ、テレビはつけっぱなしだ。テレビを消して、もう一度携帯を確認したが、やはりメールはない。

　レッドベターがしくじるとはつゆほども思っていなかった。殺し屋として完璧な評判をもつ女だ。一度も失敗したことがない。なんらかの理由で誘拐が遅れているのはたしかだろうが、かならずそのときは来る。それまでこちらは辛抱するだけだ。

そろそろ新しい一日を始めよう。寝過ごしたせいで朝は食いはぐれたが、このあたりにはランチにもってこいの店が山ほどある。シャワーを浴びて、清潔な服を着るとしよう。

また葬儀会社へ戻る気など、メイ・アーノルドにはさらさらなかった。ピートの葬儀代は支払い済みなのだから、〝残された妻〟抜きでも埋葬はできる。

けれどピートが死んだいま、今後についてはまだ決めかねていた。こんな森の奥に一人ぼっちでいたくない。この土地にメイがもっていたかもしれない心のつながりはピートに踏みにじられてしまったし、かといって町のほうへ移り、残りの人生を毎日四人のふしだら女と顔を合わせて過ごしたくもない。

屈辱だった。腹が立っていた。こんな展開を予想もしていなかった自分に驚いていた。ピートは百五十万ドルの生命保険をかけていて、受取人に指定されているのはメイだけだ。さらにこの農場を売却し、故人の妻として社会保障給付を受ければ、安定した生活を送れるだろう。数年前、老後はどこか暖かいところへ引っ越そうとピートと話したのを思い出す。ピートがいなくなったからといって、そうしていけないことにはならない。

立ちあがり、古い地図帳を捜した。あれにはアメリカ合衆国全体と、各州の地図が載っている。候補地を絞ろう。

ようやく本棚に地図帳を見つけ、手に取って座ろうとしたとき、電話が鳴った。急いで受話器を取った。「はい、メイ・アーノルドです」

「ミセス・アーノルド、こちらはテキサス州ヒューストンの検死局です。息子さんの遺体をお返しする用意ができました」

突然こみあげた涙に驚きつつ、メイは鼻の付け根を押さえて泣くまいとした。「ケンタッキー州にいるわたしに、テキサス州まで遺体を取りに来いとおっしゃるの？」

「いいえ。遺体はご希望の場所に移送します。電話番号を教えますので、そちらにおかけください。ご希望どおりに手配することになっています」

「わかったわ。紙とペンを取ってくるから待ってちょうだい」メイは言い、買い物リストを書くためのメモ帳とその下のペンをつかんだ。「いいわ、お願い」

電話の向こうの男性は、女性の名前と電話番号を告げると、お悔やみを述べてから電話を切った。

受話器を置いたメイは、髪がくしゃくしゃになるまで掻《か》きむしってから、家の外に出て裏庭へ向かった。

怒りではらわたが焼ける。

涙で目が焼ける。

その場に突っ立ったまま、裏庭を囲む木々の緑を眺めていた。ここに立って、夫と息子に食事よと呼びかけたことを思い出す。ハーシェルが短い足を懸命に動かしてパパを追いかけていたこと、ピートが最後の瞬間にかならず坊やを勝たせていたことを。

どれだけ貴重な日々だったか。いったいあの二人はどこへ行ってしまったのか。ハーシェルは怪物に、ピートは不実な女好きになりさがった。

わたしはどこで間違ったのだろう。いや、そもそもピートを選んだのが間違いだったのかもしれない。誠実な男性ではなかったし、息子も同類だ。メイは天に向かってこぶしを振りかざした。「どうしてなの、神さま」大声で叫び、その場をぐるぐると歩きながら、靴の先で草や土を蹴りあげた。「答えて！　どんな悪いことをしたから、こんな目に遭わされるの？」

だが神は答えず、怒りはなにも生まなかった。疲れ果て、暑さに負けて、よろよろと玄関ポーチの日陰に戻った。見おろすと、靴の先に草と土がついていたので、家のなかに持ちこまないよう蹴って落とした。

家のなかは静かだった。メイがもう大丈夫だとわかるまで、じっと息をひそめているかのようだ。けれどもう助けを待ってなどいられない。洗面台に向かって顔と手を洗うと、愚かな息子の遺体を送ってもらうために必要な電話番号のメモを手にした。

電話を待った休暇の数。帰ってくるのを待った年月。帰ってきてくれるなら飛行機代は出すと言っても、ハーシェルは言い訳をくり返すばかりだった。けれどもう、息子にはなにも言わせない。問答無用で帰らせる。

メイは椅子に腰かけて電話をかけた。やるべきことを早く終わらせたら、それだけ早く出発できる。

水の音でヘイリーは目を覚ました。サムがシャワーを浴びていて、ヘイリーは生まれたままの姿だった。昨夜の恐ろしさを思い出し、身震いが起きた。FBIのチームが家に押しかけてきて、レッドベターを罠《わな》にかけたこと。ヒューストンの空き家の屋根裏に避難したときと同じように、サムと二人でクローゼットに隠れたこと。どちらのときも救助を待っていた。

そのあと……サムと愛し合い、消えた二百万ドルに関連する被害者リストに新たな遺体が加わったと知らされ、もう一度サムと愛し合った。

シャワーの音が止まった。ベッドを出てコーヒーを淹《い》れるべきだろうか、それともサムがベッドに戻ってくるのを待つべきか。

バスルームのドアが開いて、濡れた腰にタオルを巻いただけのサムが出てきた。ヘイリーが目覚めているのを見て、ほほえんだ。「おはよう。先にシャワーを使ったよ」

ヘイリーは体を起こし、サムの腰に抱きついた。

「濡れてしまうぞ」サムは言い、ヘイリーの寝乱れた髪をやさしく指で梳《す》いて、長いキスをした。唇が離れたときには、サムの両手はヘイリーのヒップに到達していた。

ヘイリーは指でサムのたくましい胸を撫でおろし、しずくとしずくをつないだ。「あなたのその格好、好きよ」

サムはにやりとした。「おれも、そのファ、ッ、シ、ョ、ン、が大好きだ」

ヘイリーは素肌を見おろし、肩をすくめた。「これが？　もう何年も着ているのに？」

「ふざけていると、またベッドに押し倒すぞ。早くシャワーを浴びてこい」

ヘイリーはにんまりしてバスルームに向かった。「すぐに出るわ」そう言ってドアを閉じた。

服を着たサムがキッチンに移動して、コーヒーを飲みながらノートパソコンでニュースを読んでいると、ヘイリーが入ってきた。

ヘイリーもコーヒーを注いで、テーブルに着いているサムのそばに来た。「なにかいいニュースはある？　今日はいいニュースしか聞きたくないの」

サムは顔をあげてほほえんだ。「おれのいいニュースは、起きたときにきみがいたことだな。それより、今日はなにがしたい？」

「あら、わたしに言わせるなら、それはニュースじゃないわ。むしろ奇跡よ」ヘイリーは真顔で言った。「この幸運が続いているあいだに、頬の抜糸をしてしまいたい」

「それなら、おれでもできるぞ」サムは言った。

「そう言ってくれないかと思ってたわ」

サムは立ちあがってヘイリーに近寄り、まじまじと頬の縫い跡を見てから、満足そうにうなずいた。「座ってろ。すぐに戻る」

ヘイリーはコーヒーをすすって熱さをたしかめてから、砂糖を一さじ足して、また味わった。うん、ちょうどいい。

半分ほど飲んだとき、サムが戻ってきて、手にしていた小さな白いタオルをテーブルの上に広げた。するとなかから小さな爪用はさみと毛抜き、丸めた脱脂綿と液体アルコールの瓶が出てきた。

サムが言う。「はさみと毛抜きはもうアルコール消毒をした。傷は完全に治っているから、抜糸をしても痛くないだろう」

ヘイリーはサムの目を見つめた。「信頼してるわ。もうわかっているだろうけど」

「わかっているとも。その信頼があったからこそ、きみはおれに電話をくれた。それには感謝しかない」ヘイリーの顎を傾けてキスをした。そうせずにはいられなかった。

ヘイリーはため息を漏らして目を閉じた。

このままではいけないと、サムは気持ちを切り替えた。「さあ、やるぞ」小さなはさみを手に取り、最初の縫合糸を切って、毛抜きでそっと抜き取った。ヘイリーが身をすくめなかったので、次の糸を切り、また次のを切って、ついにすべてを取り去った。アルコールを浸した脱脂綿で押さえたあとに、医師の仕事ぶりを眺めた。「先生はじつにうまく縫ってくれたな。傷跡はほとんどわからないし、時間とともに薄れていくだろう」

「どうもありがとう」ヘイリーは言った。「じつは少しかゆくなってきていたの」

「ほかは?」サムは尋ねた。

「頭の傷は見えないけど、髪を洗うときの感覚では問題なさそうよ。いま、ちょっと見てくれる?」

サムは言われたとおりにした。「ほぼ治っているみたいだ」

「うれしい」ヘイリーは言った。「これであざが消えたら、人混みにいても目立たないわね」

「どれだけの人混みでも、おれはすぐにきみを見つけるけどな。さて、朝食はなにがいい?」

「シリアルでじゅうぶん」

「同感だ」サムは言った。「なにか必要なものが出てきたり、家の外へ行きたくなったりしたら、教えてくれ。おれはいつでもここにいる」

ヘイリーは目をそらした。サムの顔を見ていては、この提案は口にできないとわかっていた。「じゃあ……その、今日の午後に、墓地へ行くというのはどうかしら。ロビーのお墓に花を供えたいの」

「百パーセント、賛成だ」サムは言い、ヘイリーを抱きしめた。

ヘイリーはいつもより長めに、たくましい腕の安らぎを味わってから、体を離した。シリアルボウルを取りに戸棚へ向かうと、サムが食料品の棚からシリアルを取りだす。ヘイリーがスプーンを探しているあいだに、サムは冷蔵庫から牛乳とブラックベリーを出した。ベリーを目にしたヘイリーはふたたび戸棚に向かい、砂糖壺《つぼ》も用意した。朝食の準備が整った。

サムが自分のボウルにシリアルを出そうとしたとき、だれかが玄関をノックした。「裏口の鍵を直しに来た修理屋だな」サムは言った。「すぐに戻るよ」

引き戸にねじこんだバールのことをすっかり忘れていたヘイリーは、振り返って裏口を見た。まだそこにある。一晩ならこれでよかっただろうが、絶対に修理が必要だ。

キッチンに戻ってきたサムに続いて、紫色と緑色のモヒカン頭をした小柄な男が現れた。つなぎによると〈ケリー鍵店〉で働いているようだが、髪型といくつものピアスを見るかぎり、独自の哲学を持っているらしい。

青年はヘイリーを見て、にっこりした。

ヘイリーも笑顔を返した。

サムが二人を紹介した。「ヘイリー、彼はエルトンだ。ダラス一の錠前修理屋だよ」

それを聞いてエルトンは満面の笑みを浮かべた。「うれしいね、サム。ヘイリー、どうぞよろしく」

「こちらこそ、よろしく、エルトン」ヘイリーは言った。

エルトンはテーブルの上のボウルに気づいて、サムを追い払うような仕草をした。「どうぞ食事を続けて。邪魔はしない」

「わかった。必要なものがあったら言ってくれ」サムはそう言ってテーブルに戻ると、裏口に背を向けて座り、ヘイリーに投げキスをした。「シリアルを取ってくれるか」

ヘイリーはにっこりして〈フロステッドクリスピーズ〉の箱をテーブル越しに渡し、自分のボウルにベリーと牛乳を足した。

エルトンがいるのであまり会話はなかったが、ヘイリーはそれでかまわなかった。食事を終えてキッチンを片づけるころには、エルトンは道具を箱に戻しつつあった。

すべてを道具箱に入れてから、エルトンは言った。「修理完了だ。サム、ちょっとこっちに来て、何度か試してくれないか」

そこでサムは引き戸を開けて閉じ、鍵をかけて外してから、もう一度同じことをした。

「これで安心だ、エルトン。修理代はいま払ったほうがいいかな」

「いや、請求書が届くから支払いはそれで頼む。修理完了の確認証にサインだけもらえるかな」

サムがサインをすると、エルトンは道具箱を手にしてヘイリーのほうを向いた。「それじゃあ、失礼」

「どうもありがとう」ヘイリーは言った。

エルトンを玄関まで送ったサムは、跳ぶようにして戻ってきた。

「そんなに急いで、どうしたの？」ヘイリーは尋ねた。

サムはヘイリーに両腕を回して、短く抱きしめた。「別に。ただ、ショートパンツにピンクのTシャツ姿のきみがあんまりかわいいから、抱きしめたくなった」

ヘイリーは笑った。そんなことをされるのは何年ぶりかわからないが、されてみると、いやな気はしなかった。いやどころか、すてきな女性に戻れた気がした。

16

ＦＢＩ特別捜査官のジャック・ゴードンとロイド・タウンゼントは、捜索チームとともにヒューストン南西部の通りに車を走らせていた。目指すは〈ヒューストンアームズ・アパートメンツ〉——逃走した囚人のロイ・ベイカーとハーシェル・アーノルドが、逮捕される前に住んでいたとされる場所だ。浸水した地域の水はほぼ引いたし、低地にまだ残っている水も、もはや気にするほどの深さではない。

住所と部屋番号はわかっているが、別の借り手がついたかどうかはわからなかった。理想の世界では、部屋はいまも空いたままだが、現実の世界で法執行機関がそんな状況に遭遇することはめったにない。

政府支給の黒いバンが三台続けて通るとあって、多くの人が振り返った。ここは低所得者層が住む地域で、いかなる法的機関も不安の種となる。

ようやく目指す建物に到着し、ほぼ空っぽの駐車場に車を停《と》めた。残っている車は軒並み浸水被害に遭ったのだろう、駐車場を仕切る金属フェンスのそばに積みあがっていた。

車の数から察するに、全員とは言わないまでもほとんどの住人が避難して、まだ戻ってきていないらしい。ありがたいのは、建物と駐車場から水が引いていたこと。ありがたくないのは、建物の外についた泥水の跡だ。

建物入り口のいちばん近くに、隣り合わせで停車した。車からおりるや、泥と下水と腐敗のにおいが鼻を突いた。

ジャック・ゴードンは片手で鼻を覆い、顔をしかめた。「沼のようなにおいだな。全員、手袋とマスクと懐中電灯を忘れるなよ。この暑さだ、どんな病原菌が育っているかわからない」

捜査官たちはマスクと手袋を着用した。すでに手袋をはめていたジャックは、全員が入れるようにドアを押さえた。

建物内は暗く、ロビーの窓からわずかに光が射《さ》しこんでいるだけだ。ざっと捜索した結果、階段を半分ほどのぼったところの壁に、アパートメントの管理人は一時的に五階に避難していると手書きで記されており、部屋番号が添えてあるのが見つかった。電気がまだ復旧していないので、歩いて階段をのぼる。そして、のぼるごとに暑さとにおいは悪化していった。

「どうして上階がにおうんでしょうね」捜査官の一人が言った。「浸水したのは一階だけなのに」

ジャックは顔にマスクを押し当てて冷静に答えた。「一フロアの部屋数に階数をかけて、ハリケーンの最中に電力が切れた冷蔵庫の数と、その冷蔵庫と冷凍庫のなかでどれだけの食料が傷んだかを考えてみろ……それに、避難しないことを選んで命を落とした住人の数もな」

「そうか……なるほど」捜査官は言った。

パートナーの前を行っていたロイド・タウンゼントが、次の踊り場で足を止めた。「五階だ」

全員が階段吹き抜けを出て五階の廊下に入ったが、廊下の端に窓がなければ、ここは闇に閉ざされていただろう。全員が懐中電灯をつけて、マスクを整えた。

「五〇一号室だ」ロイドは言った。

ジャックは懐中電灯をドアに向けて部屋番号を確認し、左を指差した。「こっちだな」そう言って歩きだした。

五〇一号室の前に来ると、バッジを取りだしてマスクを外した。「泥棒かと思われて撃たれてはかなわん」そしてドアをノックした。「FBIだ。開けろ！」

すぐさま部屋のなかから物音が聞こえた。だれかが慌ててドアの前から家具を押しのけているような音だ。ほどなくドアが内側に開いて、たっぷり髭《ひげ》をたくわえた男がろうそくを手に現れた。服は汗でぐっしょりと濡《ぬ》れ、目には取り憑《つ》かれたような表情が浮かんでいる。それに気づいたジャックは銃に手を伸ばしたくなったが、こらえた。「ヴァーノン・ウィンクラーか?」ジャックは尋ねた。

「ああ、そうだ!」

「FBIのジャック・ゴードン特別捜査官だ。こちらはパートナーのタウンゼント特別捜査官。後ろにいるのは現場捜査官たちだ」

ヴァーノンの目が潤んだ。「略奪者たちが来たんだ。外は危ない。あんたがたは救助隊の関係で来たのか?」

「あいにくそうではないが、ここでの作業が終わりしだい、緊急の避難センターへ喜んで案内しよう」

「ここでの作業って、いったいなんだ?」管理人はつぶやくように言った。

ジャックは捜索令状を差しだした。「数カ月前、男二人がそれぞれここに部屋を借りていた。令状があるので、両方の部屋に入りたい」

捜索令状を受け取ったヴァーノンは、部屋番号を見て眉をひそめた。「どっちも新しい借り手がついたが、略奪者が押し入ったかどうかまではわからんな」

「それは関係ない」ジャックは言った。「いずれにせよ、捜索する必要がある」

「一つ上の階だ」ヴァーノンは言った。

ジャックはうなずいた。「ああ、わかっている」

ヴァーノンはうめいた。「部屋の前までは案内するが、そこからは勝手にやってくれ。上の階には避難を拒否した住人が二人いるんだが、話をしたのはハリケーンの四日目が最後なんだ」

ロイドは小声で悪態をついた。

「つまりその二人は死んでいると言いたいのか?」ジャックは尋ねた。

ヴァーノンは肩をすくめた。「おれはそう思ってる。ここの悪臭は、おれのおふくろの口癖を使うなら、天まで届くほどだ。死んだのはほかにもいるかもしれない。とりあえず合い鍵を取ってくる」ヴァーノンは言い、頼りないろうそくの火で行く手を照らしながら、家具の山を押し分けて廊下の先に消えていった。

戻ってきたときには懐中電灯を手にしていた。「ベッドのそばにあったよ」そう言って部屋を出ると、捜査官たちのあいだを縫って、彼らが先ほど出てきた階段吹き抜けに向かった。

捜査官たちはヴァーノンに続いて六階にあがった。ヴァーノンは六一二号室の前で足を止め、鍵を開けた。「こっちはロイ・ベイカーの部屋だった」

ジャックは足を止めた。「ロイド、チームの半分を率いて捜索を始めろ。手順はわかっているな。現住人のものはできるだけ荒らさないこと。残りはおれについてこい」

ロイドが希望する面々を指差すと、差された者はロイドに続いて六一二号室に入った。

「もう一つはこっちだ」ヴァーノンはそう言うと、また先に立って廊下を進み、角を曲がった。「六二〇号室。ハーシェル・アーノルドが住んでいたのはここだ」こちらも鍵を開けて、室内の悪臭が廊下に流れだすや顔を覆った。「おれは部屋に帰らせてもらう。あんたがた、おれを忘れていかないでくれよ?」

「忘れないとも」ジャックは言った。「ところで、この部屋の住人が、避難を拒否した一人ということはあるか?」

「いや、ここの住人は避難したよ。しかし、なんでこんなにくさいのか……下水が逆流したのかもしれないな。あの忌々しいハリケーンめ、なにもかもめちゃくちゃにしていきやがって」ヴァーノンはぼやくように言いながら、角を曲がって階段吹き抜けのほうへ戻っていった。

ジャックは部下を従えて室内に踏み入った。「別のチームに指示したとおりだ。ここにあるのはハーシェル・アーノルドの私物ではないから注意するように。探すべきは、しっかりはまっていない床板、排気管、クローゼット内の板の継ぎ目、天井裏への入り口……ともかく、二百万ドルを隠せるだけの空間だ」

チームの全員が、すぐさまアパートメント全体に散った。捜索すべき場所はそう多くない。キッチンとリビングルーム、それにバスルームつきの寝室だけだ。

「おいだれか、さっさと窓を開けてくれ」ジャックは怒鳴った。

デュード・サントスは〈アイホップ〉でブランチをとりながら、地元紙の一つに目を通していた。ふと、なかのほうのページに掲載された小さな記事に目を奪われた。

　FBIはダラス在住の女性、ルイーズ・ベルを殺害した人物を逮捕した。やはりダラス在住で、著名な私立探偵であるサム・クエイド氏の家に家宅侵入した容疑でその人物が逮捕されたあと、ミズ・ベルの遺体は故人の物置小屋で発見された。容疑者の詳細はいまだ明かされていないが、情報によれば女性という。

デュードは息を呑《の》み、もう一度記事に目を通した。フォークに刺したワッフルからシロップが垂れるのもかまわずに。

淡い黄色のシャツの、メイプルシロップがけ。

いくら豊富なメニューを誇る〈アイホップ〉でも、そんなものは扱っていない。

記事を読み終えたときには、食欲は失《う》せていた。ウエイトレスに手を振って会計をと知らせ、伝票が来ると、その上に現金を放って出口に向かった。

ダラスに着いた時点で、移動用にレンタカーを借りていた。車に乗りこむや、エアコンを全開にして走りだした。

検討すべき筋書きがいくつかある。レッドベターがなにか吐く前にアメリカを脱出するか、テキサス州を脱出するか。だが後者を選んだとして、どこへ行く？

レッドベターとはそこそこ古いつき合いだから、あの女のなかに誠実さが一かけらもないことは知っている。あの女が忠誠を誓うのは金と保身だけだ。

まずはダラスを出よう。FBIの連中に見つかりやすくしてやることはない。

となると、行き先を決めるまでのあいだ、どこに身をひそめるかだ。デュード・サントスの潜伏場所として、警察がもっとも予期しないのはどこだ？

はたと思いついた。マイルス・ラファティが最後によこしたなかに含まれていた情報。よし、完璧な潜伏場所を見つけた。

まさかヒューストンへ戻ることになるとは思いもしなかった。

サムとヘイリーが、ボエデカー通りとウエスト・ノースウエストハイウェイの交差点からほど近い〈ヒルクレスト・メモリアルパーク〉に着いたのは、午後二時を回ったころだった。遠く地平線には雲が見え、今夜は嵐になりそうだと告げている。ヘイリーの心境に、どこか似つかわしい。

ロビーの葬儀の日以来、ここへは来ていない。今日は持ってきた花束を盾のごとく胸の前で握りしめている。心の一部は、今日まで訪ねようとしなかったことに罪悪感を抱いていたが、別の論理的な一部は、こういう場所を毎年訪れる人は自分たちのためにやっているのだとわかっていた。なぜなら、愛した者はもうここにはいない。

サムは助手席のヘイリーをちらりと見て、ハンドルを切った。ヘイリーは青ざめて震えているが、サムも胃がよじれるような思いをしていたので、彼女の気持ちはわかった。

「きれいな場所ね」ヘイリーは言い、そっとサムを見た。

「ああ」少し間を置いて、サムは尋ねた。「大丈夫か？」

ヘイリーはうなずき、サムに涙を見られないよう顔を背けて、周囲に広がる墓石を見つめた。サムが次の角を右に曲がったとき、視線の先を紅冠鳥《こうかんちょう》がよぎった。

「見ろ、赤い鳥。吉兆を告げる紅冠鳥だ」サムは言った。

ヘイリーはその鳥が見えなくなるまで目で追ってから、言った。「ねえ、覚えてる？小さいころのロビーが描く絵には、かならずどこかに赤い鳥がいたの」

サムはほほえんだ。「そうだったな。忘れていたよ」そして車を片側に寄せてから、停車した。「ここからは歩きだ」

ヘイリーはサムを待たずに車をおりて、太陽に背を向けた。まぶしかった。

すぐにサムがヘイリーのそばに来て、肘に手を添えた。「こっちだ」そうしてヘイリーを支えたまま芝生を横切ると、白いハート型の墓石に向かった。土台には白い大理石の花入れがついている。

サムが花入れから前の花を抜き取ったので、ヘイリーは抱えてきた花を挿した。赤いカーネーション、白いバラ、トルコギキョウ《テキサスブルーベル》……赤、白、青はロビーの大好きだった野球チーム〈テキサス・レンジャーズ〉のチームカラーだ。

立ちあがって一歩さがったとき、ヘイリーは初めて墓石の銘に目を向けた。

サミュエル・ロバート・クエイド
二〇〇三年九月四日 ― 二〇一五年四月六日

ゆっくりと震える息を吸いこんだヘイリーは、静かにサムの手をつかんだ。二人は嘆きと静けさに包まれてその場にたたずみ、それぞれの思いにふけった。我が子を喪《うしな》うという共通の体験が、二人を永遠に結びつけている。

そのときサムがポケットから二十五セント硬貨を取りだし、何度か指で弾《はじ》いてから親指と人差し指で縦に挟んで、墓石のほうに掲げた。「おまえが先だ。裏か表か？」

ヘイリーは目を丸くした。いったいなにが始まるのだろう。

サムは硬貨を宙に放って、芝に落ちてくるさまを見守った。「選んだのは表だったな？　おまえはいつも表を選ぶ」そして地面に手を伸ばし、笑いながら硬貨を拾った。「またおまえの勝ちだ！　すごいな！　最高に運のいいやつだ」

硬貨を花入れに落とすと、墓石のてっぺんをさすった。息子の頭をさするかのように。

「おまえがいなくてさみしいよ。ママの守護天使たちがママのそばから離れないよう、見守っていてくれ。ママにはおれたちの助けが必要なんだ」

ヘイリーはサムの腕に寄りかかった。「ロビーと話していいかしら」

サムはヘイリーのひたいにキスをすると、少し離れたところまで歩いていった。

ヘイリーはふたたび墓石の銘を見おろし、視線をあげて墓地を見渡した。必死に願えば、どこからともなく突然あの子が現れたりしないだろうかと思いつつ。「ねえロビー、あなたを忘れた日はなかったわ。あなたを喪ったとき、ママは自分もなくしてしまったの。だけどあなたは永遠に記憶のなかにいるし、いつだって心のなかにいる。天国でも野球をしているのなら、ママのためにホームランを打ってね」

振り返ると、サムは少し離れた木陰にいた。ヘイリーがそちらへ歩きだすと、サムも近づいてきて、ヘイリーの体に腕を回した。「行こうか?」

ヘイリーはうなずき、二人一緒に歩きだした。車のそばまで来たとき、顔をあげて尋ねた。「さっきのコイントスにはなにか意味があるの?」

「ああ。あの子と過ごした最後の年、入退院をくり返していたときに、よく一緒にテレビでスポーツ観戦をしたんだ。それで、ほら、フットボールチームの両キャプテンがフィールドの中央で向き合って、どっちが先に蹴るかをコイントスで決めるだろう? おれたちもそれをやっていたんだよ。病状が悪化してプレーできなくなっても試合に関わっているような気分にさせてやるための、ささやかな行為さ」

「すてきね」ヘイリーは言った。「知らなかったわ」

「きみはスポーツにあまり興味がなかったからな」

ヘイリーはうなずいた。「そうね。でも試合の日にはクッキーを焼いたし、あなたたち二人とも、びっくりするほど食べたわ」

サムはヘイリーの肩をぎゅっと抱いた。ヘイリーは自分の気持ちを上手《うま》く言い表せなかったが、長いあいだ感じていた胸の重みが少し軽くなった気がしていたし、理由もわかっていた。「楽しかった思い出を分かち合ったのはこれが初めてね」

サムはうなずいた。「これからたくさん分かち合えるさ」

二人は心地よい静寂に包まれて、車までの道を歩いた。家に向けて走りだしたあとも、心地よい静寂は続いた。


エイミー・レッドベターは、罪状認否を待つあいだの環境に不満を感じつつ、弁護士のランス・ウェズリーが現れるのをそわそわと待っていた。ウェズリーを選んだのは数年前で、理由はハンサムだったからだが、その後、彼が同性愛者だとわかってがっかりしても、別の二枚目弁護士に代えることはしなかった。じつに有能だったからだ。

ようやくウェズリーが現れると、看守がエイミーに手錠をかけて弁護士の待つ部屋に連れていった。手錠をテーブルにつないでから、看守は弁護士に言った。「終わったら呼んでください」

ウェズリーはうなずき、ドアが閉じるのを待ってテーブルの反対側に腰かけると、ブリーフケースを開いてフォルダーを取りだした。「やれやれ、じつに困ったことになったものだ」のんびりした口調で言う。

「黙れ」エイミーは言った。

ウェズリーは片方の眉をあげた。「容疑の内容に、反論したい箇所は？」

「ない。でも死刑じゃなく、仮釈放なしの終身刑にするためなら喜んで情報を差しだす。わたしを雇った男の名前と、その男の依頼内容を」

ウェズリーは眉をひそめた。「それでじゅうぶんとは思えないな、ミス・レッドベター。きみは快適な張り込み場所を手に入れるだけのために、罪のない女性を冷酷にも殺害した」

エイミーは肩をすくめた。「人はやらなくてはいけないことをするだけ。まあ、それでじゅうぶんじゃないなら、検察官にこう伝えればいい。わたしを雇った男は、現金輸送車強盗に関わった第三の男でもあると証言できる、と。消えた大金を見つけたがっているのはＦＢＩだけじゃない」

ランス・ウェズリーが依頼人の私生活に思いを馳《は》せることはめったにないが、今回は例外だった。いったいどういう人生を歩んできたのだろう。レッドベターほど冷酷で無慈悲な人間は、ほかに知らない。「検察側に伝えて、結果がどうなるか見てみよう。きみの宣誓証言は連邦裁判所の扱いになる。だが犯罪は州裁判所の扱いだ。まったく、厄介なことをしてくれるな」

「うるさい」エイミーは言った。「こっちは四年も弁護料を払ってきたのに、そっちがわたしのために汗をかいたことはないだろう。こんな状況に陥ったのはこれが初めてだとそっちだってわかってるはず。さあ、働いてもらおうか。死刑囚の収容棟じゃなく、ましな刑務所に入れてもらう」

ランス・ウェズリーはにやりとして、フォルダーをブリーフケースに戻しかけたが、ふと手を止めた。「なにかぼくに黙っていることは？」

「雇い主は、クエイドとかいう女との話がすんだら、その女を始末するように、とも命じていた」

ウェズリーはうなずいた。「また連絡する」そして面会が終わったことを告げるべく、ドアをノックした。

看守に付き添われて、ウェズリーは刑務所の外へ出、エイミーは房へ戻された。

暑い車内に乗りこんだウェズリーはまずエアコンを入れてから、地区検察局に電話をかけた。

「地区検察局です」

「やあ、ヘレン。ランス・ウェズリーだ。地方検事に話があるんだが、いるかな」

ヘレンはくすくすと笑った。「いますよ。だけど電話に出られるかわからないので、確認してきます」

「じつは直接会って話したいんだ。いま刑務所でね」

「では予定をチェックします」ヘレンは言った。

電話が保留になったので、ヘレンが席を立ってパーカー・オースティンのオフィスをのぞきに行ったのがわかった。数分後、戻ってきた。「お待たせしました。いまからこちらに来ていただけるなら、ミスター・オースティンは時間を作るそうです」

「ありがたい」ウェズリーは言った。「いま駐車場を出るところだ。じゃあ、後ほど」

通りに出て、地区検察局を目指した。どういう結果になるかはわからないが、パーカー・オースティンとFBIは見極めなくてはならないようだ。エイミー・レッドベターの証言でより得をするのはだれなのか。結局、レッドベターはどの刑務所に収まることになるのかを。

ゴードンとタウンゼントの両特別捜査官が率いる捜索チームが、数時間に及ぶ〈ヒューストンアームズ・アパートメンツ〉の捜索を終えて外に出てきたときには、全員がむせたりえずいたりしていた。その場でつなぎ服を脱いで袋に収め、バンの後部に放り入れると、つなぎの下に着ていたショートパンツとTシャツ姿で駐車場に立ち尽くした。

ヴァーノン・ウィンクラーも自分の衣類をかばんに収めていたが、そのなかに清潔な服は一枚もなかった。食料と清潔な着替えがある避難センターへこの管理人を送りだしたジャック・ゴードンは、ヒューストン警察に電話をかけて、アパートメントの遺体のにおいについて報告した。

捜索チームは、カビやノミだけでなく、異臭を放つ腐りかけの食料品まで、ありとあらゆるものを発見したが、大金は見つからなかった。全員の肩に失望が重くのしかかる。期待していたのだ。確信していたのだ。

「サム・クエイドにも電話するか？　それともおれがかけようか？」ロイド・タウンゼントが尋ねた。

まだ全身を滅菌用のウェットティッシュで拭っていたジャックは、さらに二枚つかみ取った。「これが終わったら電話をかける」

「ミズ・クエイドは喜ばないだろうな。まだあの金が見つからないとなれば、不安は消えないだろうから」ロイドは言った。

「そうだな」ジャックは言った。「あと数分で出発できる」

「この格好で本部に戻るのか？」ロイドは尋ねた。

「しょうがないだろう」ジャックは言った。

ロイドは天を仰いだ。「みんなの語り草になりそうだ。つなぎは洗濯する前に消毒しないといけないし」

「おれならそのまま燃やしてしまうね」ジャックは言い、使い終わったウェットティッシュを別のごみ袋に放り入れて、それもバンの後部に積んだ。「よし。このごみ溜《た》めから脱出しよう」

「おれが運転しようか？」ロイドは言った。

「頼む」ジャックは言い、キーを放った。

数分後、ＦＢＩのバン三台は捜査官たちを乗せて走り去った。


墓地から戻ると、ヘイリーは外出用の服からショートパンツとTシャツに着替え、リクライニングチェアで眠りに落ちた。

サムは薄い毛布をかけてやってから、廊下を進んで仕事部屋に向かった。未解決の依頼の状況を確認していたとき、事務所にいるデボラから電話がかかってきた。

「やあ、デボラ。どうした？」サムは言った。

「行方不明者の依頼の一つが自然解決したの」

「本当に？　どの依頼だ？　自然解決というが、どうやって？」

「フォートワースの十代の少女の件よ。たったいま母親から電話があって、娘が帰ってきましたって。半年前に出ていったきり、なんの音沙汰もなかったのが、いまにも赤ちゃんが生まれそうな状態で帰宅したんだって」

「それはそれは……まあ、娘が家出をした理由はわかったわけだ。妊娠三カ月で、怖くてだれにも言えなかったんだな。少なくとも、帰ってくるだけの良識があってよかった」

「母親もそう言ってた。娘が無事に帰ってきたのがうれしすぎて、十六歳で母親になろうと関係ないって」

「生きているか死んでいるかもわからないままより、ずっとましだろうからな」サムは言った。「そういうことなら、全額支払い済みの通知を送ってくれ」

「でも、まだ全部は――」

「もう一人育てるんだから、なるべく金が必要だろう。いいんだよ」

デボラはため息をついた。「あなたってほんといい人ね、サム・クエイド。ヘイリーによろしく伝えて。なにかあったらいつでも電話してね」

サムは電話を切り、椅子の背にもたれた。死んだのではないかと思っていた子が、生きて帰ってきた喜びを想像する。我が子を喪ってから、行方不明児童の依頼は真っ先に引き受けるようになっていた。

思いにふけりつつメールソフトを立ちあげると、件名にヘイリーの名があるものを見つけたので、開いた。〈トルーマン不動産〉の経営者、ウィル・トルーマンからの推薦状だった。追伸として、もしもダラスにある支社で働きたいのなら、すでに弟のラリーに話は通してあるからと記されていた。

サムはほほえみ、両方を印刷してフォルダーに挟んでから、一時間ばかり仕事をした。気がつけば家のなかは暗くなりかけていた。窓辺に歩み寄って外を見る。墓地で目にした雲が広がって、雷雨をもたらしそうだ。

仕事部屋を出て、ヘイリーの様子を見に行った。まだ眠っていたので、キッチンに向かう。雨が降るなら、今夜は庭でバーベキューというわけにはいかないだろう。買ってきた食料品をあさりつつ、夕食はなににしようかと考えていたとき、携帯電話が鳴った。画面に表示されたジャック・ゴードンの名前を見て、今度はなにがあったのだろうと思いながら応じた。「もしもし」

「サムか、おれだ。ベイカーとアーノルドが逮捕される直前まで住んでいたアパートメントを十二人がかりで捜索した。悪臭と腐敗と汚れはごまんと見つかったが、例の金は見つからなかった」

「そんな」サムは言った。「期待していた展開じゃない」

「わかっている。こちらとしても同感だ」

「それで……次の手は？　というより、現時点でほかにできることはあるのか？」

「サントスの逮捕令状が取れるよう、立件作業を続行するしかないな。もしもヘイリーがなにか思い出したら、どんなささいなことでもいいから、連絡してほしい」

「わかった」サムは言い、電話を切った。

「だれから？」

その声に振り返ると、ヘイリーが不安そうな顔で戸口に立っていた。

「ジャック・ゴードンからだ。ロイとハーシェルのアパートメントの捜索が終わったらしい。残念ながら金は見つからなかったそうだ」

サムの言葉に、ヘイリーは無表情になった。それでも、状況が変わらないことを嘆くのではなく、調理台の上のハンバーガーに気づいて指差した。「夕食？」

「その予定だ。味付けはまだ決まっていないが」

「材料が揃《そろ》っているなら、チリソースを作るわ」

電話のことを話すのはもうやめようというヘイリーのサインを読み取って、サムは彼女を抱きしめたくなった。「カットトマト缶、玉ねぎ、唐辛子、あと、使いそうなスパイス類は揃っている。ほかに必要なものは？」

「ニンニクとハラペーニョはある？」

「あるよ。このあいだ買っただろう？」

「じゃあ任せて」ヘイリーは言い、流しに歩み寄って手を洗った。

「手伝おうか?」サムは尋ねた。

ヘイリーは少し考えてからキッチンを見回した。「大丈夫。計ったり刻んだり、料理はいい気晴らしになるから。考えてみると、階段で転んだ日から料理はしていないのよ」

「じゃあ、このキッチンと仲良くなってくれ。この家の女主人が到着したことを知らせてやるといい」

ヘイリーはほほえんだ。この数時間で初めての笑顔だった。「いい考え! サム、ありがとう」

17

ヘイリーと一緒にキッチンにいたいのはやまやまだが、きっと一人にさせたほうがいい。必要なものは自分で見つけられるだろうし、手伝ってほしければ呼ぶはずだ。この家でくつろいでほしいし、ヘイリーは昔から料理が好きだ。そしてくつろいでもらうには、あのキッチンで料理をしてもらうのがいちばん。そういうわけで、サムは冷蔵庫からビールの小瓶を取りだすと、ぶらぶらとリビングルームに移動してテレビをつけた。

ヘイリーが調理道具をあさる音が聞こえ、戸棚を開け閉めする音が続いた。ほどなく肉が焼けるにおいとスパイスの香りが漂ってきた。サムはリクライニングチェアの背もたれに体をあずけて目を閉じた。まるで昔のようだった。

愛はいまもそこにある。

欠けたのは息子だけだ。

身動きもせずに座ったまま、ヘイリーの存在を全身で感じた。

ああ、彼女を愛している。ヘイリーは以前と変わったが、それはサムも同じだ。二人の人生を築くために必要なものはすべて揃《そろ》っている。邪魔をしているのは、あの盗まれた二百万ドルのみ。

タイマーが鳴る音がして、これまでとは違う香りが漂ってきた。くんくんと嗅ぐ。

これは……コーンブレッド！　つまりこの食事は、かつての二人の再現だ。

足音が聞こえたので目を開け、ずっとテレビを見ていたふりをした。

ヘイリーはリクライニングチェアにかがみこんで、サムのひたいにキスをした。「夕飯よ」

「待ってました」サムはそう言って立ちあがり、ヘイリーに続いてキッチンに入った。

テーブルの用意は完璧だった。大皿にのせられたコーンブレッドは、食べやすい形にすでにカットしてある。刻んだ玉ねぎを盛った小皿と、おろしたチーズが入った大きめの皿、それにバターが、どれも手の届く位置に置かれていた。

「サム、飲み物はなににする？　甘いアイスティーか、ビールか」

「もう一本、ビールにしよう」サムは言った。「チリソースによく合うからな」

「たしかに。わたしも一本もらおう」ヘイリーは言い、冷蔵庫から小瓶を二本取りだして、栓を抜いてからサムに手渡した。「座って。ボウルはわたしが運ぶ」

「いいや、おれが――」

「わたしがやりたいの」ヘイリーは言った。

そこでサムはそれぞれの席にビールを置いて椅子に腰かけ、調理台からコンロへ、また調理台へと軽やかに動くヘイリーの腰の揺れに見とれた。ボウルに盛りつけをする背中で躍る、一つにまとめた長い黒髪にも。

ヘイリーはボウルを一つずつテーブルに運んでから、自分も席に着いた。

「うまそうな料理と、それを作った両手に祝福あれ」サムは言った。

ヘイリーは顔をあげてほほえんだ。「ありがとう」

「礼を言うのはこっちさ。こんな食事ができて、おれは幸せ者だ」

エイミー・レッドベターは待機房の簡易ベッドに腰かけて、夕食として与えられた食事ののっているトレイを見つめた。豆のようなにおいがするものの、豆は見当たらないし、なんの肉だかわからない物体の下にある黒っぽいものは、正体不明だ。そういうわけで、食事は抜くことにしてトレイを鉄格子のほうに押しやると、簡易ベッドに戻り、壁に背を向けて寝転がった。房にいるほかの三人の女に背を向けるつもりはなかった。

「ちょっと、あんた！　それ食べないの？」

エイミーは、トゥルーと名乗った女を見た。娼婦《しょうふ》のように見えるのは、豊満な体で服がはち切れそうだし、露出も多すぎるからだ。「いらない」エイミーが言うと、トゥルーは立ちあがった。

同時に別の女も立ちあがった。こちらは〝人魚姫と同じ、アリエルよ〟と名乗った女だ。

「パンはあたしにちょうだいよ。その大きなお尻をそれ以上でかくする必要ないでしょ」

トゥルーは即座にアリエルの口を手の甲でたたいた。血が噴きだし、アリエルは悲鳴をあげた。そして喧嘩《けんか》が始まった。

エイミーは動こうともしなかった。もしこっちに倒れてきたら両方の尻をたたいてやろうと思っていたが、その必要はなかった。看守二人が駆けこんできたうえ、房の外には銃を手にした二人まで現れた。

看守の一人がトゥルーの首に絞め技をかけ、片腕を背後に回して簡易ベッドに押さえつけた。もう一人の看守は倒れていたアリエルを引っ張り起こし、床に座らせた。

アリエルの唇は切れて出血しており、目の周りにはあざができつつあった。トゥルーは腕に引っかき傷をこしらえていた。

「始めたのはどっち？」一人目の看守が尋ねた。

女たちは互いに相手を指差した。

エイミーは立ちあがって言った。「喧嘩のきっかけは、そのベッドの下でひっくり返っているトレイの取り合い。わたしは食べたくなかった。一人が食べないのかと訊《き》いたから、いらないと言った。そうしたらもう一人がパンをほしがって、最初の一人の尻の大きさを馬鹿にした。そして喧嘩が始まった。くだらない」

女たちは唖然《あぜん》としてエイミーを見つめた。

トゥルーが言った。「あんた、イカれてんの？　ここじゃだれもチクらないんだよ」

エイミーは顎をあげて、まっすぐトゥルーの目を見た。「わたしはイカれてなんかいないし、ふざけた真似《まね》は許さない。二度とこっちを見るな。二度と話しかけるな」

看守の一人がしかめっ面でエイミーを見た。「ここの責任者はおまえじゃない。座って黙っていろ。もしまた一人でも大声をあげたら、四人全員を手錠でベッドに縛りつけるからな。わかったか」

三人はうなずき、エイミーはまばたきもせずに看守を見つめた。

看守たちは去っていった。

房の床には食べ物が散らばり、かなりの血も飛んでいた。

ペーパータオルもトイレットペーパーもないので、四人は汚れとにおいから逃れられなかった。

エイミーはまたベッドに転がったが、だれからも目を離さなかった。

「ずいぶんタフな態度じゃん」トゥルーがのんびりした口調で言った。「なんでぶちこまれたの？　万引きでもした？」

「殺人。ただし、最初の殺しは遠い昔。話しかけるなと言ったはず。また話しかけたら、舌を喉の奥に突っこんでやる」

エイミーの言葉に、トゥルーは青ざめて顔を背けた。

アリエルはシャツの裾で出血を止めるのに必死だった。

三人目の女は自分のベッドの下にもぐりこんだ。

エイミーはため息をついた。刑務所がこういうところなら、正気を保っていられない。


デュード・サントスは二度迂回《うかい》しただけで、どうにかヒューストンのダウンタウンにある〈ロチェスター・アパートメンツ〉にたどり着いた。雨があがったおかげで水は急速に引きつつあり、ところどころでは電力も復旧しはじめていた。

食料品は買ってきたし、キャスターつきのスーツケースには衣類が詰まっているし、ダラスから持ってきたミネラルウォーターのボトルも一ダースある。引っ越しの準備は万端だ。

駐車場には二十台ほどの車が停《と》められていた。部屋の被害状況を確認するだけのためでも、住人が戻ってきつつあるのだろう。デュードがまずやるべきは、怪しまれずに部屋に入れるか、たしかめることだ。ここは高級住宅地だから、ロビーのどこかに守衛がいて、出入りする人間をチェックしているかもしれない。そこでデュードは服を整えると、何年もここに住んでいるような顔をしてロビーに踏みこんだ。

災害の爪痕は明白で、壁には少なくとも百八十センチの高さまで泥と水のあとが残っていた。おまけに悪臭もひどい。ロビーの家具は、おそらく水に浮かんで柱や壁のほうに押しやられたのだろう。その悲惨な状況をいまも物語っている。守衛の詰め所はあるものの、人はおらず、電気は通じていないらしい。

しめた。つまり建物のセキュリティシステムは死んでいるということだ。

近くの廊下から足音と声が聞こえてきたが、なにを言っているのかまではわからなかった。ざっと探して階段吹き抜けを見つけてみると、ここにも同じだけの泥と水の跡が残っていた。

一段飛ばしで階段をのぼり、四階まで来ると廊下に出て、左右の部屋番号を確認した。どうやら四〇四号室は右手にあるらしい。

廊下に人気《ひとけ》はなく、歩きだしても住人がいる気配はなかった。四〇四号室の前まで来ると、ドアの錠をチェックした。一つはドアノブ錠、その上の一つはデッドボルトだ。どちらも鍵で開くタイプ。

サントスは錠前開けの道具を収めた小さな物入れを取りだし、いくつかを選んで仕事に取りかかった。

錠前開けと盗みならもう何年もやってきた。大きな仕事をするようになるずっと前から。そういうわけで、部屋に入れることは確信していたし、その確信は間違っていなかった。ほどなくドアノブ錠が開き、サントスは部屋の主がデッドボルトをかけていないことを祈りつつ、ノブを回した。あいにくドアは開かなかった。

「くそっ」

もう一つ錠前を開けなくてはいけないらしい。すでに全身汗まみれになっていた。汗は髪の生え際から流れて目に入り、視界をぼやけさせる。両手は滑りやすくなって、何度も道具を取り落とす。それでも辛抱の末に、とうとう最後の歯車が回る音が聞こえた。

「ようやくか」つぶやいて荷物を手にし、ドアを開けてなかに入ると、背後で閉じた。明かりはつかないが窓から光は入れられるので、手早く窓を開けはじめた。外は暑かったものの、ここはなお暑い。せめて空気を入れ換えよう。

窓を開けてしまうと、急いで一階に戻った。荷物をすべて運ぶには少なくとも三回、もしかしたら四回往復しなくてはならないだろうが、部屋に収まって鍵をかけてしまえば、こっちのものだ。

車を立体駐車場の四階まで回してから、荷物を部屋へ移しはじめた。最後の荷物を抱えて廊下を歩きだしたときには、日没まで一時間を切っていた。車をロックし、それだけで車泥棒があきらめることを祈ったが、どのみちレンタカーだ。いざとなれば適当な車を盗めばいい。

部屋に入ると、両方の鍵をかけた。暗くなってきたので、購入しておいた懐中電灯を出そうと、いくつもの買い物袋をあさる。ようやく電池と一緒に見つけた。

「光あれ――すると光があった」旧約聖書の一節を引用しながらスイッチを入れ、荷物を片づけはじめた。

　買ってきた食料品は冷蔵の必要がないものだけにしたので、その点は安心だ。蛇口をひねってみると、水はちゃんと出たし、においも問題なさそうだった。少し飲んでみたが、ふだんどおりの味がする。きちんと排水するならシャワーも浴びられるということだ。これは願ってもないプラス材料。

　懐中電灯をつかんで廊下を進み、使われていないらしいベッドルームを見つけた。「ゲストルームだな」

　次の部屋は小さめで、仕事部屋として使われているようだが、その向かいに主寝室があった。

　キングサイズのベッドを満足顔で眺めてから、続きのバスルームをのぞいてにやりとした。大きなガラス張りのシャワールームに、さらに大きなジェット噴射機能つきのバスタブ。ジェット噴射と湯はあきらめるしかないが、ここはもうじゅうぶん暑い。ほしいもののなかに湯は含まれていない。

　隠れ家でも快適に過ごせそうだとわかって満足したデュードは、スーツケースを取りに戻った。明日になれば日はまた昇るし、運がよければ電気も復旧するかもしれない。今日のところはよしとしよう。

ウォークインクローゼットに入り、空いているハンガーをいくつか見つけた。ふと気になって、つるされている服を品定めした。

高価なデザイナーズブランドのワンピースが数着あるうえ、シューズラックにはずらりと靴が並んでいる。

「上等な家に上等な服か、ヘイリー・クエイド。まあ、ゆっくり戻ってくるがいい。それまでここで待っていてやるよ」


サムは仕事の電話中で、ヘイリーはテレビを見たい気分ではなかった。あてもなく家のなかをさまよっていたが、裏口の向こうにプールが見えて、誘われるように外に出た。

太陽が傾いたいま、裏庭は日陰に包まれている。プールの水があまりにも魅惑的なので、水着がほしくなった。それでも脚を浸すことはできるからと、サンダルを脱ぎ、プールの縁に腰かけた。

水は温かく、シルクのような肌触りだった。今夜、近隣はしんとしている。きっとみんな、家のなかにいるのだろう。敷地を仕切る目隠しフェンスは高さ二・五メートル。ヘイリーは空を見あげた。星が輝きはじめ、半月も浮かんでいた。

車の音やサイレン音やタイヤが軋《きし》んで止まる音は、ダラスにおける生活の一部だ。それらはフェンスでは遮れない。けれどフェンスがあれば、だれかにのぞかれる心配はない。

　ヘイリーは立ちあがって服を脱ぎはじめた。下着だけになってプールの深いほうに飛びこむと、ほとんどしぶきもあげずに水中に没した。コルク栓のように勢いよく水面に浮かびあがって、プールの反対側まで泳いでから、ターンしてもとの側に戻ったが、それ以上は無理だった。もう何年も泳いでいなかったつけが回った。

仰向《あおむ》けで水面に浮かび、夜空を見あげていると、引き戸が開いて閉じる音がした。続いてサムの笑い声。

　小さな服の山を見つけたに違いない。

　突然、水中のライトがついて、サムが近づいてきた。笑ってから照明をつけるまでのあいだに、着ていたものをすべて取り去ったらしい。月光だけをまとった姿で、ヘイリーを見おろした。「おれの入るスペースはあるかな」

「もちろんよ」ヘイリーは言い、水に飛びこむサムのたくましい腕とみごとな腹筋に見とれた。「美しい人」ささやくと、サムが水面に出てきてヘイリーの浮かんでいるそばまで泳いできた。

　サムは尋ねた。「なにを考えていた?」

「そうね……人間がどれだけお金に執着できるのか、について」

「サントスのことか?」

「彼もだけど、ある意味ではすべての人のことよ。わたし、ヒューストンでは仕事以外に集中できるものがなかったから、高価な物件を売ることだけが目標になっていたの。それでわかったのは、どれだけお金があっても、失ったものの代わりにはならないということだった」そう言うと、仰向けの姿勢を起こしてプールの底に足をつけ、サムの首に両腕を回した。

サムはヘイリーを抱き寄せて、そっと唇を重ねた。「だがおれはここにいる。きみにはまだおれがいる」

ヘイリーは首をそらしてサムの顔を見あげた。「あなたさえいればじゅうぶん」ささやくように言った。「愛して、サム。生きていることを実感したくてたまらないの」

死にかけた恐怖がいまも残るその声に、サムは居ても立ってもいられなくなった。ヘイリーを抱いたまま水面に仰向けになり、そのままプールの浅い側へ泳いでいった。

ヘイリーはまたたく間に下着を脱いで、プールサイドのコンクリートに放った。サムの両手が水中にもぐってヘイリーのウエストをつかまえ、そそり立ったものにおろしていく。ヘイリーは両脚を彼の腰に巻きつけ、首筋に顔をうずめて、貫かれた。

サムは貫きながら目を閉じて、ヘイリーが与えるすべてを祝福として受け取った。これまでに愛したのはこの女性だけ。これから先、愛するのもこの女性だけ。その女性が、いるべき場所にいる。おれの腕のなかに。

サムは向きを変えてプールの側面に背をあずけ、うねるような動きでくり返し突きはじめた。プールの照明が二人のスポットライトになり、息づく愛の営みを照らした。

水面が波立ち、夜の空気が流れる。遠のいていくサイレン音は、ヘイリーの頭のなかで響く叫びに似ていた。

舞いあがって、降下して、熱くなって、ばらばらに砕ける……。

サムがみずからの絶頂を追い求めはじめたとき、ヘイリーのうめき声が聞こえた。首に熱い息を感じたと思うや、突然、腕のなかの体がこわばった。一度、二度、突きあげると、熱く濡《ぬ》れた部分にこれ以上ないほど下半身を締めあげられて、頂点に達した。その激しさに、サムは芯まで震えた。なおも精を注ぎこみながらしっかりとヘイリーを抱え、ふらつかないよう必死にこらえつつ、三つある段をのぼってプールサイドにあがった。

最初にぶつかったものに腰かけてみると、ピクニックテーブルのとなりのベンチだった。無言のままヘイリーを抱いて、濡れた体を自然に乾かす。しぶしぶ下半身を引き抜いたものの、ほどなく家のなかに入って鍵をかけたときには、すでにまた硬くなっていた。

照明を消しながら、二人一緒に廊下を進んだ。サムは警報装置をセットし、ヘイリーのあとから寝室に入った。

ヘイリーはバスルームに入ろうとしたところで足を止め、振り返って言った。「愛してるわ、サミー。あなたに触れられるたび、心が少しずつ癒えていく。神さまの思《おぼ》し召《め》しがあれば、またあなたの赤ちゃんを産めるかもしれない」

そしてバスルームに入り、ドアを閉じた。

「おれも愛してるよ、ヘイリー・ジョー。どうかきみの言葉が神の耳に届きますように」

メイ・アーノルドは引っ越しをする。

日々、食事と睡眠をこなしながらも、これほどの短期間で自分の人生に起きたことに、いまだに驚きを感じた。今日は朝の用事を片づけて、シナモントーストとコーヒーの朝食をすませたら、車で不動産業者を訪ねる予定だ。この町で不動産業の免許を持っているのは一人だけで、その男性は町で唯一のバーのオーナーでもあった。バーで酒を売り、裏の小さな事務所で不動産業を営んでいるのだ。飲酒をよしとしない人たちのために、建物の裏手にはまっすぐ事務所に入れるドアがあり、いま、メイはそこにいた。小さなポーチに立って、ドアにかけられた手描きの看板を見つめていた。〈エミット・ワトキンス　不動産業許可店〉。

来ることは知らせてあったので、メイは迷わずノックした。

ドアが開いてエミットが現れ、メイを通そうと脇にどいた。「ようこそ、メイ！　立て続けに、お気の毒だったたね。さ、こっちの涼しいところに座って」

エミットの頭上の窓にはめこまれた冷房を見て、メイは涼しい風が顔に当たるよう、椅子をほんの少し右にずらした。

「それで、ご用件は？」エミットは尋ねた。

メイは椅子の肘掛けをぎゅっとつかんだ。こんな決断をして、罰が当たるだろうか。

「農場を売りたいの。家畜も一緒に」

エミットは目をしばたたいた。「しかし、アーノルド家はずっとあの土地に住んできたでしょう。二百年も前から！」

「わたしはアーノルドの人間じゃないわ」メイは鋭い口調で言った。「たまたまアーノルドの男と結婚して、アーノルドの男を産んだだけ」どちらの選択も愚かだった。

エミットはまた目をしばたたいたが、事務的な口調に切り替えた。「ではまず、土地の広さから」

「百五十エーカー。池が二つ、母屋以外の建物は納屋を含めて四つ、牛の囲いが一つ。老いてもう乳の出ない牛が一頭と、太らせている最中の豚が一頭。鶏小屋《とりごや》には鶏がたくさんいるわ」

エミットは、メイがあげていくスピードに負けない速さで書き留めていった。「母屋の造りと広さは？」

「一階建てで、正面と裏にポーチがあるの。だいたい五百平米で、バスルームが一つに寝室は三つ、あとからキッチンのとなりに建て増しした洗濯部屋が一つ。広いリビングルームに、独立したダイニングルームに、ダイニングキッチン。家具はすべて置いていくわ」

エミットの目が丸くなった。「しかしメイ、どこへ行くというんだ？　行った先で、家具はどうする？」

「行き先は決まってるわ。残りはそこへ着いてから考えるの」

「ええと、じゃあ……希望価格は？」エミットは尋ねた。

「古いものばかりだから、そもそも売れるかどうか」メイは言った。

堂々とした態度の裏に、エミットは痛みを見いだした。ピート・アーノルドの醜聞は聞いている。まあ、あのじいさんが女たらしだったことは町のほぼ全員が知っていたが、メイも知っているものとばかり思っていた。ところが実際は、違った。息子のハーシェルが死んだこともエミットは知っていた。町を出たいというメイの気持ちはわかる気がする。メイにとって、ここにいてもいいことはない。

「それでは」エミットは言った。「わたしが行って写真を撮り、価格はそれから相談ということで、どうかな」

「ありがとう、エミット。奥さんによろしくね」メイは言い、立ちあがった。ここでの用事は終わった。

「伝えるよ。依頼をどうもありがとう。明日も今日のような上天気に恵まれたら、写真を撮りに行ってもいいかな」

「午前中なら」メイは答えた。

「じゃあ、午前中に」エミットは言い、メイのためにドアを開けた。

「待ってるわ」メイは言い、急いで出ていった。町を出る前にもう一箇所、寄るところがあった。葬儀会社だ。けれど、いまも告別の部屋に安置されているピートに会うためではない。ピートにはもう勝手にやってもらう。彼と、その女たちには。また葬儀会社を訪ねるのは、ハーシェルのことを頼むためだ。

町に一つしかない信号機で停まったとき、運転している小型トラックがバックファイヤーを起こした。メイは天を仰いだ。すてき。おかげでみんなの注目の的だ。

信号が青に変わったので、ふたたび葬儀会社を目指し、唯一の木陰に停めた。駐車場を横切るメイの顔を、ぎらぎらと太陽が照りつける。ドアを開けると、奥のほうで来客を知らせるチャイムが鳴った。ほどなく、両開き扉からジョージが出てきた。

「ミセス・アーノルド。まさかいらっしゃるとは――いえ、その、今日はどうなさいました？」ジョージは口ごもりながら言った。

「息子の遺体がこちらへ届くの。もう手配されてるんだけど、いつ着くかはわからなくて」

ジョージはうなずいた。「では、到着しだいお知らせしましょう」

メイは首を振った。「いえ、いいの。いろいろ考えて決めたのよ、死んだ息子には会いたくないと。向こうは生きているあいだに会いに来なかったんだから」

ジョージは驚きを隠そうともしなかった。どうやらメイ・アーノルドには意外な一面があったらしい。「なるほど。ではどのように――」

「火葬にしてちょうだい。穴を掘るような手間暇をかける価値もない子だから。ピートを埋葬したら、そこにハーシェルの遺灰を撒《ま》いて。似た者同士、仲良くやるでしょう」

ジョージは無言でうなずきつづけていた。メイの言葉に返事は必要なかった。

「署名が必要なものはあるかしら」メイは尋ねた。

ジョージはまたうなずいた。「ええ……ではわたしに続いて事務所のほうへ……」

途切れた言葉の先を、メイはその場で待った。「ジョージ！」

「はい」ジョージは言った。

「先に行ってくれなくちゃ、あなたのあとに続けないわ」

「そうですよね、ぼんやりして失礼しました。なんというか、驚いてしまって……いえ、今日はとても忙しいので」

18

エイミー・リン・レッドベターは、待機房にいるほかの女三人の不安そうな表情を無視して、朝食に出されたオートミールをどうにか喉に流しこんだ。その後、罪状認否のために清潔なオレンジ色の囚人服を与えられた。だれの目も気にせず服を脱ぎ、着替えた。靴として与えられたフェルトのスリッパによく合っていた。

留置場から裁判所へ車で移動させられる途中、これまで当たり前だと思っていた自由について思いを馳《は》せた。衝動的な買い物は二度とできない。映画を見に行くことも、ビーチで泳ぐことも。夏の雨を顔に感じることも。また雪のなかに立つことはあるだろうか。

初めて少年院に入ったときに考えるべきだったことが、いまさら頭に浮かんだ。行き着く先について忠告しようとした人たちを思った。少年法では裁かれない年齢に近づきつつあったころ、厳しく説教をした判事には、もしまたつかまったら刑務所で服役することになると脅された。

だがエイミーはそこで方向転換するのではなく、より慎重になり、より狡猾《こうかつ》な盗み方を覚え、殺しても痕跡を残さない方法を習得した。

護送車の背もたれに体をあずけて目を閉じた。後悔はない。自分を哀れとも思わない。これは避けがたい結果。自分で敷いた道の先にこの運命があるのはわかっていた。

裁判所に着くと、待機室に移動させられた。室内に看守が一人、ドアの外に二人。だれも話しかけてこないし、こちらを見もしない。以前は努力して透明人間になったものだ。それがいまでは邪悪すぎるがゆえに、忌まわしすぎる存在であるがゆえに、透明になってしまった。

判事の前に出るときが来ると、待機室から連れだされ、裁判所の廊下を進んだ。答える気も起きない質問を報道陣が浴びせかけ、顔の前にカメラを突きつけてくる。逮捕のこういう面について考えたことはなかったが、どうやらあの年寄り女を殺したことが公になったらしい。知ったことか。若い連中も殺してきた。

カメラマンの一人が不快なほど近づいてきたので、レンズにつばを吐いてやった。カメラマンのとなりにいたレポーターが息を呑《の》み、パーソナルスペースを侵害している自分たちを棚にあげて、怒りをあらわにした。だがそこで看守にぐいと引っ張られて法廷に入ったので、騒ぎにはならなかった。

最初に目に入ったのは弁護士のランス・ウェズリーだった。まったくの無表情なのでボディランゲージを読み取ろうとしたが、無駄だった。被告席に着くなり、ウェズリーを問いつめた。「どうなる？　わたしはどうすればいい？」

「これは罪状認否で裁判じゃない。ぼくが立てと言ったら立って、答弁をと言われたら罪を認めろ」

「でも――」

ウェズリーににらまれた。「裁判はいやだと言ったのはきみだろう」

「たしかに裁判はいやだ。取り引きはうまく行った？」

「かもしれない」

それ以上質問する前に、美声で知られる、俳優ジェームズ・アール・ジョーンズを彷彿《ほうふつ》とさせる、深くてよく響く声が言った。「全員起立」

頭がぼうっとなった。まるでドラマ『クリミナル・マインド』の一場面のようだが、一時停止ボタンを押してトイレに行ったり、スナック菓子を取りに行ったりはできない。これは現実で、いままでの人生は完全に終わったのだ。

二日後、また房から引きずりだされた。今回は弁護士との接見のためだ。前回同様、手錠でテーブルにつながれ、看守が部屋を出ていくやいなや、身を乗りだして尋ねた。「取り引きはうまく行った？」

ウェズリーはうなずいた。「今日の午後二時、ダラス地方検事のパーカー・オースティンとFBI捜査官の前で、供述することになった。FBIからだれが来るのかはわからない。そちらはオースティンが手配した。きみには刑務所を選ぶ権利はない」

「頼んだのと違う」鋭い口調で言った。

ウェズリーはしばし口をつぐみ、エイミーの瞳孔が広がっては縮み、また広がっては縮むさまを見つめた。まるで、破裂するかしぼむか決めかねているタイヤのようだ。やがてウェズリーは両手のひらを広げてみせた。「ぼくを見ろ、レッドベター。壁でも、窓の格子でもなく。ぼくを見るんだ」

エイミーは彼の声で落ちつきを取り戻し、身を引いた。

「ありがとう」ウェズリーは言った。「さて……こちらの手には、テキサス州刑務所に死刑囚として収監、という選択肢があり、もう一方の手には、テキサス州刑務所に仮釈放なしの終身刑で収監、という選択肢がある。選べ」

これほど人を殺してきて、自分は死ぬのが怖いとは、いささか皮肉だった。「ちくしょう」つぶやいて、仮釈放なしの終身刑のほうを指差した。

「よろしい。供述の録画の際に自慢話はしないこと。詳しく話すのではなく、話すべきことだけを話せ。いかなる形であれ、ほかにも殺したことがあるとにおわせるな」

エイミーは眉をひそめた。「そんなことをするわけがない。わたしをなんだと思ってる?」つぶやくように言った。

「うぬぼれ屋だと思っている。自分の職業を鼻にかけていると。ぼくの言ったことが気に入らないなら、答えを聞きたくない質問はしないことだ。では二時に」

エイミーは肩をすくめた。「はいはい」

ウェズリーはドアに歩み寄ってノックをし、看守の一人に案内されて刑務所の外に出た。エイミーは別の看守に房へ連れ戻されたが、ほどなく眠っているところを起こされて、またもや引きずりだされた。

そしていま、弁護士事務所にいる。手錠と足かせで拘束され、ビデオカメラの前で証言している。証人はパーカー・オースティン地方検事と、ＦＢＩテキサス支部の副長官だ。

証言が終わると、ダラス地方検事は仮釈放なしの終身刑でエイミー・レッドベターを州刑務所に連行させ、ＦＢＩ副長官は強盗と殺人の容疑でアレハンドロ・サントスを全国指名手配した。


〈ロチェスター・アパートメンツ〉の電力が復旧したのは、デュードが来て三日目の朝だった。電力の復旧はうれしいが、建物のセントラル空調がまだ生きていたのは大いなる喜びだった。空調設備があるのは浸水した地下や一階ではなかったのだろう。喜びのあまりデュードは歓声をあげ、いそいそと窓を閉じはじめた。

冷蔵庫が動くようになったいま、内部を掃除して使えるようにするべきか、このままなしですませるか、悩んだ。だが氷と、人間らしい生活への欲求は強かった。ごみ袋はないかと室内を探し、小さな物置部屋の奥の棚にストックを見つけると、ハンドタオルをマスク代わりに顔に巻いて、冷蔵庫のなかにあったものをすべて袋に放りこみはじめた。

袋二つがいっぱいになり、三つ目の途中でようやく作業は終わった。そこで冷凍庫の存在を思い出し、そちらもすべてを取りだした。かつては凍っていたエビと、アイスクリームの容器一つも。角氷が詰まっていたのだろう貯氷ケースの水を空けていると、製氷機が動きはじめる音が聞こえた。さらなるプラス材料だ。

アパートメントの住人が戻りはじめたので、不審に思われないか心配したが、杞憂《きゆう》だった。たしかに部屋には人が戻りつつあるし、だれにとってもデュードは見覚えのない人物だが、気にする者はいなかった。ハリケーンのせいで大勢が移動を余儀なくされた。以前この部屋に住んでいた女性は戻ってこないのかもしれないし、亡くなったのかもしれない。あるいはこの男性の家はもう住めなくなって、ここが新しい家なのかもしれない――みんながみんな、問題を抱えており、デュードを訝《いぶか》しく思っている余裕はなかった。

何度か廊下を往復して、ようやくすべてをごみ容器に移した。それから庫内を洗剤と水で丁寧に掃除する。さらに電力の復活を祝うべく、汗まみれの衣類をすべて洗濯機に放りこんだ。

殺し屋が標的を待ちながら、次なる犠牲者の家でままごとをしているとは。

やるべきことが完了したので、ニュースを見ようとテレビをつけたが、チャンネルを切り替えてもおもしろい話は見つからなかった。正午のニュースには遅すぎたし、夕方のニュースには早すぎた。そこで音量を少しさげると、ソファに寝転がった。

室内は涼しくなってきたうえ、冷蔵庫を掃除して山のような洗濯物を片づけたおかげで、すがすがしく清潔なにおいが漂っていた。

コスメル島の美しく青い海を思いながら眠りに落ちて、マリグレイスが〈ケンタッキーダービー〉の騎手さながらにデュードを乗りこなすさまを夢に見た。


サムが家の前庭の芝刈りをしていると、隣人の女性が犬を散歩させながらこちらへ歩いてきた。女性が手を振ったので振り返したが、彼女は足を止めて声をかけてきたので、サムは芝刈り機のエンジンを切ってポケットからハンカチを取りだし、顔の汗を拭った。

「おはよう、ヘレン。ピーティーは元気かな」

小さなフレンチブルドッグは自分の名前を聞いて、ワンと吠《ほ》えた。ヘレン・ワースはにっこりした。「ピーティーもわたしも元気よ。それにしても今日は暑いわね」

「ああ、まったくだ」

「忙しいところに話しかけてごめんなさい。だけどルイーズの葬儀について、詳しいことを聞いていないかと思って」

サムは悲しみに胸を締めつけられた。「いや、聞いていないな」

ヘレンの目に涙が浮かんだ。「親戚がテネシー州から飛行機で来るんですって。遺体を引き取って、メンフィスに埋葬するそうよ。ルイーズはそこ出身だったの」

「知らなかった」サムは言った。

「あら、そう？　まあ、ルイーズもわたしもこの通りに住んで二十年以上になるから。それにしても、本当に痛ましいことが起きたわね」

「本当に」サムはくり返した。

ピーティーがまた吠えた。

ヘレンはため息をついた。「ピーティーが家に帰りたがってるから、そろそろ帰るとするわ。そうだ、テレビであなたを見たわよ」そしてにんまりした。「とてもかっこよかったわ。彼女は元気？」

「ああ、彼女ならすっかり元気だよ。ちょうど怪我《けが》も治ったところで、あとはあざが完全に消えるのを待つだけだ」

ピーティーがまた吠えた。

「はいはい、聞こえてますよ」ヘレンは言い、犬を抱きあげた。「彼女によろしく。そのうち会えるかもしれないわね」

「ああ、そのうち」サムは言い、犬を抱いたまま去っていくヘレンに手を振った。

それからハンカチをポケットに突っこんで、芝刈り機のエンジンを入れた。あと何周かで完了だ。

芝刈り機の音がやんだので、ヘイリーは窓に歩み寄って外を見た。犬を連れた女性が立ち止まってサムに話しかけている。これではのぞき見をしているみたいだと、窓辺を離れて洗濯物をたたむ作業に戻った。数少ない服を洗っては着ているので、そろそろ自分のクローゼットが恋しくなってきた。

〈ロチェスター・アパートメンツ〉の電力は復旧しただろうか。一階はどんな状態だろう。引っ越し会社に頼んで、荷造りから運搬まで任せようかとも思ったが、荷物のなかには持ってきたいもの、持ってきたくないものがある。正しくその選別をするには、自分で赴くしかない。けれど、ああ、引っ越しは大嫌い。

洗濯物をたたみ終えたので、ブラウスをハンガーにかけようとウォークインクローゼットに入った。そのあいだに戻ってきたサムが名前を呼ぶのを聞いて、ヘイリーはクローゼットから出た。「寝室にいるわ！」大声で言う。洗った下着をドレッサーの引き出しに収めていると、サムが軽やかな足取りで入ってきた。

「なあ、今日の昼はどこか外で食べないか？」

ヘイリーはにっこりした。「大賛成」

「シャワーを浴びなくちゃならないから、店はきみが決めてくれ」

「洗濯が終わったばかりでよかった。なにしろ手持ちの服が限られているもの。ヒューストンへ戻って荷造りをしようかと考えていたところよ。アパートメントの賃貸契約はしているけれど、人気の物件で順番待ちが多いから、このままだと契約を切られかねないの」

「なるほど。ランチを食べながらその話をしよう」

「わかったわ」ヘイリーは言って足を止め、服を脱ぎながらバスルームへ向かうサムに見とれた。この男性の体には見とれる価値がある。

サムがシャワーを浴びているあいだに、アパートメントの管理事務所に電話をかけた。

「〈ロチェスター・アパートメンツ〉のフランシスです」

「ヘイリー・クエイドよ。四階に部屋を借りているんだけど、いまはダラスにいて、そちらがどんな状況か知りたくて電話したの」

「当然ながら、地下と一階は浸水被害に遭いました。ロビーにあったものや流されてきたものはどうにか外に出したところですが、ありがたいことに電力が復旧したので、ようやく掃除を始められます」

「電力が戻ったの？」

「ええ、じつは今日」フランシスは言った。

「なるべく早くそちらに戻って荷造りをするわ。賃貸契約期間はまだ残っているけれど、順番待ちの人は多いでしょう？　だから、前倒しで解約できないかと思って」

「お部屋のタイプは？」フランシスは尋ねた。

「ベッドルーム二つ、バスルーム二つ。広さは九十二平米」

「そのタイプが空くのを待っている方が数名いますね。前倒しの解約は問題ないと思いますよ」

「よかった」ヘイリーは言った。「賃料は今月分まで払ってあるし、退去する前にかならず掃除もするわ。なるべく早くそちらへ行くわね。じゃあ、また」

「ええ、また」フランシスは言い、電話を切った。

ヘイリーはしばしその場に座ったまま、自分の人生を思った。そんな計画も立てなかったのに、また幸せをつかめることを。ここまでの道のりは悲惨だったけれど、残りの人生をサムと過ごせるのなら、一からくり返してもいいと思えた。

アパートメントの状況がわかったことに安堵《あんど》しつつ、急いで着替えた。サムがバスルームから出てきたので、髪を整えようと交代でなかに入る。湯気で曇った鏡を拭い、顔が映るだけの空間を確保したとき、手が止まった。身を乗りだして、顔を左右に向け、頬の傷跡とまた薄くなったあざに触れた。

「心配するな。きみはきれいだ」タオルをかけに入ってきたサムが言った。

ヘイリーは、色あせたジーンズと、青と白のストライプのコットンシャツを眺めた。

「あなたもきれいよ」それを聞いてサムが浮かべた表情に笑いながら、ヘイリーはまた鏡を拭った。

サムはヘイリーに投げキスをすると、何度か黒髪をかきあげて、ほどよく立たせた。そのあいだにヘイリーは化粧を終えた。

少し前までは隠したい傷跡が山ほどあったものの、いまはどれもほぼ治りかけている。コンシーラーを両目の下と傷の部分にほんの少しのせ、たたいて伸ばした。ファンデーションは使わないことにした。どうせレストランに着く前に汗で流れてしまう。コンシーラーの仕事ぶりに満足しつつ、軽くマスカラをつけて口紅を塗り、完成ということにした。

「準備できたわ」

「こっちはいつでも準備万端だ」サムは言い、にんまりした。

二人は楽しい気分でジープに乗りこみ、出発した。

「それで、行き先は？」サムは車を走らせながら尋ねた。

「ダラスでいちばんおいしいなまず《キャットフィッシュ》のフライが食べられるお店」ヘイリーは言った。

「それなら〈フィスカーズ・フィッシュ＆バーガーズ〉で決まりだな。シングルトン大通りの西のほうだが、そこまで行く価値はある。しゃれた雰囲気とはいかないが、料理とサービスは一流だ」

「わたしが好きそうな店ね」ヘイリーは言った。

「店に着くまで、きみのアパートメントの話をしよう」サムは言った。

「あなたがシャワーを浴びているあいだに電話をかけて、状況を尋ねたの。明るいニュースは、被害があったのはほぼ地下と一階だけで、電力は今日、復旧したということ。おかげですべてが楽になるわ」

「賃貸契約のほうはどうなった？」

「わたしが借りているタイプの部屋が空くのを待っている人は複数いるから、前倒しで解約しても問題はないって」

「一歩前進だな」サムは言い、ぎゅっとヘイリーの手を握った。

ヘイリーはうなずいた。たしかに、一歩前進だ。

〈フィスカーズ・フィッシュ＆バーガーズ〉に着くころには、ヘイリーは腹ぺこになっていた。車を停《と》めて外に出、魚のフライの香りを嗅いだ瞬間、店の外観にどんな感想をいだいていたとしても、食欲が勝った。

駐車場はすでに埋まりつつあったので、二人はまっすぐ店に向かった。大きいとはいえない店の正面側に張りめぐらされた鉄製のフェンスは、さながら刑務所の壁だ。金網の高さは天井近くまである。

「これは泥棒を入らせないためで、お客を閉じこめるためじゃないのよね？」ヘイリーは言った。

サムはうなずいた。「二年ほど前、張り込みの最中にここを見つけたんだ。魚料理がすごくうまいから、閉じこめられても気にならないだろうよ。おれは月に二、三度、ここで食事をしている」

「すてき」ヘイリーは言いながら店のなかに入った。

そのとき、奥のほうからだれかが呼びかけた。「サム！　おまえ、やるな！　ロープにぶらさがってるのをテレビで見たぞ。次はターザンごっこか？」

サムはにやりとして、ヘイリーにささやいた。「ここにはよく来ると言っただろう？」

そしてヘイリーの肩に腕を回した。「みんな、こちらはヘイリーだ。行儀よくな」

途端に静寂が広がり、みんな驚いているのだろうとヘイリーが思った次の瞬間、わっとにぎやかになった。

「あの悪党どもと閉じこめられた女性だろう？　救助ヘリが助けた――」

「ああ、そうだ」サムは言った。

全員がヘイリーに親指を立てた。

ヘイリーは笑顔を返した。

料理をどっさりトレイにのせたウエイトレスが二人に近づいてきた。「いらっしゃい、サム。地面に足を着けてるところが見られて安心したわ。よろしくね、ヘイリー。窓辺のあのテーブルにどうぞ。すぐに注文を取りに行くわ」

そんな調子でヘイリーはみんなの仲間になった。出てきた料理は、ヘイリー史上、最高においしいキャットフィッシュのフライだった。

「フライドポテトは食べないのか?」サムは尋ねた。

ヘイリーはうめいた。「ちょっとはつまんだのよ。ピクルスも少し食べたし、タルタルソースはきれいになくなったし、パンはあなたが食べてくれたわね。もうお腹いっぱい。残っているもので食べたいものがあれば、好きに取って」

サムは言われたとおりにした。

その後、彼の言ったなにかでヘイリーがまだ笑っていたとき、だれかに肩をたたかれた。見あげたヘイリーは一瞬胃がよじれるのを感じたものの、すぐに落ちつきを取り戻した。「やっぱりあなただった!」肩をたたいた女性が言った。「絶対そうだってチャーリーに言ったのよ、なのにあの人ったら信じないの。あなたのことはニュースで全部聞いたわ!また会えてよかった。最後に会ったのは——」

言いよどんだ女性の顔が赤くなるのを見て、ヘイリーは助け舟を出した。「ロビーの葬儀のときね。そうでしょう、サム?」

サムはうなずいた。「ああ、そうだ。久しぶりだね、メイヴィス。息子さんのアンディは元気かな。たしかロビーと同じ野球チームだった」

メイヴィスはうなずき、ヘイリーに言った。「いまはヒューストンに住んでいるのね」

「ええ、だけどじきに引っ越すわ。またサムと暮らすの」ヘイリーは言った。

メイヴィスはゆっくりと息を吐きだし、ほほえんだ。「それはよかった！　二人一緒ならきっと幸せになれるわ、昔みたいに――」口をつぐみ、天を仰ぐ。「わたしったら本当におしゃべりで。ともかく、会えてよかった」言うなり、現れたときと同じくらい突然に去っていった。

サムは、ヘイリーの顔に苦悩の影を探したが、見つからなかった。

その視線に気づいたヘイリーは、声をひそめて言った。「そんなに心配しないで。別に飛んで逃げたりしないから。前からわたしたちを知っている人にとっては少し気詰まりなことになるかもしれないけど、だからって、わたしたちまで気詰まりな思いをしなくちゃならないとは限らないでしょう？」

サムはほっとして肩をすくめた。「じろじろ見て悪かった。だが、その目の下の淡い緑と紫が溶け合うさまがあまりにもきれいで、つい見とれてしまうんだ」

ヘイリーは噴きだし、サムはにやりとした。

ウエイトレスがテーブルのそばに現れた。「ほかにご注文は？」

「いや。会計を頼むよ」サムは言った。

ウエイトレスはエプロンのポケットから伝票を取りだすと、テーブルに勢いよく置いた。

「二人に給仕できてうれしかったわ。また来てね」

「もちろん」サムは言い、財布から紙幣を抜き取ってたっぷりチップを弾むと、ヘイリーをエスコートして店を出た。

外に出た途端、むんとした熱気が顔を直撃した。ヘイリーのひたいに汗が浮かび、サムはすぐさま車のリモートキーを押した。

「走って太陽から逃げたいけど、お腹がいっぱいでそんなに早く動けない」ヘイリーは言った。

「この店を気に入ってもらえてうれしいよ」

サムの言葉に、ヘイリーはうなずいた。「お気に入りに認定したわ」

数分後には通りに車を走らせ、エアコンの送風口をそれぞれの顔に向けて存分に冷風を浴びていた。また一緒にこんなことをするのはあまりにも心地よく、あまりにも自然だったので、サムは会話をしなくてはとも思わず、ヘイリーもうたた寝を始めた。

助手席をちらりと見て、サムはほほえんだ。まさに昔のまま。あのころは、世界は完全で、人生は幸せに満ちていた。サムはため息をつき、家へ向かう曲がり角が見えてきたので車線変更の合図を出した。いま、人生はふたたび幸せで満ちつつある。あとは二百万ドルという重荷をおろすことさえできたら、新しい世界を築きはじめられるのだ。

メイ・アーノルドの気持ちはもうこの農場から離れていた。だが今夜、あちこち戸締まりをしたり明かりを消したりしながら母屋のなかを歩いていると、急に感情がこみあげて、思わずキッチンの真ん中に膝をついた。

天井を向いて怒りの叫びをあげると、それが合図だったかのごとく心のなかのなにかが壊れ、すすり泣きが始まった。嗚咽《おえつ》のたびにしゃくりあげて、息もできなくなってきた。

「わたしはだれも殺してない！　わたしは夫を裏切ってない！　わたしはお金を盗んでない！　生きているものを苦しめたことはないのに、それでも神さま、あなたはこんな仕打ちをなさるのね！　御言葉《みことば》に従って生きてきたのに、その報いがこれ？　どうして死ぬのはわたしじゃなかったの？　どうしてわたしをお召しにならず、こんな屈辱と苦痛にたった一人で耐えさせるの？」

答えも待たず床に倒れこみ、できるだけ小さく丸まって、泣きじゃくっているうちに眠ってしまった。

コヨーテの声で目が覚めて、一瞬、なぜ床の上にいるのだろうと不思議に思ったが、すぐに取り乱したことを思い出した。夜明けはまだ遠いとわかったので、起きあがってベッドに向かった。

次に目が覚めたときには太陽はまぶしく輝いており、メイはエミット・ワトキンスのことを思い出した。「たいへん、エミットに寝巻き姿を見られてしまうわ。急がなくちゃ」

鏡も見ずに顔を洗い、髪を梳《と》かして着替えに走った。シリアルを食べ終えて二杯目のコーヒーを飲んでいたとき、電話が鳴った。

急いで受話器を取った。「もしもし」

「おはよう、メイ。エミットだ。そろそろそちらへ向かってもいいかな」

「ええ、かまわないわ。いつでも来てちょうだい」

電話を切ると、メイは急いでキッチンを掃除し、各部屋を回ってすべてが清潔かつきちんとして見えることを確認した。夫と息子を埋葬するための服を用意したときと同じように。たとえ人生が砕け散っても、これ以外のやり方は知らなかった。

19

その日の午前十時、ＦＢＩはデュード・サントス、本名アレハンドロに逮捕令状を発行した。記載された住所は最後に特定された居場所、つまりサントスがダラスに借りたばかりのタウンハウスだ。

捜査官たちは令状に従おうとしたものの、その努力が報われることはなく、いまやサントスは行方知れずだった。荷物は一つも残っておらず、レンタカーも消えていた。そこで、レンタカーの種類と型に対して捜索指令を発したうえ、サントスは強盗と殺人の容疑でＦＢＩに追われていることを、あらゆる法執行機関に通達した。ヒューストンの現金輸送車強盗事件に関与したとされる三人目の男の身元が、ついに特定されたということを。

その流れのなかでだれかが、三人目の男の正体がわかったという情報をマスコミに流した。そして、これを報じた記事により、じつはサントスこそがずっと金を隠し持っていたのではという憶測が生まれた。

なにが起きているのかをＦＢＩが知る前に、サントスは同類のような犯罪者たちの標的となった。だれもが最初にサントスを見つけて金を独り占めしようと考えたのだ。皮肉なのは、ヘイリー・クエイドが盗み聞きした会話で裏づけられたとおり、サントスは金を持っていないばかりかありかさえ知らないことを、ＦＢＩが把握している点だ。さらにエイミー・レッドベターの証言により、サントスがレッドベターを雇ったのはヘイリー・クエイドから情報を得るためだったことも把握していた。

さんざん時間と労力を費やしてきたこの事件は、どうやらとてつもなく面倒なことになりそうだった。

デュード・サントスはキッチンでランチ用のコーヒーを淹《い》れていた。先ほどつけた小さなテレビから流れてくる音声を聞くともなしに聞いていると、ニュースキャスターの一人がデュードの名前を口にした。

くるりと振り返ったと同時に、昔の顔写真が画面に映され、デュードは急いで音量をあげてニュースに耳を傾けた。驚いたことに、強盗に関与した三人目の男だとばれていた。レッドベターが裏切ったのだ。それ以外でばれることはない。だがなにより腹が立ったのはニュースの最後の部分だった。どうやらメディアは、金はデュードが持っていて、だから見つからないのではという憶測をばらまいているようなのだ。

ようやく現実を受け止めると、驚きは恐怖に変わった。ＦＢＩが逮捕令状を出しただけでなく、すでに何十というごろつきどもが独自の賞金稼ぎを始めているに違いない。デュードと、デュードが持っていない金を見つけようと、目の色を変えているはずだ。

振り返ってキッチンを見た。皿の上の料理と、淹れたてのコーヒー。快適な隠れ家だと思っていたここは、あっという間に監獄になってしまった。すぐにでも脱出しなくては。

ここにいるあいだにじゅうぶん顎鬚《あごひげ》をたくわえたので、顔を合わせた人間が、あの写真の男と自分をにわかに結びつけることはないはずだ。あの写真は昔のものだし、当時は髭を剃《そ》っていた。体重も十五キロ以上増えている。

昼のあいだにここを発《た》っても、ヒューストンから出られないだろう。レンタカーで警察に気づかれるか、賞金稼ぎの連中に顔で見つかるかだ。勝率は低いが……賭けるしかない。

暗くなってからここを出て、駐車場の車を盗んで国境に向かう。だがそこまで行けたとしても逮捕の危険は消えない。その段階で残る選択肢は一つだ。しかし逆ならともかく、アメリカからメキシコへもぐりこもうとすることになるとは。

寝室に駆け戻って荷物をあさり、必要なものだけを取りだしはじめた。高価な衣類はすべて置いていくしかない。最小のバッグに入るものだけを持っていく。

サムとヘイリーはレンタルした小さめのトラックに乗ってヒューストンを目指していた。

出発したのは午前九時を回ったころ、サムの携帯電話が鳴ったのはもうすぐ正午というときだった。サムはハンドルを握ったまま、ブルートゥースを介して応じた。「もしもし」

「サムか、ジャック・ゴードンだ。今朝、自宅のほうに電話をかけたが留守だったので、こちらにかけた」

「ヘイリーと一緒にヒューストンへ向かっている。彼女が住んでいたアパートメントへ荷物を取りに行くんだ。どうした？」

「いや、サントスに関する報道はわれわれが公表したものではないと知らせたくてな」

「そうじゃないかと思っていた」サムは言った。

「まったく困った話だ。これで身元を特定したことをサントスに悟られたばかりか、やつが消えた金を持っているという勝手な憶測のせいで、テキサス中の金に飢えた連中がやつを捜しはじめたことだろう」

「ああ……そこまでは考えていなかった。知らせてくれてありがとう」

「くれぐれも注意してくれ。サントスがどこにいるかはわからないが、本気でヘイリーに近づこうとしているなら、どこにいてもおかしくないからな。レッドベターが逮捕されたと知って、それなら自分でヘイリーをつかまえようと、きみたちを見張っていた可能性もある」

「サントスが乗っている車は？」サムは尋ね、バックミラーをちらりと見た。

「二〇一五年モデルの白い〈フォード・フォーカス〉をレンタルしているが、その型には捜索指令が出されたから、もう別の車に乗り換えているかもしれない」

「参ったな」サムは言った。「ともかく情報をありがとう。必要なものを集めたら、なるべく早くダラスに戻るとしよう。おそらく日没までには帰れるはずだ」電話を切って、ヘイリーを見た。

「声が大きかったから、全部聞こえたわ」ヘイリーは言った。「だけどこうなった以上、彼はもうわたしを狙っていないんじゃないかしら。警察だけでなく悪党にまで追われているとなったら、わたしがどんな情報を知っているかなんて、気にするどころじゃないと思うのよ。それに、あなたがついていてくれるから、わたしは取り乱したりしないわ。ちっともね」

サムはうなずいた。「同感だ」

二人はそのまま車を走らせ、午後一時少し前にヒューストンに入った。そこからさらに一時間ほどで〈ロチェスター・アパートメンツ〉に着いた。

ヘイリーは立体駐車場を指差した。「このトラックで入れるかしら」

サムは入り口に記された車高制限を確認した。「ああ、余裕だ」

「じゃあなかに入って、四階まであがって。荷物を持ってのぼりおりしなくてすむなら、作業はずっと楽になるわ。できたら入り口の近くに停《と》めてもらえる？　エレベーターのすぐそばよ」

「わかった」サムは言い、立体駐車場に入って上へ向かうと、四階にたどり着いた。停められている車は少なく、エレベーターはすぐに見つかった。

「ああ、助かった」ヘイリーは言った。「ふだんは車がいっぱいなの。戻ってきた住人はまだ少ないのね。おかげで入り口から五メートル以内に停められる。ついてるわ」

サムはエンジンを切り、ヘイリーを見てにやりとした。「到着だ。後ろに大量の段ボール箱と台車が積んである。ハンガーボックスは十個。それで足りなければ、残りはたたんで箱に詰めよう」

ヘイリーは興奮に身震いし、部屋の鍵を探してハンドバッグをあさった。「あったわ。さあ、行きましょう」

トラックをおりたサムは後部ドアを開け、荷台にのぼってまず台車をおろした。そのあと、つぶした段ボール箱を縦にして台車にのせていき、紐《ひも》をかけて、トラックをロックしてから部屋のほうへ歩きだした。

ヘイリーは予備の梱包《こんぽう》用テープを入れた袋とテープカッターを手にしていた。箱を広げて底をテープで留める作業に時間はかからないし、もっと箱が必要になれば、サムがトラックまで取りに戻ることになっていた。

「部屋番号は？」サムが尋ねた。

ヘイリーは指差した。「四〇四。もう少し先の左手よ」

「ああ、見えてきた」

「冷蔵庫の掃除がいちばん怖いわ」ヘイリーは言いながら一つ目の錠に鍵を挿して回し、続いてデッドボルトを開けた。

ノブを回そうとしたが、動かない。眉をひそめてもう一度鍵を使うと、今度は難なくノブは動いた。ドアを押し開けると、涼しい空気が出迎えた。

「変ね。鍵がかかっていなかったみたい。開けようとしたのに、逆にかかってしまったわ」二人でなかに入り、ドアを閉じながらヘイリーは言った。

サムは眉をひそめた。「どういう意味だ？」

「その……鍵はいつも両方かけるのよ。かならずね。だけどあの日の朝は急いでいたから、うっかりしたみたい。少なくとも部屋のなかは涼しいわ。それに……明かりを消していくのも忘れたのね。これはときどきやってしまうこと。ああ、段ボールはキッチンとリビングルームのあいだの広い場所におろして。すぐに戻るわ」

「どこへ行く？」サムは尋ねた。

「奥の寝室よ。楽な靴に履き替えたいの」

サムは台車を言われた場所まで転がしていき、紐を外すと、段ボールを床におろしはじめた。すべておろしてもまだヘイリーは戻ってこなかった。

冷蔵庫のなかの状態が気になったので扉を開けてみたが、その瞬間、動きが止まった。目にしているものを理解しようとしながら、大きな声で呼びかけた。「おいヘイリー……これを見てみろ」

返事はなかった。

サムはまた眉をひそめた。「ヘイリー！　大丈夫か？」

やはり返事はない。

そのときすべてを理解した。鍵のかかっていなかった玄関。つけっぱなしになっていた照明。空っぽで掃除のできている冷蔵庫。

振り返って廊下の先を見た。ズボンの裾をめくってブーツのホルスターからピストルを抜き、安全装置を外す。静かに廊下を進んで、そっとドアを押し開けた。

たった十秒のあいだに無数の筋書きが頭のなかを駆けめぐったが、結局、ヘイリーは男の前に跪《ひざまず》かされて頭に銃口を押し当てられていた。

「少しでも動いたらこの女を殺す」デュードは言った。

万事休す。

「冗談じゃない」サムは言うなり、目にも留まらぬ速さでピストルを掲げた。いち早くそれを察知したヘイリーが横っ飛びに逃げると同時に、サムの放った銃弾がデュードの眉間を貫いた。

デュードの指も負けじと引き金を引いたものの、ヘイリーはすでに一・五メートル離れた場所にいて、デュードが床に倒れていくさまを見ていた。

サムはヘイリーに駆け寄って助け起こし、体に腕を回した。「なんてことだ、大丈夫か？　怪我《けが》はないか？」

「大丈夫よ。不意討ちを食らっただけ。クローゼットの扉を開けたらあの男が目の前にいて、自分の唇に人差し指を当てて出てくると、わたしを床に跪かせて、髪をわしづかみにしたの。そしてあなたが来るのを待った」

数人が廊下を駆けてくる足音が聞こえ、ドアをノックする音が響いた。

「出たほうがよさそうだ」サムは言った。

ヘイリーがドアを開けると、管理人のフランシスが現れた。背後には一階に詰めているはずの守衛もいる。

「心配しないで。こちらはサム。わたしの元夫で、じきにまた夫になる男性よ。ダラスから戻ってきて荷造りをしようとしたら、部屋に侵入者がいたの。いきなり現れて……わたしの頭に銃を突きつけて、動いたら殺すとサムを脅したわ」

「だから代わりにおれがその男を撃った」サムは言い、守衛が騒ぎだす前に、私立探偵の身分証と銃の携帯許可証を提示した。それから安全装置を戻して、ドアのそばの小さなテーブルに置いた。

「だれか警察に通報してくれた？」ヘイリーは尋ねた。

「わたしがするわ」フランシスは言った。

ほっとしたヘイリーは向きを変えてサムに手を伸ばし、またしても彼の腕のなかで気を失った。


アパートメントに押しかけたヒューストン警察は、サムとヘイリーの供述を裏づける証拠を探した。まずは、まだトラックのエンジンが温かいこと。つまり部屋に入ってからの時間はエンジンが冷えるほど長くなかったということだ。それから、死んだ男の服がヘイリーのクローゼットにかけられていること。さらには、主寝室から続くバスルームのあちこちに男の洗面道具が転がっていること。そして、向き合うことをヘイリーが恐れていた冷蔵庫内が清潔で空だったこと。すべてが明らかに一つの答えを指していた。

男は数日前からここにいて、二人はなにも知らずに入っていった――と。

到着した現場捜査班が指紋の採取を始めると、コーヒーメーカーから戸棚の取っ手にいたるまで、あらゆる場所から男の指紋が見つかった。シャワールームで発見された、明らかにヘイリーのものではない体毛によって、さらに裏づけは強まった。

殺人課の刑事は現場に数分いただけで、サムとヘイリーが座っているリビングルームに戻ってくると、部下に問いかけた。「財布は見つかったか？　身分証を持っていないし、ポケットも空だ」

「あの男はアレハンドロ・サントスです」サムは横から言った。

刑事は眉をひそめた。「アレハンドロ……？」

三人の警官が顔をあげ、同時にしゃべりだした。「まさか例の、三人目の男？　現金輸送車強盗の消えた一人？　FBIが捜索中の？」

サムはうなずいた。

刑事はしかめっ面でサムを見た。「きみはなぜ知っている？」

「サントスは、ハリケーンの最中に仲間の二人がヘイリーを人質にしていたと知ってからずっと、彼女を追っていたんです」

ドアのそばにいた警官が不意にサムを指差した。「思い出した！　ここに入ってきたときから、どこかで見たことがあると思っていたんだ。ハリケーンのあとに最初にヘリで救助された、親指を立てた彼だろう？　で、ヘイリーというのはヘイリー・クエイドだ！　連邦保安局から逃げた囚人たちにつかまった女性。ソーンウッドのあの豪邸から救助ヘリで助けだされたのは、きみたちだったのか！」

全員が振り返って、あらためてヘイリーを見つめた。薄れかけたあざと頬の傷跡の理由がようやくわかったと言いたげな顔で。

「ええ、そのとおりよ。二人と一緒にあの家へ閉じこめられているあいだに、いくつか会話を耳にしたの。そのなかに、デュード・サントスという男を裏切ったことがばれたらどうのという話もあった。そのときのわたしにはだれのことだかわからなかったけど、連邦保安局とFBIに話したら、彼らにはすぐわかったというわけ」

　続きはサムが引き取った。盗んだ金を仲間二人が隠した場所について、ヘイリーならなにか知っているに違いないと思いこんだサントスが、彼女を誘拐しようとしたこと。その過程でサムの隣人が殺害されたこと。

　すべてを話し終えるころにはFBIも到着していた。ジャック・ゴードン特別捜査官がバッジを示しながら入ってきて、サムとヘイリーを一目見るなり、首を振った。「無事で本当によかった」刑事たちに自己紹介してから、サムとヘイリーのそばに腰かけた。「いいかげん、うんざりしているだろうな」

「おれの大事な女性を狙っている人間がもういないようにと、心から願っているよ」サムは言った。

「もっともだ。失礼、すぐに戻る」ジャックは言って立ちあがり、遺体はどこかと尋ねながら警官のあいだに消えていったが、数分で戻ってきた。「この目で確認したかった。しかし、我々はあの男のことを見くびっていたようだな。レッドベターが逮捕されたと知ったら、自力でヘイリーを見つけようとするだろうとは思っていたが、まさかここに忍びこんで帰りを待つとは。なかなか賢い計画だ」

「ここの作業はいつ終わるの?」ヘイリーは尋ねた。

ジャックは肩をすくめた。「はっきりとは言えない。もうすぐうちのチームもやってくる。残念だが、荷造りは数時間遅れそうだ」

ヘイリーはぐったりとサムに寄りかかった。「せめて、もうサントスに狙われていないことをありがたく思わなくちゃね」それから真剣な顔でジャックを見た。「マスコミ向けにはっきりと声明を出してください。わたしはお金についてなにも知らないこと、それから三人目の男としてサントスを挙げたのは、わたしじゃなくてレッドベターだということを」

ジャックはうなずいた。「それくらいは当然だ。なにしろ最初に悪党どもを撃ったのはきみだからな。まあ、サムの銃弾ほどきれいに命中していれば、きみも痛い思いをしなくてすんだだろうが」

ヘイリーはやれやれと首を振った。「FBI捜査官だろうと、男性はみんな考えることが同じね。女性も悪くないけれど、男性のほうが上だと思ってる」

指摘されて、ジャックはにやりとした。「妻に怒られるな」

「自分ではとてもよくやったと思っているわ」ヘイリーは言った。「最初の二発を当てたんだもの。夜間に、明かりのない廊下で」

ジャックはうなずいた。「たしかにみごとだ」

「運がよかったんだな」刑事は言い、見なおした顔でヘイリーを眺めた。

「運じゃないわ」ヘイリーは言った。「声が聞こえて、動く影が見えたから、音のほうに向けて撃ったの」

「おれが教えたとおりだ」サムは言った。「念のために言っておくと、おれは射撃練習場で一度も彼女に勝てたことがない」


捜査の騒ぎのただなかで、ヘイリーはアパートメントのソファに横たわり、サムの膝に頭をのせて眠った。サムは片手をヘイリーの肩に置いてじっとしたまま、今日のことを思い返していた。もう少しで二人とも死ぬところだった。それもこれも、三人の男が現金輸送車強盗を企てたばかりに。数カ月後の今日までに、三人が招いた被害は甚大だ。


フランシスは二度、ヘイリーとサムの様子を見に来た。一度目は、眠っているヘイリーに毛布を持ってきて、しっかりくるんだ。二度目は、食べ物と冷たい飲み物を詰めたバスケットを届けて、二人の前のコーヒーテーブルに置いた。

どちらのときもサムは礼を言った。そして、どちらのときもフランシスはほほえんで会釈をし、目に涙を浮かべた。

そして二度目のときは、声をひそめて忠告した。「これ以上、困らせたくはないんだけど、どうやらマスコミが嗅ぎつけたみたいなの。いまは警察が守ってくれるけど、警察が帰ってしまったら、そうはいかないかもしれないわ。ロビーは守衛が通さないとはいえ、ああいう人たちはなにかしらの手を打って、行きたい場所にたどり着くものだから」

「親切に、ありがとう」サムは言った。「この数年はヘイリーにとってもおれにとってもつらい時間だった。今回のハリケーン以来、ヘイリーは散々な目に遭ってきたが、今日のこれが最後の苦難であってほしいよ」

フランシスは思いやりの目でヘイリーを見おろした。「本当に怖かったでしょうね。ほかに言いようがない。できるだけスムーズにアパートメントから出られるよう、精いっぱいの協力をするわ。今回、あんなに恐ろしい人が忍びこんでいたのに気づけなかったこと、本当にごめんなさい」

サムは首を振った。「あの男は混乱に乗じただけだ。それより、ここからスムーズに出られるよう協力してくれるということだが……荷造りが終わった段ボール箱をトラックまで運ぶ手伝いをしてもらえたら、とても助かる。借りてきたトラックは立体駐車場に出てすぐのところに停めた」

「喜んで手伝うわ。退去後の掃除に関してはこちらで監督するから、心配しないで」フランシスは言った。「それじゃあいまは、失礼するわね。だけど今夜、眠る場所がほかに必要なら、すぐにでも手配を――」

「ハリケーンの真っ最中、うだるように暑い屋根裏で二十四時間を耐え抜いたおれたちだ。おまけにあのときは下の階に死体が二つ、転がっていた。それを思えばここはじゅうぶん快適さ」サムは言った。

「ああ、二人とも、よく無事で」フランシスはささやくように言い、静かにドアを閉じて去っていった。

　さらに二時間後、検死医が到着して手早く仕事を終えると、デュードは遺体袋に収められて車輪のぐらつく担架にのせられ、運びだされた。威厳のない退出は、まるで地面を引きずられる車のマフラーのようだった。本人は喜ばなかっただろう。

　捜査班が去ったあともヒューストン警察は警官二人を見張りとして残し、ＦＢＩは全員が去った。その後、警官二人も去ることになり、一人がサムとヘイリーを外に案内しようと近づいてきた。「すみませんが、ここは犯罪現場なので。テープで封鎖して――」

　そのときヘイリーが目を覚ました。「なにごと？　みんな、どこへ行ったの？」

「おれに任せろ」サムは言い、警官を見た。「今日はどうもありがとう。みなさんのここでの仕事は終わったかもしれないが、おれたちの仕事はいまからなんだ。これ以上、答えなくちゃならない質問もないだろう？　おれたちは明日の正午までにここを出る。それでいいかな」

警官は眉をひそめた。「寝室の床は血痕だらけですが」

サムは天を仰ぎたい衝動をこらえた。「わかっている。あの男の頭に銃弾をぶちこんだのはおれだから。それでも、血痕のほうが、彼女の頭に銃を突きつけている男よりずっと簡単に無視できる。それに、寝室では寝ない」

警官二人は顔を見合わせて肩をすくめ、会釈をして出ていった。

サムが玄関の鍵を二つともかけたとき、ヘイリーが寝室のほうへ廊下を歩いていった。

サムは急いであとを追った。ヘイリーがどんな反応を示すか、心配だった。いまだに過度のストレスを受けるたびに気を失ってしまうのは、脳震盪《のうしんとう》の後遺症のせいだろう。支える人間がそばにいないときに、またそうなってしまうのが怖かった。「ハニー？」

「見て、このひどいありさま。退去する前にかならず掃除するとフランシスに約束してしまったわ」

サムは笑いをこらえ、ヘイリーの肩をつかんで振り返らせた。「まったく、きみって人は。こっちはきみの気持ちを心配していたのに、まさか掃除の心配をしていたとは。だが大丈夫だ。きみが眠っているあいだにフランシスが来て、引っ越しの手伝いだけでなく掃除も引き受けると言ってくれた。おれたちが出発したあとにやるから任せてくれと。サントスがここに潜伏していたのに気づかなかったことを、訴えられるんじゃないかと恐れたんだろう」

ヘイリーはため息をついた。「いまの言葉、サントスが床に倒れたときの音以来、最高の響きだわ」

サムは首を振ってにやりとした。「ゲスト用のバスルームでシャワーを浴びよう。フランシスが食べ物を持ってきてくれた。少しは食べないと、彼女が気を悪くするぞ。ああ、それともう一つ。フランシスの話では、ここで起きたことをマスコミが嗅ぎつけたらしいから、玄関のチャイムが鳴っても出ないこと」

「ああ、もう、いや。いつになったら終わるの」

「かならず終わりは来るさ」サムは言った。「だが今夜はまだだ。今夜は食事をして、ゲスト用の寝室で眠って、朝になったら荷造りをして、家に帰る」

「家。これこそすてきな響きね」ヘイリーは言った。

結局、ゲスト用の寝室にはたどり着かなかった。ヘイリーはまたソファで眠ってしまったのだ。サムは毛布をかけてやり、自分にはゲスト用の寝室からキルトを取ってきた。ソファのできるだけ近くにリクライニングチェアを引き寄せると、キルトにくるまって目を閉じた。一瞬、サントスの前に跪いたヘイリーの姿が頭に浮かんだものの、すぐに眠りに誘われた。

翌朝は、午前八時にフランシスがドアをノックする音で始まった。彼女の手には、熱いコーヒーと揚げたてのドーナツがあった。

サムはのぞき穴から外を見て、フランシスをなかに入れた。

「コーヒーのいいにおい」ヘイリーはそう言って、ゲスト用のバスルームから手を拭いつつ出てきた。

フランシスはトレイをキッチンの調理台に置き、ヘイリーを短く抱きしめた。「昨日、あなたが眠っていたときにサムに話したんだけど、掃除はこちらで引き受けるわ。荷造りと、トラックまで荷物を運ぶ作業のほうも、六人の手伝いを用意したの。あと三十分ほどで来るはずよ。ほかにこちらでできることはない？」

「じつはあるの」ヘイリーは言った。「家具は置いていくつもりなんだけど、ハリケーン・グラディスですべてを失った人は多いでしょう？　だからどこかに寄付したいのよ。その手配をしてもらえたら、ものすごく助かるわ」

「喜んで引き受けるわ。そして引き取り手には、かならずあなたの名前を伝える」

「ありがとう」ヘイリーは言った。「さて、サムに平らげられる前にドーナツを一つ取っておかなくちゃ」

フランシスは手を振って出ていき、その言葉どおり、三十分後にはヘイリーのアパートメントはまた人でごった返していた。ただし今回現れた人たちは、荷造りを手伝ってくれている。

時計が正午を指す十分前、ヘイリーはフランシスにアパートメントの鍵を返し、賃貸契約の解約書にサインして、〈ロチェスター・アパートメンツ〉のロビーから外に出た。

サムは正面玄関にトラックを停めて、ヘイリーが出てくるのを待っていた。

トラックに乗りこむなり、ヘイリーはシートベルトを締めた。「終わったわ、サミー。さあ、わたしを家に連れて帰って」

20

葬儀会社の経営者であるジョージは、まだ前日のできごとに心を悩ませていた。

ピート・アーノルドは昨日の午後、たいした儀式もなしに埋葬された。参列したのは、ともに育った数人と、浮気相手だった四人の怒れる女性たちと、葬儀会社の依頼でやって来たライリー牧師だけだった。

いい葬儀とは言えなかった、と思い返しながらジョージは書類仕事を進めたが、あれよりひどくなっていた可能性もあるのだ。残された妻が夫の埋葬に立ち会うのを拒否したのは、これが初めてだった。

そして今日も新たな〝初めて〟に取り組むことになる。ハーシェル・アーノルドの遺灰を任されたので、代理の助手が現れしだい、メイ・アーノルドの依頼に従って、ピート・アーノルドの墓に撒《ま》かなくてはならない。

数分後に現れた助手のデルロイは、うろたえて怒っていた。

「どうした?」ジョージは尋ねた。

「いえね、ついてないことに、自宅のトイレがあふれたんですよ。ところが下水のようなにおいはしない。なぜか、なにかが燃えているようなにおいがするんです。だがなにも燃えていないし、水はトイレから廊下に流れだすしで、自力で探ってみたんです。そうしたら下水管の奥のほうに、妻のものだろう少し焦げた〝多い日用〟の生理用ナプキンと、八歳の息子のものだろうロボットフィギュアと、ぼくが車庫の掃除に使うほうきから切り取ったらしい藁《わら》一つかみと、二本だけ残してあとは擦ってある安全マッチの束が詰まっていたんです」

いつしかジョージはほほえんでいた。この職場では、笑顔は珍しい。「それで、どうなった？」

デルロイは天を仰いだ。「原因は、妻が息子に見せたテレビなんです。バイキングが大勢出てくる映画だったんですが、息子は死者を扱う彼らのやり方にひどく夢中になってしまって」

「話が見えないんだが」ジョージは言った。

「いま教えてさしあげますよ！　当時は重要人物が死ぬと、残された者たちは船やいかだに積んだ薪《たきぎ》の上に遺体をのせて、薪に火を放ち、海へ送りだしたんです。ごうごうと燃える船を、ドラマチックにね。だから生理用ナプキンとほうきの藁は焦げていて、フィギュアの腕の一部は溶けていたんです。安全マッチの役割については、ぼくから解説するまでもないでしょう」

いまやジョージは大笑いしていて、息もできないほどだった。「つまり……息子さんは火をつけたものをトイレに流したと?」

デルロイはため息をついた。「トイレに波は起きませんから、レバーを押して渦巻きを起こして……まったく。ともあれ、遅れて申し訳ありません。どうぞいつでも出かけてください」

この二日間、感じていた心の重荷が軽くなるのを感じながら、ジョージは遺灰を手に車へ向かった。きっと亡きピートも若いころはデルロイのように我慢強くていい父親だったのだろうし、ハーシェルもデルロイの息子のように明るく楽しい子だったに違いない。

メインストリートに車を走らせ、町の西側にある墓地を目指すと、いちばん新しい墓のそばで停《と》めた。

ピート・アーノルドの墓には、埋葬したときの花がいまも散っていた。花はしおれ、リボンはほどけつつあったが、きっとピートは気にしないだろう。

墓のそばに歩み寄り、壺《つぼ》の蓋を取ったところで、ためらった。「その……ピート、これからハーシェルがそちらへ行くよ。久しぶりだろうが、きっと積もる話があるんじゃないかな。さあ、きみの息子だ。迎えてあげるといい」

そう言うと、壺を傾けて遺灰を撒いた。昔、母が鶏小屋《とりごや》のめんどりたちに餌を撒いていたときのように。壺を振り動かして、そよ風に運ばせた。

しばしあたりは灰色の粉末だらけになり、それらは軽すぎて地面に落ちない雪片のごとく宙を舞った。が、やがて落ちはじめた。花に、リボンに、掘り返されたばかりの土に。

「灰は灰に。塵《ちり》は塵に」ジョージは言った。「二人とも、地上ではずいぶん騒ぎを起こしたね。そろそろ静かに休むといい」


アーノルド家の地所に掲げられた〝売り出し中〟の看板はメイが思っていた以上の関心を呼び、目下、三組の買い手候補が入札競争をしていた。三組とも最終的な付け値を、今日中に不動産事務所のエミット・ワトキンスに提示することになっている。その時点での最高額が落札額だ。

メイは喜んでいた。早く売却できれば、それだけ早く出発できる。午前中ずっと作業をして、キッチンにあるなかで持っていきたいものを選んだ。お気に入りの鍋とフライパンは、絶対だ。

五十年以上も愛用し育ててきた鋳鉄製のフライパンを、はいさようならと置いていく南部の女性などいない。

持っていくつもりのものを、すべてキッチンテーブルに並べてみた。母の皿一式は調理台の上だ。レシピブックはもちろん持っていく。といっても、スパイラルノート数冊にちょっとしたメモを書きつけただけのものだが。残りは頭に入っている。

さすがに疲れて頭痛がしてきたので、少し休んでなにか食べてから、男たちの服を引っ張りだすことにした。南部バプテスト教会の地下には寄付された衣類を無料で提供するためのスペースがあり、ピートとハーシェルの衣類はそこへ任せることにしたのだ。教会の女性たちが明日、バンで取りに来てくれる。

食事の前に、書き留めた〝やることリスト〟を見つけなくては。家のなかのどこかに置いたはず。キッチンとダイニングルーム、さらにリビングルームを捜したが、見つからないので廊下を進んだ。右手にある最初の部屋は、ハーシェルの部屋だった。

なかに入ると、ハーシェルのベッドの足元にノートとペンがあった。「そこにいたのね」そう言って歩み寄った。ノートとペンを取って出ていこうとしたとき、ペンを落とした。ペンはメイの手から逃げるように、クローゼットの扉の下の隙間に転がりこんだ。「出てらっしゃい」メイは言い、扉を開けた。

しゃがんでペンを拾おうとしたとき、クローゼットの奥に押しこまれた段ボール箱が目に入り、驚きのあまり床に膝をついた。

この箱を家のなかに運んだ直後にピートが死んで、夫のもう一つの顔が露見し、結婚の誓いへの裏切りが発覚したせいで、これの存在をきれいに忘れていた。

体が震えて汗が噴きだし、自分も心臓発作を起こして死ぬのではと思った。この忌まわしい金は、ずっとここにあったのだ。この家のなかに。床を這《は》ってベッドまで進み、どうにか起きあがって電話に駆け寄った。

ところが肝心の電話番号がわからない。脚の震えを抑えながら、サイドボードの上に置かれたメモの山をあさり、ついに空の封筒の裏に書かれた目当ての番号を見つけた。それを持って電話のところへ戻り、椅子を引き寄せた。座っていないと、この電話はかけられそうになかった。

番号を押して呼び出し音に耳を澄まし、留守電につながりそうだと思ったとき、相手が出た。「はい。ゴードン特別捜査官ですが」

「ミスター・ゴードン。わたし、メイ・アーノルドです。ハーシェル・アーノルドの母親の」

「ああ、ミセス・アーノルド。どうしました？　なにかわたしで力になれることでも？」

突然、メイの体に震えが走った。ハーシェルの死を悟った日と同じように。それで理解した。あの子はいま、ここにいる。これをもとの場所に返すための手伝いをしている。

メイは気持ちも新たに言った。「いいえ、じつは力になれるのはわたしのほうなんです。ケンタッキー州のわたしの家まで部下の方を何人かよこしてほしいのだけど、どれくらい時間がかかるかしら？」

ジャック・ゴードンは眉をひそめた。「どの州にも捜査官はいますから、それほど時間はかからないでしょうが、なぜＦＢＩが必要なんです？」

「お金を見つけたの。ハーシェルが盗んだお金よ。どうしてここにあるのか、それ自体も長い話なのだけど、とにかく持っていってほしいの」

ジャックは立ちあがった。デスクでパソコンに向かっていたパートナーが〝なにごとだ〟という顔で見あげるまで、自分が立ちあがったことにも気づいていなかった。「それは現金輸送車から盗まれた二百万ドルのことですか？」

「数えていないから、いくらあるかまでは……。だけどすごく大きな箱で、上までぎっしり詰まってるわ」

「なんということだ……わかりました。お住まいは都市部ですか？」

「いいえ。うちがあるのは、ケンタッキー州南部のケアリータウンという小さな町から車で二十分ほどのところよ」

ジャックは顔をしかめた。ケンタッキー州の山あいにある目的地を見つけるのは容易ではないと、経験から知っていた。「ではいくつか質問させてください。迷わずお宅へ向かえるように」

メイは捜査官に尋ねられるままに答えていった。

「わかりました」ジャックは言った。「これから二時間以内に捜査官数人を向かわせます。外出は控えてください。いま、お一人ですか？」

「ええ。うちにはもう、わたししかいないの」

「ありがとう、ミセス・アーノルド。よく電話をくれました」

電話が切れたので、メイは受話器を戻し、手のひらの汗をスカートで拭った。直後にお腹が鳴った。「さあ、サンドイッチをこしらえましょうかね」


メイはポーチで揺り椅子に腰かけ、木々から聞こえる鳥の声に耳を傾けながら、庭の隅で青々としたクローバーをかじるうさぎを眺めていた。いちばん恋しく思うのは、きっとこれだろう。人間の物音がせず、神の作りし小さな生き物だけがいる時間。

数台の車の音が聞こえてきた。この山あいでは音は遠くまで伝わる。町からここまでのあいだには険しい道もあり、そうした場所ではエンジンに圧力がかかる。聞こえてくるのはそういう音だから、車はこちらへ向かっているのだろう。ＦＢＩでありますように。あの箱がなくなれば、心の重荷も消える。

車のスピードが落ちて、タイヤが砂利道を踏む音が聞こえた。いよいよ近づいてきたのだ。メイが髪を撫《な》でつけて服を整え、膝の上に両手を重ねたとき、車が見えてきた。

車は二台。黒いバンと黒いＳＵＶ。

停まった車から一人がおりてきて、門の向こうから呼びかけた。「こちらはミセス・アーノルドのお宅ですか？」

メイは立ちあがった。「ええ。わたしはメイ・アーノルド。電話をかけたのはわたしです」

サムとヘイリーがダラスに戻ってから、持ってきたものをあるべき位置に収めるまで、一日かかった。大半は衣類で、主寝室以外の寝室三つに広々したウォークインクローゼットがついているから、収納の問題はあっさり解決した。

以前一緒に住んでいた家からヘイリーが持ちだしたのは、結婚記念の皿と鋳鉄製の鍋だけだった。南部の女性にとって、祖母の真珠に負けないほどの価値がある鋳鉄製の調理器具を、あるべき場所に戻せた。ヘイリーには、人生を象徴しているように思えた。

ほかに大事なものはといえば、写真と記念の品で、すでに以前からそこにあったかのごとく、家のあちこちに置かれていた。

サムが最後の写真を壁にかけると、ヘイリーが一歩さがって全体を眺めた。

「すごくすてき」ヘイリーは言った。「あなたはどう思う？」

「あるべき場所に収まったと思うよ……きみと同じようにね」

ヘイリーはほほえみ、白いTシャツの下で筋肉が動くさまと、陽光のなかでは真っ青に輝くサムの瞳に見とれた。

ヘイリーの顔に浮かんでは消える表情を眺めていたサムは、彼女の目が丸くなり、視線が大胸筋を横切るのを見てにやりとした。「その顔、なにを考えているかお見通しだぞ」

ヘイリーは赤くなった。「別に、なにも考えていないけど」

「またおれの傷を見せてほしいと思っているんだろう」

ヘイリーは笑った。サムに抱きあげられ、たくましい腕に包まれて廊下を寝室へ進むあいだも笑っていた。

「あれが最後の写真でよかった」サムは言いながらTシャツを脱ぎはじめた。

「どうして？」ヘイリーも服を脱ぎながら尋ねた。

「やり残した作業を気にせず、こっちに専念できるから」サムはそう言うと、まだ笑っているヘイリーを腕のなかに引き寄せて、仰向《あおむ》けでベッドに倒れこんだ。

もうすぐ午後三時。

外でプール掃除をしていたサムは、手伝うから水着に着替えてくると言って家のなかに入っていったヘイリーを待っていた。

ところがパティオへ駆けだしてきたヘイリーは、裸に近い格好だった。布地の少ない青のビキニのボトムは穿《は》いているものの、トップは手に持ったままだ。「サム！　サム！　お金が見つかったって！　終わったのよ。すべて終わったの。マスコミが次にどんな突拍子もない話をでっちあげようと、わたしの首にかかっていた賞金はなくなったわ」

サムは歓声をあげ、プールからコガネムシをすくうのに使っていたすくい網を手放すと、ヘイリーに駆け寄った。

ヘイリーは泣きながら笑っていた。サムの首に両腕を回して力いっぱいに抱きしめたその強さが、ようやく恐怖から解放された安堵《あんど》を物語っている。それを体で感じつつ、サムは言った。「きみの言うとおりだ。おれたちの過去はここで終わって、今日からはおれたちの未来が始まる。記念にまず、なにがしたい？」

ヘイリーはサムの腕のなかで身を引いた。その目には涙が浮かんでいたが、口元には笑みが浮かんでいた。「わたし……わたしね、わたしたちの赤ちゃんがほしいの。どう思う、サム？　許されると思う？」

その瞬間、サムの胸は痛いほど締めつけられたが、それはすばらしい痛みだった。ヘイリーの瞳に映る自分を見つめながら、人差し指で頰を撫でおろし、胸の谷間まで伝いおりた。そしてほほえんだ。「前回は最高の宝物を授かったんだ。ぜひもう一度、挑戦するべきだと思う」

エピローグ

一年後

メイ・アーノルドはお気に入りのバーで、桟橋の柱の一つにペリカンがおりてくるさまを眺めていた。毎日、日没のころに桟橋へ来て、マイアミの海に沈む夕日を見るのが好きだ。ときにはすてきな一日の終わりにマルガリータで乾杯するのだが、今日も例外ではない。グラスを運んできたウエイターがウインクをよこしたので、メイはにっこりした。若くて陽気なこの青年は、こちらを笑顔にしてくれる。それだけでもここまで歩いてくる価値はあるというものだ。

そろそろレストランから人が出てきて、板張りの遊歩道を桟橋のほうへ歩きだす時間だ。メイはマルガリータを手に、笑顔でそちらへ向かい、手すりに並んだ人たちと少しおしゃべりをしながら、待った。

いつもどおり、太陽が海にキスをすると、おしゃべりはやんだ。終わりゆく日への畏敬の念もあらわに、だれもが変化する空の色に見とれる。徐々に太陽が沈んでいき、神々しいまでのピンク色と紫色の輝きを放って消えていくと、人々はさよならのしるしにグラスを掲げた。

アメリカの別の場所では、新たな命が誕生しようとしていた。〈ダラス記念病院〉の分娩室《ぶんべんしつ》だ。

十時間という長いお産の末に、ヘイリー・クエイドは赤ん坊を産もうとしていた——もう一度。

「頭が見えてきた！」医師が言う。

ヘイリーの顔には玉の汗が光っていた。長時間の痛みのせいで、疲れ果て、消耗しきっていた。「ああ、来た」ヘイリーは言った。背骨のいちばん下からお腹の周りへ、さらに下のほうへ、痙攣《けいれん》が広がる。

サムはかたわらに立ち、妻と一緒に数を数え、一緒に呼吸を整えていた。最後の段階に入ってから、一度もヘイリーの手を離していない。「きみならできる。絶対にできる。おれにつかまっていろ。絶対に離さないからな」

ヘイリーには、サムの声は聞こえても言葉の意味はわからなかった。耳のなかで轟音《ごうおん》が響き、押しあげられるような感覚が生じる。この感覚は知っている。ついにそのときが来たのだ！　最後の力を一滴残らず振り絞っていきみ、激痛に耐えた。至福の瞬間を迎えるために。

「やったぞ！」サムが叫んでヘイリーの手を掲げ、サムの手を握りしめている指の関節にキスをした。

「かわいい女の子だよ。さあ、ママとご対面だ」医師が言い、赤ん坊をヘイリーの胸にそっとのせて、へその緒を切った。

赤ん坊は泣き、サムは笑っていた。胸の上を見おろしたヘイリーは、黒髪と、こぶしに握られた小さな両手を見て、赤ん坊の頭をやさしく手で包んだ。「泣かないで」ヘイリーは言った。「きっとここが気に入るわ」

ママの声を聞いた瞬間、赤ん坊は泣きやんだ。その耳はママの心臓の近くにあり、知っているリズム、知っている声に気づいたのだ。

ここはおうちに違いない。

サムは赤ん坊のほうにかがみこみ、耳元でささやいた。「かわいいお嬢さん、ようこそすてきな世界へ」

訳者あとがき

愛する存在を喪《うしな》うことは、悲しい。

実際に肉体的な痛みまで伴うほどのあの感情を表現しようと思ったら、〝悲しい〟なんて言葉では足りないのかもしれない。

本書は、十一歳の息子を病気で亡くした夫婦が、その悲しみゆえに一度は離れ離れになるものの、ふたたびともに歩きだして幸せを手に入れるまでの物語です。けれどそこにいたるまでの道は意外にして多難。いったいどんな道のりなのか、詳しくは本編で味わっていただくとして、ここでは簡単にご紹介しましょう。

ヘイリーとサムのクエイド夫妻は若いころに出会って結婚し、野球が好きで心やさしい一人息子ロビーを授かりますが、その小さな体はやがて白血病に蝕《むしば》まれ、闘病の末にわずか十一歳で天に召されてしまいます。献身的に息子を看病してきたヘイリーの嘆きは筆舌に尽くしがたく、あらゆる面でロビーにそっくりな夫と顔を合わせていることにも耐えられなくなって、ついには離婚という決断をくだしました。サムのほうは、想像だにしていなかった悲劇をともにくぐり抜けた夫婦として、これからも支え合って生きていこうと思っていただけに、そんな妻の決断に衝撃を受けて考えなおしてくれるよう説得を試みますが、絶望のさなかでもはや冷静に考えることなどできなくなっていたヘイリーの決意は固く、二人は別々の道を行くことになりました。

それから三年。長期にわたるカウンセリングのおかげで、ヘイリーはかつての自分の決断がいかに間違っていたかを悟ったものの、いまさらサムに連絡をとることもできず、新たに始めた不動産業者としての仕事に没頭する日々を送っています。そんなある日、彼女が住むテキサス州ヒューストンにハリケーンが迫っているという天気予報が流れました。さらに、同じテキサス州の刑務所へ移送される途中だった凶悪犯二人が逃走したというニュースも飛びこんできます。一見、無関係と思われるこの二つのできごとが、ヘイリーを介して結びつき、彼女を命の危険にさらすのです。

そしてまた、ヒューストンから遠く離れたケンタッキー州の山あいでも、とある一組の夫婦がこの思いがけない展開に思いがけない形で巻きこまれていました。ヘイリーと出会ったことさえないこの二人、じつは逃走した凶悪犯の一人の両親で、なんと彼らこそがヘイリーを脅威から解放するための大きな鍵を握っていたのです。

三年の月日を経て再会したヘイリーとサムが、苦難の連続を乗り越えてふたたび幸せにいたるまでを、どうぞ見守ってあげてください。

そしてもし、あなたが一度でも喪失の悲しみを経験したことがあるのなら、その鋭い痛みがほんの少しでもやわらぐことを願ってやみません。時間が薬、と訳者の祖母は言いました。喪失から間もないころは、とうていそんな風に思えないでしょうけれど、だれにとっても同じように流れているこの時間が、だれの心も等しく癒す薬でありますように。

最後になりましたが、今回もしっかり支えてくださったハーパーコリンズ・ジャパンのみなさまと担当編集者のAさまに心からお礼を申しあげます。常に刺激と励ましである翻訳仲間と、いつも温かく見守ってくれる家族にも、ありがとう。

二〇一九年九月

兒嶋みなこ

訳者　兒嶋みなこ
英米文学翻訳家。主な訳書にシャロン・サラ『いつも同じ空の下で』、リンゼイ・サンズ『修道院で永遠の誓いを』、ローリー・フォスター『恋人はドアの向こうに』『いつか愛になる日まで』、ミーガン・フランプトン『公爵と物言わぬ花』『公爵と星明かりの乙女』（以上、MIRA文庫）などがある。

★　★　★

さよならのその後に
2019年9月15日発行　第1刷

著　　者／シャロン・サラ
訳　　者／兒嶋みなこ（こじま　みなこ）
発 行 人／フランク・フォーリー
発 行 所／株式会社ハーパーコリンズ・ジャパン
東京都千代田区外神田3-16-8
電話／03-5295-8091（営業）
0570-008091（読者サービス係）
印刷・製本／株式会社廣済堂
装 幀 者／albireo

ISBN978-4-596-91801-7

いつも同じ空の下で

シャロン・サラ
兒嶋みなこ 訳

シェリーの夫はFBIの潜入捜査官。はなればなれの日々のなか、夫が凶弾に倒れたという知らせが入る。涙にくれるシェリーを、次なる試練が襲い…。

ミステリー・イン・ブルー

シャロン・サラ
カーラ・ネガーズ
ヘザー・グレアム

覆面捜査中に軟禁された捜査官ケリー。休暇中のレンジャー、クインに助けてもらうが彼女の首に賞金がかけられ…。全米ベストセラー作家による豪華短編集!

ミモザの園

シャロン・サラ
皆川孝子 訳

祖母が遺した〝ミモザの園〟に越してきたローレル。予知能力を持つ彼女を待っていたのは、夢の中で愛を交わした名も知らぬ幻の恋人だった。名作復刊。

傷だらけのエンジェル

シャロン・サラ
新井ひろみ 訳

天涯孤独のクィンは刑事ニックに救出される。彼はかつて同じ里親のもとで暮らし、ただ一人心を許した少年だった。再会した二人は男と女として惹かれあう。

野生に生まれた天使

アイリス・ジョハンセン
矢沢聖子 訳

動物の声を聞ける力を持ったがため、数々の試練にさらされてきたマーガレット。平穏な日々も束の間、謎の男によって過去の傷に向き合うことになり…。

さよならジェーン

エリカ・スピンドラー
平江まゆみ 訳

ハンサムな医師と結婚し、お腹には待望の赤ちゃんがいて、幸せの絶頂にいたジェーン。しかし過去の悲劇がいま彼女に忍び寄り、すべてを脅かし始める——。